古风悬疑推理神作

天涯双探

青衣奇盗

七名 著

上海文艺出版社

图书在版编目（CIP）数据

天涯双探：青衣奇盗 / 七名著 . -- 上海：上海文
艺出版社，2019.1
　（读客知识小说文库）
　ISBN 978-7-5321-6698-5

　Ⅰ . ①天… Ⅱ . ①七… Ⅲ . ①长篇小说—中国—当代
Ⅳ . ① I247.5

中国版本图书馆 CIP 数据核字（2018）第 126602 号

责任编辑：毛静彦
特邀编辑：汪林玲
封面设计：蒋咪咪
插画设计：李元凯

天涯双探：青衣奇盗
七名　著
上海文艺出版社出版、发行
地址：上海绍兴路7号
电子信箱：cslcm@publicl.sta.net.cn
网址：www.slcm.com
新华书店经销　三河市龙大印装有限公司印刷
开本 680毫米×990毫米　1/16　17印张　字数 219千字
2019年1月第1版　2019年1月第1次印刷
ISBN 978-7-5321-6698-5/I.5341
定价：48.00元

如有印刷、装订质量问题，
请致电 010-87681002（免费更换，邮寄到付）

目 录

序　章

元丰四年九月，这是一个阴天。

汴京城显得沉默而倦怠。它作为大宋的皇都，为百姓撑起了一柄华贵的伞。人们抬头望去，只会望到画着花鸟的安静天空，却不知乌云即来，暴雨将至。突然一道惊雷闪过，人们才惊觉大事不妙，开始快速地跑动起来，涌入了城南潘楼街的一家茶馆中避雨。

对于茶馆，这是赚钱的好时机。坐在角落的说书人清清嗓子，故事便要开场了。

清晨的茶馆挤满了男女老少，连走廊都挤得水泄不通。两个武夫打扮的人悄悄进了门，从人群中扒开一条路，艰难地走到屏风后面坐下。一位是络腮胡子大汉，面目威严，像极了门神钟馗；另一位显得有些瘦弱，是个斯文的年轻人。

二人面对面坐着，都重重地叹了一口气。

年轻人皱着眉头，抬手倒茶："头儿，还好我们提前订了位子。你说这……"

"你听。"大汉做了个"嘘"的手势。却听见喧闹的茶馆忽然安静下来了。说书人落座，清了清嗓子，声音朗朗：

明月上柳梢

只见青影飘

不见人

亦非妖

日出之时

云散烟消

今日说谁

青衣奇盗

随着抚尺"啪"地一落，茶馆里顿时响起潮水般的掌声。大汉和年轻人脸色铁青，没有吭声。待安静下来，说书人亮起了嗓子：

上回书说到，青衣奇盗夜探齐州府衙，竟将通知书信送至公堂桌案上，约定后日戌时来取青铜鼎。那字迹飘若游云，矫若惊龙，像极了王羲之的真迹。齐州府尹气得暴跳如雷，一拍桌案："这奸贼，当府衙是集市？岂容他说来便来，说走便走！"于是下了狠心，直接将书信送至汴京城大理寺，并请求朝廷派遣四百精兵围捕大盗，以乌纱作保，誓要把青衣奇盗捉拿归案！

茶客们听及此，传来一阵嘘声。年轻武夫"当啷"一声放下手中茶杯，怒道："这也太过分了！"

"但是句句属实。等到书信送到了我手上的时候，字迹全都消失了。一点线索也没留下，"大汉闷头喝了一口茶，叹道，"四百精兵也给他派了。"

"没抓到？"

大汉双目泛红："没抓到，东西也丢了。这奸贼，三年犯案十四次，一次都没被抓。老百姓把这事编成了说书段子，感叹自包公死后大宋便没了英才。朝中两党内斗严重，借着青衣奇盗作乱为由头，牵连了好几个朝廷命官。"

年轻人的表情阴郁起来："如果真的归到大理寺管辖，这牵扯可就大了。不是派你去，就是派我去。说不定两个人一起——"

大汉沉默了。

年轻人有些沮丧："他下次去哪儿偷？"

"庸城，扬州的城中城，"大汉见四下无人，从怀中掏出一张纸，铺于案上，"去偷这东西。"

年轻人眯眼凑上前。只见图上画着两根棍状物品，描摹得极度精细，细细看去，竟不知何物。

"什么东西？棍子？"

"筷子。"大汉苦笑一下，卷起纸张，放回怀中。

"筷……筷子？"年轻人眼睛瞪得溜圆，"那贼人跑到扬州去偷筷子？"

"是啊。奇怪吧？皇榜已经贴出去三天了，只希望有人可以主动请缨，不管是不是能抓住，都没有被罢官的风险。如果没人揭榜，我们明天就动身去扬州。"大汉站起来，戴好斗笠，看了一眼窗外，"我去城南告示牌那里看看。"

年轻人看看屋内喧闹的茶客，又看了看窗外阴沉的天空，默念了一句"老天保佑"。

……

又一道惊雷闪过，大雨倾盆而下，汴京城的街道空寂起来。说书场快要散了，年轻武夫喝了三壶茶，左等右等，却还不见大汉归来，只得戴好斗笠，匆匆出了茶馆去寻。

秋风起，大雨落，长街无行人。年轻武夫步履匆匆，转过了一个街角，却突然发现有花花绿绿的伞撑了起来，在大雨中像鲜花一样盛开。老百姓拥在街角，自动地围成了一个圈。隐隐约约地，可以看到圈中坐着一个白衣白帽的年轻人。

大汉竟然也挤在那儿看，年轻武夫赶紧上前，一拍大汉肩膀，无奈道："头儿，都什么时候了，你还……"

年轻武夫突然不吱声了。

和周围寂静的街道相比，这里热闹得不正常。很多妇女拼命地往前挤着，叫嚷着。她们为白衣年轻人撑开了伞，使得他身上一点也没淋湿。而且，年轻武夫很快就认出：撑伞的其中一个绿衣姑娘是苏子瞻府上的姜，拼命往前挤的老爷子是张怀民的爹，还有一位华衣妇人，是慕容家的表亲。除去江南夏家，慕容家便是北方最大的商贾了。这几人非富即贵，如今却焦灼地围成一圈。

"头儿，这是……"

"他是个算命先生，"大汉饶有兴味地说着，"他不打招牌也不吆喝，我都在这儿看了他半个时辰了。"

年轻武夫一怔，顿时哭笑不得："我们都火烧眉毛了，你还在这儿落得清闲！"

"我在大理寺当差二十年，见过能人，却没见过这种奇人。这些老百姓问的都是家长里短的事，但是这个算命先生能在对方三言两语之间做出判断，道出对方的职业或身体情况，儿女多少，是否寡居……"

话没说完，二位武夫竟然被人推开了。

"公子，你算得这么准，帮我家老爷看看吧！"绿衣姑娘挤了过去，脸上全是焦急的神情。

"您帮我家夫君——"

"先帮我儿子看看！"

白衣年轻人开口道："今日大雨，收摊了。"

他穿着白衣戴着白帽，左肩上站着一只乖巧的白猫，垂下头收拾东西。很礼貌，也很客气，声音却很冷清，为的是安抚这些百姓的焦虑。

华衣妇人用力挤了过去，褪下手上的镯子，"当啷"一声放在桌案上："请您为我家老爷算上一卦，看看运势！"

金镯子在雨中闪着微光。

大汉看得一脸认真，但是年轻武夫却嗤笑一声。他觉得眼前的白衣人就是个江湖骗子。

白衣人闻声抬头了，竟然很年轻，二十出头的样子。他转过脸去看着华衣妇人，侧脸也很英俊，带着些许书生气。

"这个不能收的，"白衣年轻人笑了一下，碰都没碰，掏出一把金属折扇将镯子推了回去，"我要收摊了。"

众人发出一阵遗憾声。算命先生真的开始收摊了。他带着一把奇怪的金属扇子，一柄旧剑。正在此时，突然有百姓嚷道："他是邵雍的徒弟，难怪算得准哟！"

听到这句话，算命先生愣了一下。周围的人开始议论纷纷。大汉和年轻武夫对视了一眼，没有作声。

算命先生什么也没说。他垂下头去，快速地收拾东西。等人群悉数散尽，大汉叹息一声，准备抬脚起程，却突然被算命先生叫住。

"二位大人，"他礼貌地行了个礼，肩上的小白猫直勾勾看着武夫，"借一步说话。"

大汉立即看向同伴："万冲，他认识你？"

年轻武夫呆呆地愣住了："不……不认识。"

素未谋面。两个武夫心里都开始犯嘀咕，人群密集，他们离这个算命先生挺远，今日出门穿着便服，没带长刀也没带佩剑，他怎么知道他们是当官的？他什么时候盯着他们看的？

大汉犹豫一下，率先上前一步，抱拳道："大理寺丞燕以熬。不知阁下……"

算命先生什么也没说，只是笑了笑，带着他们进了隔壁客栈的小房间。推门进去，房间内的白色纸张铺了一地，桌子上有一张地图。算命先生放下东西，指了指桌上的地图和纸张："大人请看。这五个地方有可能是青衣奇盗的家乡。"

二位官差再一次愣住，万万想不到他会说这句话。

"我来到汴京城之后便听说了青衣奇盗的事。我去纸墨坊买了很多东西，又问了懂纸墨之人，制成了纸张和类似于墨的药剂。它们可以使得字迹消失。"

他指了指窗台上密密麻麻的小瓶子，语速很快："药剂四十三瓶，纸张十八种。字迹在晴天和雨天的消失时间不同，以晴天为例，青衣奇盗的字迹消失时间为半个时辰。由此我最后选定了八种墨、四种纸。青衣奇盗一定是懂纸墨之人，也许祖上做这种生意，也许只是其家乡靠近原料产地。我把纸墨的原材料产地在地图上标出来，一共标出了五个地方。四处在大宋境内，一处在大理。"

两位官差站在门口，没有说话。

算命先生接着道："迷香的残渣，绳索的材质，留下的衣服碎片，统统要查。这次之后还要辨别大盗的身形、武学套路、武器形状。这些东西集合起来才能称为线索。一共犯案十四次，线索太过分散，这些线索需要尽快向大理寺汇总，并且统统记录在案。即便抓不住大盗，几次犯案累积下来，也能将他的身份地位大致定下。不过，最好还是抓到活的。"

算命先生顿了一下，看向二位官差："所以，这些事就交给你们了。明天我就起程去扬州庸城。"

他从行李中抽出了湿漉漉的皇榜，朝他们晃了一下。

二位官差愣了半晌，大汉这才忍不住道："敢问公子尊姓大名？"

一身白衣的算命先生笑道："易厢泉。易经的易，厢房的厢，清泉的泉。"左肩上的小白猫低叫了一声。

第一章
易厢泉奉命办案

青衫少年趴在桌案上，眯着眼，看着窗外。窗外有一棵树，树上一只蝉。它穿过绿色的叶子，向着夏日明晃晃的太阳飞过去，显得孤独而自由。

青衫少年十八九岁，有一张清秀的脸。书院里坐着一群布衣书生，他是其中最贵气的一个：头戴玉冠，内穿藏蓝色缎面里衫，外着孔雀色青纱，腰间别着一根孔雀毛。那孔雀毛色泽艳丽，如今被同窗偷偷取了下来，正捏在手里扇风。

少年直起腰身，哼了一声，将孔雀毛抢夺回来重新挂到腰间，还偷偷瞥了一眼教书先生。先生正捧着书卷站在最前面，沉醉地念着那些之乎者也。窗外蝉叫个不停，屋内却闷热得要命，有一半学生在偷偷打盹。

少年眼睛一眯，头一歪，困倦了。突然，一个纸团朝他扔了过来，砸到了头上。青衫少年的倦意一下子没了，急忙打开。只见上面只有三个字：

门已关

少年一惊。这字条是身后的同窗传给他的。只见他们几人正在后窗探头探脑，挤眉弄眼。从他们的视角，能看到书院门外发生的事。

青衫少年想都没想，"腾"的一下站起，瞪着大眼。他看见守卫统领方千面色严峻，带着一伙人马贴了告示，并且关上了庸城的大门。

"夏乾，你给我坐下！真是无法无天了！"先生扔下书本，怒气冲冲地朝他喊着。

这位名唤夏乾的青衫少年皱了皱眉头。夏乾，他不喜欢自己的名字。因为爹是富商，"夏乾"与"下钱"同音，显得吉祥又好记，但是叫出来总会显得庸俗。

周围同窗低声笑了起来。夏乾转过头来看着先生，摸了摸后脑勺，却没有坐下的意思，认真道："先生，快快下课吧，城禁了，大盗来啦！"

他的这一句话，立刻让学堂里的学生炸了锅。前排的学生个个面色冷峻，恋恋不舍地捧着书本，高声谈论国事，骂着奸贼。后排的学生开始一脸喜色地收拾书包。先生面色铁青，无奈地看了他们一会儿，宣布下课。

这一放，便是六日。

夏乾第一个冲出门去，速度很快，熟练地爬上了西北角的银杏树，把书包一扔，从灰色的围墙上翻了下去，笨拙地跳到地上，蓝色缎面里衫也被撕了个大口子。

守卫统领方千正带人巡街，发现有人偷偷翻墙，连忙提刀围上去。

"夏……夏乾？"方千走近，诧异地看着他。

夏乾抬眼看了看一众守卫，哀求道："不要出声，我娘来堵人了！"

众人顺着他指的方向望去，远远看到书院的大门外停着一辆华丽的驴车，还挂着夏家的牌子。

方千收回了刀，皱眉道："衙门忙，恐怕顾不上你。"

"可我认识易厢泉，让我去，只见他一面，我一定能帮忙！"夏乾又哀求几句，方千没办法，带着守卫帮他遮掩，几人一路走到了衙门口。

方千先进去通报，而夏乾在门口等着回禀。

庸城府衙在庸城的北侧，不似唐代建筑的恢宏，衙门的园子体量较小却玲珑精致。在庸城繁华的楼宇中，庸城府衙安然而立，像个倨傲的文人。

夏乾倚在一棵略微发黄的银杏树下，等了许久却不见动静。他抬头瞅了瞅夏日明晃晃的太阳，有些焦急，索性和守卫打了招呼，自行穿过迂回的长廊来到后衙屋外。他在门口停住了，耳朵贴着门缝，听见屋内有声音。

"您别急……"

"我能不急？抓不到贼，朝廷发下来的银两会削减，庸城的桥、城墙、府衙的修建都成了问题，我的乌纱也不知戴不戴得稳……可是守卫方案到现在还未定下来！"这个焦急的声音是杨府尹发出的。他是庸城的地方官，已过不惑之年，大腹便便。除了去青楼，他走到哪儿都要穿着官服。

"可是……易公子今早就不知去哪儿了。他是大理寺派来的，他不发话，我们不敢有所行动。"这低沉木讷，是方千的声音。

"他聪明归聪明，但是我派人查了查易厢泉的底，"杨府尹在屋内焦急地踱着步子，"他师父是邵雍。当年和朝中大员常有来往，但拒绝入朝为官，在苏门山隐居了二十年，日日研究易理。但是七年之前——"

七年之前？

夏乾似乎知道他们要说什么事了。邵雍一生不慕名利，智慧无双，本是深受百姓爱戴的贤德之人。七年前的春天，突然用刀砍死了自己的结发妻子，从此入狱，含恨而终。此事在洛阳城轰动一时。

他将耳朵贴着门，想偷听些细节。还未听到几句，却突然听见身后有人叫自己。

"进去吧，没事的。"

夏乾猛一转身，就看见了故人。远远地，易厢泉站在一棵银杏树底下，笑着看着他。他还是着白衣白帽，戴着一条白围巾，和小时候一样瘦瘦高高，眼睛里闪着犀利的光。一只鸳鸯眼小白猫站在他的左肩膀上，瞪了夏乾一眼，跳上树梢溜走了。

夏乾心里一阵激动。身为家中独子，他在庸城平安无事地活了将近二十年。二十年来他被家人严加看管，很少经历大事。他人生中最大的事，就是十岁那年坠落山崖，被易厢泉所救。易厢泉一到，大事就会来了。

不等夏乾开口，易厢泉就从腰间抽出了铁扇子，走上前用扇子戳开了门。

"嘎吱"一声门响。屋内，杨府尹闻声抬头，赶紧闭了嘴。见到易厢泉进门，先是松了一口气，而后看到了夏乾，脸色却一下子变了。他知道，眼前这位小爷是扬州最有钱的主，也是庸城最游手好闲的瘟神。

"夏公子，你怎么来了？你们认识？快请坐，请坐！"杨府尹赶紧寒暄起来。

"认识十年了。"夏乾傻笑一下，算是行礼，却没有落座。屋内光线甚好，杨府尹和方千正围在圆桌旁研究着什么。

易厢泉快步上前去，拉出凳子坐下了。

"易大仙，您可算是回来了，急死我了。"杨府尹擦擦额间的汗，"方千，快把守备地图拿来！"

方千赶紧递上图。杨府尹指了指守备图："今日城门关闭，一共城禁六日，庸城是扬州的城中城，地处扬州中心，城墙坚固。朝廷派了八十精兵来围剿大盗。如果大盗要行窃，他现在已经混进来了。实在不行，我们……挨家挨户搜！"

易厢泉不答，举起地图来看。十字街为庸城中心，贯穿整个小城。西街为烟花巷子，剩下的地段坊市界限早已打破，民居密密麻麻不知多少户。只有一大块空地是突兀的，那是夏家的府邸。易厢泉把地图放下，"没用。"

"没用？"一旁的方千像是被人怀疑了一般，有些激动，"我们都是刚从西夏战场退下来的战士，彼此相熟，个个骁勇善战！"

易厢泉没有说话，只是皱了皱眉头，明显不是这个意思。

"易大仙，我们没时间了，"杨府尹焦急地走来走去，"明日会有朝廷特派的钦差进城。后日青衣奇盗偷窃。他都得手十四次了，那贼——"

终于说到夏乾感兴趣的话题了。他冲上前来，探着脑袋眉飞色舞地道："我知道，我知道！听闻上次那贼偷了一个鼎。那次事件相当诡异，在齐州府的院子里。听说那天晚上派了两百个人……"

"不用你讲故事，大家都知道。"易厢泉似乎心情不好，这句话把夏乾一肚子话全堵了回去。

方千赶紧接话道："这次所偷之物，是犀牛骨所制筷子。"

"犀骨？"夏乾按捺不住内心的激动，"那是什么宝贝？"

杨府尹知道他爱听这些故事，于是道："春秋乱世，有位诸侯因为犯了事被囚禁在自己宫内。他与一位巧匠是至交。巧匠手艺精湛，做了一个精美的食盒，每日都装些点心送给诸侯。兵变之后，诸侯的日子过得不复往昔。临终之前，诸侯命人将食盒送给巧匠，以纪念昔日友情。据说，这犀骨筷子就是那巧匠所制，不仅精美，而且常年用糖水浸泡，含在嘴里都是甜的。"

夏乾嘟囔："听起来值不了几个钱。那大盗为何要偷这个？杨府尹，有这种好东西也应该拿出来给我见识一下。"

听了这话，杨府尹心里一颤。这夏小爷一向是惹事的主，这么贵重的东西……易厢泉抬头，示意方千把东西拿来给夏乾看。

杨府尹赶紧劝阻："外人还是算了吧……"

夏乾眉头一皱，刚要发牢骚，易厢泉却抬手一指："杨府尹，您厅里的那个玉鹤鹭纹炉看着挺贵的。"

顺着他手指的方向看去，杨府尹睁大小眼睛一看，这不是去年夏家送来的生辰礼吗！官员受这种贿赂稀松平常，可传出去也实在颜面无光。他擦擦冷汗，连忙道："方千，带人拿东西来！"

不一会儿，几个守卫端着小盒子来了。木盒镶嵌着青白玉，红褐色沁，上雕双螭。玉石与木盒子的纹饰扣在一起，无一丝缝隙。

杨府尹亲自打开了它。夏乾踮起脚看去，伸手要拿，被易厢泉用铁扇打了回去："你就别碰了。碰什么坏什么。"

和牦牛骨筷、象牙筷一样，这双犀骨筷子也是白色的，上面雕刻了一龙一凤，精美绝伦，是皇室才能用的图腾。尾部的镂空更加出奇。镂空的部分不过三寸，间隙如丝，似云卷，巧夺天工。这种工艺制作异常艰难，无异于在蚂蚁上系绳，在米粒上作画。虽然筷子的做工技艺独绝天下，材质也不错，但它非金非玉，毕竟只是一双筷子。与古玉、翡翠甚至名窑出产的陶器相比，它就不怎么值钱了。

夏乾看完，脱口而出："东西是精美却不算值钱，青衣奇盗何须大动干戈来偷盗这玩意儿？"

易厢泉伸手将筷子拿在手里，细细地打量着："青衣奇盗犯案十四次，有两次在杭州，其余分散在各地。赃物有值钱的，更多是不值钱的，唯一相同的是制作时代相近。一共偷了八个扳指、一个青铜鼎、四个簪子，还有一棵灵芝。筷子是头一遭。"他说完，众人都沉默了。这些东西并不是很值钱，种类也有所不同。易厢泉把筷子放回去，若有所思。

夏乾又问："那他何时来盗？"

"后日，戌时来盗。易公子，你定然有什么好主意，不妨私下说说。"说话间，杨府尹看了夏乾一眼，心里暗想这夏大瘟神怎么还不走。

瘟神，这是夏乾的绰号。夏乾自幼生在庸城。不爱读书，不爱习武，但对人也算仗义，从官员到乞丐，夏乾都能称兄道弟。但他太机灵，太碎嘴，太无聊，太好奇，太爱管闲事——瘟神的绰号就这么得来了。

夏乾心知杨府尹嫌弃自己，叹了一口气，准备出门避嫌。易厢泉却拉住了他，"方法我是有的，只是需要钱。不知大人可否……"易厢泉抬眼看了杨府尹一眼。一听要钱，杨府尹和方千后退了一步。易厢泉翻了一个很不明显的白眼，转头看向夏乾，他已经开始掏钱袋了。

"要多少？"夏乾从钱袋里拿出一堆散碎银子，还有几张银票。

"五十两。"

"这么多！"夏乾感慨了一下，还是伸手递给了他。

易厢泉把银票往怀里一揣，笑道，"杨府尹，明日带着东西来见你。"

杨府尹只得赔笑，今日这集会也算是散了。易厢泉率先出了门，夏乾却没有出来。他退后一步，走到杨府尹身边。

"有事？"杨府尹看着他，有些紧张。

夏乾拍了拍他的肩膀，解释道："杨大人，我是外人，也许是我多嘴。易厢泉看着像个大仙，实际上也是聪明绝顶的。我看得出来，这一次他特别认真。"

杨府尹点头："我们知道。"

"但是他这个人不按常理出牌。"夏乾想了半天，似乎才想到合适的措辞，"如果他突然出些怪招，你们一定要多担待，不要在乎他的身家背景，要绝对地信任他。如果他保不住犀骨筷，就没人可以保住了。"

杨府尹一怔，不知道他是何用意。夏乾也解释不清，寒暄几句，便告辞了。出了房门，迎接他们的是庸城府衙夏末最后一丝热风。

城禁之前，从十字大街到西街巷子，大小铺席比比皆是，无虚无之屋。而如今街道空旷，酒馆里没什么客人，门前的绿油栏杆插着两把销金旗，孤零零地在空中飘着。街上偶有三两声犬吠，四五声鸟啼，而蝉鸣则喧闹不止。青衣奇盗一来，弄得人心惶惶，大家都做不成生意。

虽然人少，易厢泉还是拉了拉颈间的围巾。

"你不必遮了，脖子上有小伤疤，又不是脸上刺字，不必在意。庸城是好地方，不会有人说你闲话。"夏乾大大咧咧地说。

"庸城是个好地方，"易厢泉依旧拉扯着围巾，"你大可以在这儿读书经商娶妻生子，一生平安顺遂。"

夏乾被他说中了伤心事，垂下头去。他的表字是乾清，他比较喜欢这个名字，有乾坤清朗、天下太平之意。但是只是他喜欢而已，人人都喊他夏乾。他的衣食住行、婚丧嫁娶，一切的事情都无法由自己做主，包括自己的名字。

"那你说怎么办？"夏乾抬起头，问道。

"抓住大盗，人生自此有了大大的转机，说不定可获得朝廷封号，从此再也无须读书，不用做生意。"易厢泉转过身来，说得很认真。这些事虚无缥缈，说出来有几分可笑，但是在他眼里却没有嘲讽的意思。听到这番话，夏乾的心突然乱了。他平静的生活似乎被某种可能性打破了。

他抬头看了看易厢泉，愣了许久，忽然问道："我知道你的性格，你一向不喜欢与官府联手，这次你又为什么来抓贼？"

易厢泉似乎没料到他这么问，迟疑了一下。"不为什么。"

"哎哟，休想骗人！"夏乾一摆手，哈哈笑道。

易厢泉犹豫着，慢吞吞地从怀中掏出一张图纸，图纸上画着一个扳指。

夏乾看了一眼，立刻就不笑了。图纸很旧，画的是易厢泉的传家之物。在他师母被杀、师父入狱的当天，他师母头上的金发簪、师父身上的玉佩、家中所藏银两全都没丢，只有这个扳指丢了。记得它当时系在他师母的脖子上。易厢泉外出游历数年，不曾收到消息。待得知家中出事、奔丧回家的时候，他的师父师母已经过世许久，线索皆无。邵雍被世人认定是一个谋害妻子的丧心病狂之徒。只有易厢泉自始至终相信师父是被冤枉的，自此拿着图纸四处奔走，今年终于在江宁府查到了这个扳指的下落。

"这也是青衣奇盗的十四件赃物之一。"易厢泉的声音很轻，但是眼神却异常冰冷。

夏乾拿着图纸，脸色微变，"那当年是不是青衣奇盗……"

"希望不是他。"

"如果是呢？"

易厢泉面色一冷，没有回答。他从夏乾手中抽出图纸，团成了一团，"啪嗒"一声扔在了一旁的树坑里。

夏乾没敢吭声。他知道，同样的图纸，易厢泉手里还有一百多张。

二人在一条岔路口分开了。

夏乾一边琢磨着易厢泉的话，一边晃晃悠悠地走回家。放眼望去，整条街道空空荡荡，大部分百姓已经足不出户了。前方还有一座未修好的桥，桥边一户人家敞着门。几个小孩子在家里跑来跑去，老奶奶坐在自家门口发愁地看着断桥。朝廷不拨银两，桥修不好，孙子上学也要绕很远的路。

"九月九，菊花酒，周小城里登高楼。"几个小孩在家中蹦跳唱歌，却不敢踏出门来。

歌里的周小城是庸城的原名，也是唐时的旧城。太祖赵匡胤当年下令拆了除汴京之外的城墙，填平战壕。传说，庸城的城墙坚固，费了九牛二虎之力仍然难以拆除，于是统统留下，人们把周小城称作墉城。"墉"字本是墙的意思，而后风水论盛行，有人测算土字不宜，去土为"庸"，故有此名。

然而，去"墉"不可去"城"，土字仍在。

庸城的祸事终于还是到来了，只是今日还暂且没来。

庸城城禁的第一夜就这样过去了。更夫一路高喊："今夜平安！"

今夜人人安眠，除了夏乾。他因为放学出逃，被母亲罚了，这时候正在书房的蜡烛前面咬牙抄《论语》，直到凌晨才停笔。

次日清晨，是城禁第二日。街上的小贩只在清晨出摊，叫价越来越高，可是街上却冷清了不少，大家心知肚明，如果青衣奇盗要下手，此时他已经混进庸城来了。

夏乾熬了个通宵，竟然很是清醒，抄完《论语》就来到庸城府衙。时间太早，他就在府衙对面的风水客栈闲逛。这里是易厢泉的住所，夏乾来来回回碰见好几拨巡逻的侍卫，还恰巧碰见了同样闲逛的吹雪。

这是易厢泉的猫。

差不多是在两年前的冬天，易厢泉才得知家中出事，赶紧抱着吹雪回来奔丧，与夏乾匆匆见了一面。当时，他的师父、师母下葬几年了。

自那时起，除了白色，易厢泉不再穿其他颜色的衣服。邵雍不仅是易厢泉的师父，也是至亲。古有训诫，至亲亡故时儿女不在身边，属于大不孝。

易厢泉心里当然不好受。

夏乾心里也不愿相信邵雍是杀人恶徒，毕竟是邵雍给了自己"乾清"的表字。

此时，吹雪叫唤了一声，双目瞪着夏乾。

这白猫的眼睛颜色极为特别，一黄一蓝，兴许是从大食一带而来。它很是娇小，平时爱站在易厢泉的肩膀上。

因为天天在外闲逛，吹雪不胖，毛发也整齐干净。与别的猫不同，吹雪认家、认人。记得易厢泉说过，夏乾非常聪明，可是吹雪比夏乾更聪明。

当然，夏乾从没把这种说法放在心里。

等了半晌，却不见易厢泉，只见一辆马车停在了府衙前面。按理说，城禁的戒律是谁也打不破的，没人可以进城。

但是，城门却对另一个人敞开了。

这时庸城的太阳上了三竿，风尘仆仆的赵大人终于抵达庸城府衙。同行十人全部查过，耗时一个上午。

杨府尹匆匆忙忙从府衙里出来，看见轿子，赶紧行礼："下官不知大人已经进城，有失远迎，恕罪恕罪……"

赵大人从轿子中探出头来。他四十岁上下，胡须理得整整齐齐。相比杨府尹而言，他显得沉稳老练，颇有几分高傲。他没有说自己的名讳，大家只叫他赵大人。

赵大人下了轿子，并没有在乎这些虚礼。

杨府尹松了口气。有朝廷官员在，无论结果好坏，都有人担着，自己轻松些，况且这位赵大人看着还不错，他的能力绝对比自己强。

唯一担心的是，如果他与易公子意见不合，要如何是好。

明日大盗就会来，但易厢泉半天不见人影。

迟迟不见官，似乎不妥。

还好赵大人不太注重这些。他进了门，详细地询问了所有守备抓捕情景，认真研究了全城地图，当得知所有计划都只有易厢泉一人知道时，他眉头紧锁："难道你们要用他一人抓贼？他人在哪里？"

方千赶紧道："不清楚。当时派易公子来的时候，就有上级说过，单凭易公子一人就顶得过一支军队。"

抓捕计划其实一片空白。

"真是荒唐！"赵大人气得一拍桌子。屋内的人齐刷刷跪了一地。此时夏乾也溜进了府衙，躲在门后观望，不敢进屋去。

屋内一片安静，但是衙门口却有些吵闹。

不一会儿，有人来报：易厢泉带着大队人马到了门口，似乎运来了什么东西。

而赵大人怎么也没想到会和这位易公子以这种方式见面。

东西搬进门的时候，所有人都傻了。那是四个巨大的箱子。领事走在前面，对易厢泉道："之前的二十根缺货已经补上了，您要不再清点一下？共五千双，每箱一千二百五十双，总共一万根。"

易厢泉点头："已经清点过了。钱已付清，辛苦了！"

"实在是抱歉，短时间内只能制成这么多。"

易厢泉走上前去打开盖子，从箱中拿出一双白色的筷子，细细地看着。

"这是怎么回事？"夏乾从门外冲了进来，跑到易厢泉身边低声问道。

方千就在边上，他看着箱子，缓慢地伸手进去，竟也从箱中拿出一双一样的筷子。

众人吃惊地望着，方千又大步走过去，打开另一箱。

只见白花花的一箱全是筷子。所有筷子都是长短一致的，刻有龙凤图腾，尾部全都有同样的镂空。因为赶制之故，镂空粗糙了一些。

这是一万根犀骨筷的赝品。

"易公子果然奇特。"赵大人终于开口了，威严的脸上略微显出惊奇的神色。

易厢泉上前行礼，面不改色，只是派人把犀骨筷真品拿来。

取来真品后，易厢泉当着所有人的面，把真正的犀骨筷扔进了箱子里，还是两根分开放的。他伸手搅拌几下，随意至极，仿佛这不过是家中几桶大米，伸手抓抓而已。

"易大仙哟！"杨府尹有些着急，"你……你这是——"

"之前，我对于抓捕计划不愿多言。青衣奇盗在行窃前通知府衙，会导致守卫数量的增加。而人数的增加，看似加大了偷窃难度。但是当众人忙于保护一个小物件时，却更容易让窃贼得手。"易厢泉面向赵大人，站得很直。

"愿闻其详。"赵大人缓缓开口。他一脸严肃地看着易厢泉，目光令人捉摸不定。

"他十四次盗窃，全部成功，您觉得守卫最失败的是哪次？"

赵大人眉头微蹙："第一次？那时没人把那贼的行窃通知放在眼里。"

易厢泉摇头："是在平江府。那时，他只偷一个青玉扳指，却动用了两百人守卫。按照预告时辰等到那天入夜，为了防止青衣奇盗用香或者药物麻醉，当时他们决定就把守卫安排在室外。无人想到，那日突降暴雨，刮起狂风，灯全灭了。一枚重量如此轻的扳指怎么能抵得过狂风暴雨的吹打？一片漆黑中，所有人都乱了阵脚，最后扳指在混乱中丢失了。"

"那不能说明问题，何况你没有谈到重点。两次情况是不同的。"

"重点，就是再好的守卫也敌不过'混乱'。混乱是致命的。如果这是一场战争，'混乱'足以摧毁整个军队。但是我们如果反过来，与其增加守卫人数，不妨提前让对方陷入'混乱'。一个盗贼一旦混乱，那盗窃就无法实施。"

"所以……你就做了这些？"夏乾插了一句嘴，却被赵大人狠瞪一眼。

"所以，我们要主动出击。"易厢泉看了夏乾一眼，点头道，"夏公子怕是全城消息最灵通的人，他也最了解我，而他此刻才知道全部计划。那么，青衣奇盗呢？我们假设他现在知道了，可是他明日就要行窃了。"

杨府尹惊道："那贼现在已经知道你在做赝品了？"

"没有不透风的墙，我们不妨假设他现在知道了，"易厢泉抚摸着犀骨筷赝品，目光如炬，语速极快，"把真品混在赝品里，再将这一万零二根筷子在后院全部铺开，院内只留二十人守卫，院外留二十人。当夜宵禁、城禁，各街设好路障，余下的四十人，除了城门守卫，其他人均在各巷巡逻，遇到可疑的人必抓。"

"犀牛骨筷子虽然不值钱，做工却很好，"夏乾走上前去，拿起一根赝品在手中细细把玩，"材质重量很像，但做工差了些，行家看几眼就知道。"

只见那赝品尾部的镂空不尽相同，有些条纹少，有些没镂空到底部。而真正的犀骨筷却是做工精良的。

"还不是因为你给的钱太少。"易厢泉低声嘀咕。

夏乾一呆，来不及反应，易厢泉已经转头面向赵大人，朗声道："黑夜时分，全城都是守卫，在漆黑一片的院子里从万根筷子中选出两根顺利带走，而我们只给那位盗贼一天思考对策的时间。而他的辨别时间、偷窃时间、逃走时间，都只限定在一个晚上。"

他随手又把手中的筷子放回去，发出清脆的啪嗒声。随之而来的，是所有人的沉默。

大家大概在等赵大人表态。

赵大人用手指敲着桌面，缓缓开口："年轻人，这是个危险的办法。"

易厢泉似乎此时才抬头看了赵大人一眼，虽然只是一眼，从头到脚扫过，似乎不曾遗漏任何细节。这种扫视持续了一段时间，不礼貌，让人很不自在。

赵大人第一次被人这么放肆地打量，也有几分不快。

易厢泉突然笑了一下，目光坚定又不可捉摸："您此次前来，必定是不怕风险的，抓不抓得到又怎么样呢？又不关您的事。"

然后他顿了一下，又道："如果您只是来看戏的话，定当不虚此行。"

所有的人都吸了一口气，屋内安静极了。

夏乾苦笑，觉得易厢泉又在胡说八道，脑子也不正常。但是夏乾并不反对这样的无礼言语，也许是自己年轻气盛，他觉得如今的官员在朝堂上拉帮结派，钩心斗角，风骨尽失，也不怎么值得尊重。

出乎所有人的意料，本以为赵大人要气恼，但是他却愣了一下，然后竟然哈哈大笑起来，对着杨府尹说："一切照着这位年轻人说的办。"

这是青衣奇盗来临的前夜。

按照易厢泉白天的指示，身着官服带着佩剑的将士遍布整个城镇，各司其职。他们挺直了腰杆，握紧了佩剑，心底对这场战斗信心满满，觉得青衣奇盗是不会赢的。

今夜似乎要下雨，潮气逼人。街上的各种布制招牌随风晃着，像是快被吹掉了一般。风就这么硬挺挺地扑面肆意刮来，卷起残败的枯叶，携几分疏凉，使人突然感觉到了一丝萧条秋意。

也许庸城的秋天终于要到来，蝉鸣像是一下子从这个世界消失了。风声哀号，细细听来，唯有西街能传出断断续续的丝竹声。西街是庸城的烟花巷子，离府衙很远。经营者名唤水娘，也是经营有方，这时候照样顾客盈门，毕竟，青楼和青衣奇盗，只有个"青"字的关系。

除了西街之外，全城宵禁。街上偶尔能见到打灯笼的守卫，荧荧灯火，晃来晃去，甚是可怖。

易厢泉在前面一言不发地快速走着，手中执灯，在风中晃晃悠悠。他要在短时间内亲自走遍全城，检查所有守卫情况。

可是庸城府附近的街道还好，往后走，守卫的排列却极度不规整，有的巷子甚至没有人看守。易厢泉非常忧心，还好这只是偷窃的前夜，守卫上出了差错也不是要紧的事。他只想看完整个部署，打算再回府与方千重新讨论，问其缘由。

夏乾也跟来了。周围只有他和易厢泉两人，四下无人，这是问问题的好机会。

"你当真把真品混进去了？"

"当然。偷，本身就难，更难的是要偷哪个。还好是筷子，若换作是鼎——"

"对，换作是鼎，"夏乾走到了他的前面，挡住了去路，"你知道在齐州府时他是怎么偷的鼎？青铜鼎是无缘无故消失的，那只是一下——就一下！当时所有的守卫都在房间内守着。等了整整一夜，快到黎明，东方已白，窗户口由外而内突然冒起浓烈白烟，室内顿时一片昏暗。待烟雾散尽，结果，鼎就没了！"

易厢泉停下脚步，认真地看着他："依你之意？"

"你做了这么多赝品，青衣奇盗却有能力偷全部，毕竟青铜鼎要比这大得多。"

寂寥巷道，寒风乍起，雨云已悄然掩月。

片刻之间月色即消，灯笼映着易厢泉清秀的脸，他面上喜怒哀乐的表情皆无，似乎是在思考："你觉得，他会将一万根全部偷走，回去找个地方慢慢鉴别，总有一个是真的？"

"是一万零二根。"夏乾插话，等着易厢泉辩驳。

"鼎可以整个偷走，但筷子不可以。到时，一万根筷子在府衙后院全部排开，如何去偷？用扫帚扫在一起，打包带走？"

"如果他提前做了标记，当夜取了就走呢？"

"制作赝品的事，你们也是今日才得知的。何况前几日守卫森严，生人勿近，如何标记？赝品也是工坊连夜秘密赶制的，对，还多亏你夏家出钱。"

"材料呢？材料会不会有异？比如真品遇水下沉，赝品上浮？"

"材质相仿。我亲自试过，放在水里，全部下沉。"

"色泽呢？"

"不会掉色。"

"重量呢？"

"差别微乎其微。"

"真的除了细看，别无他法？"

"别无他法。"易厢泉解释得很认真，"我知道你对我的做法不放心。可是这众目睽睽之下，他要把两根筷子完全正确地挑出来，实属难事，随后在八十个优秀守卫眼皮底下把东西顺利带走，最后还要在城里藏三天躲过搜查。"

"听起来也不是不可能。"

"就是不可能。"

夏乾摇摇头："我听了十四场说书，总觉得那个大盗很不简单！你小时候也曾经说过，要把不可能都变为可能。"

易厢泉一怔，都不记得自己何时说过这句话了。

"若要细看分辨，需要多少个时辰？"夏乾又问。

易厢泉算了一下，道："最快八个时辰。夏乾，我知道你觉得此举不可靠，但你还是应该相信我。"

"衙门人数众多，但估计也只有我是最相信你的，"夏乾让开了路，嘟囔一声，"似乎也只有我是最没用的，我也只是想帮忙出出主意而已。"

"你不是出钱了吗？"易厢泉笑道。

夏乾听闻这句话表情一变，不太高兴。易厢泉赶紧转移话题道："需要你帮忙的时候，你不要嫌累就行。"

不知他心里又在盘算什么。夏乾还没有答话，但在这一瞬，寒风乍起，灯笼摇晃。那火苗微弱，灯油稀少，似乎在寒夜之中就快要熄灭了。

夏乾见状，伸手一指："如果你要灯油，向西走不远处有家医馆，你去借些灯油。"

"他们会借？"

"医馆的郎中名为傅上星，是个好人。"夏乾嘿嘿一笑，低声道，"虽然前几年想调去京城进宫当差，弄了笔银子贿赂杨府尹，未果。你还是吹熄了灯吧，一会儿再点，这段路还是比较明亮的，待会儿会更黑。早知道我从家里取些蜡烛。"

蜡烛这东西在元丰年间并不普遍，普通人多用灯油。灯油是从植物中提取的，虽不耐燃，却价格低廉。

庸城除了城墙坚固之外，还有个特点，那就是古灯遍地，入夜星星点点甚是美丽。魏晋时的石灯总会在街角出现，至今仍在沿用，注入灯油，便是最古朴而美丽的景致了。

转角还有街灯，这是近代才立起来的。前面会有遮风挡雨的板子，刷了防火的漆。这是很周到的挡风雨的办法，在这种天气里依然可以发光照明。

这时，二人都沉默着急匆匆地往前走去。易厢泉的白衣在夜晚是那么明显。

赫然间，远处传来一声野猫的叫声，猛然一嗓子，很短但声音异常响，听得人心里发毛。

八成是野猫吹风受冻了。

就在这时，易厢泉为了省些灯油，熄了灯火，一缕青烟迅速升起，诡异却又美丽，似乎即将舒展它美丽的形体，形状奇异，而又一阵大风来袭，顿时消散。风吹动着街边的青黄色银杏树，沙沙的声音引发人的无尽联想，似人低语。

夏乾突然觉得有些发冷，兴许今夜有什么异事。这种时候还是快点回家为妙，却又担心没了灯火，只好硬着头皮跟着易厢泉去找人借，有了灯笼再打道回府。

于是他无奈地抱怨："你连灯火都忘了，对于守卫就这么有自信，不出差错？"

"可能是水土不服或者休息太少，这些日子我总觉得脑袋昏昏沉沉，提不起精神。"

夏乾这才觉察，易厢泉的面色异常糟糕，眼眶下微微泛着乌青。

易厢泉揉了揉眼睛："吹雪也是，昨夜我刚入睡，它就大叫，还抓伤了我。"他扬了扬手臂，上面有三道挺深的血痕。

夏乾看了一眼那三道血痕，确实伤得挺深，伤疤已经结痂，心想吹雪下爪未免太狠，皱眉道："你养猫到底有什么作用！猫都是用来给小姐和富太太打发时间的。"

"猫的视觉、听觉、嗅觉都比人强上千倍。而且猫的身形很小，人去不了的地方它可以去，人感觉不到的东西它可以感觉。如果加以驯化，岂不是比人强上很多？"

夏乾刚想继续贬低吹雪，却觉得周围太过安静了一些。周围不见守卫，甚至连一个人影都没有。

这是一片平日里贩卖环饼、汤羹汤面的地方，再转过街，便是一路棚子。易厢泉心里知道夏乾胆小，取笑道："兴许是部署出了问题。你觉得寂静的夜晚甚是可怕，想快回家抄书去？那你可得小心路上碰见女鬼。"

"鬼总比人强！那青衣奇盗比鬼怪更是可怕。"夏乾被道破了心事，有些生气，"至于明天的守卫，你心里最好有数，别像今天一样，走了半天却见不到人！"

"明天不会有问题的。有我在，输的可能性不大。"

易厢泉说得轻描淡写，但却是事实。夏乾看着他，知道他有多大本事。易厢泉从十六岁开始连破数起大案，在各地游历七年，所到之处的陈年冤案悉数被其解决干净。

"但你也不能掉以轻心——"

"我没有掉以轻心，"易厢泉慢慢地走着，"和别的案子不同，对付这种大盗就像下棋。若要眼巴巴地等他出手，一切就太晚。所以我准备了一万根犀骨筷，先发制人。只是……下一步该他走了。"

下一步该他走了。

风声依旧，灯下二人的身影清晰可见，街角的落叶被风刮起，漫天飞舞。

易厢泉走着走着，不知想起了什么，忽然变了神色，苍白的脸上闪现了一丝不安。

他一向镇定，即便周遭变成万物皆焚的大熔炉，他也会是唯一一块千年不化的寒冰，又冷又硬，却总是救人于水火。

"怎么了？"夏乾觉得有些害怕。

易厢泉不应，僵直片刻，慢慢从怀中摸出一个金色的铃铛，上面简单地系着一根红绳。他没说话，只是抬手轻摇铃铛。

丁零一声，随风飘去，声音清脆而长远。

声音在寂静的黑夜里显得格外清晰、悠长，却令人汗毛竖起。都言声音亦可传递人的情感思绪，而此时夜里的铃声非常突兀，衬得寒夜格外瘆人，铃声伴随风声浮动，灯火及树影不停摇动。

此情此景，令夏乾觉得脑后一凉，似有鬼祟触摸一般，顿时大气也不敢出，只是屏息听着。

然而，寂静之外仍是寂静，一切没有任何变化。

夏乾被吓得不轻，待微微镇定，无比恼怒地低声喝道："你杵在这儿跟木头似的，还摇什么鬼铃铛！不要吓我！"

话音未落，却看到易厢泉脸色陡然变了，就如同木头变成了青白色的大理石，冷冰冰的，失去了所有血色。夏乾心里暗暗一惊，又紧张起来。

易厢泉又摇了一下铃铛，又是丁零一声，仍然只有铃音，它很快便被呼呼的风声吞噬。

"你……你……"夏乾口齿利落，此时却说不出来什么完整的话。

易厢泉这片刻的失神，夏乾看得一清二楚。

他知道有些不对劲，还未发话，易厢泉却苍白着脸，笑着快速接话道："人都是有弱点的，如我，这个铃铛就是几年前一位姑娘送的。最难消受美人恩，也许就是弱点。"

夏乾知道，易厢泉这个人语速如果忽然变快，就证明他很紧张。他的表情也变得格外奇怪，他的头没有动，却用双眼在四处乱看，看着漆黑的街道，看着昏黄的灯光和婆娑的树影。

夏乾一愣，刚想从口中蹦出"胡扯"二字，却只听易厢泉丝毫不给他说话的余地，继续急道："罢了，改日再说，你快回家吧，否则又要抄书了。我巡视完下一个街口就回客栈。回见。"

说罢，易厢泉似乎迟疑了一下，望了夏乾一眼。就凭这一眼，夏乾居然打了个寒战——这不是普通的一瞟，而是有深意的。眼神中是探寻，是恳求，是凌厉的决断，是无穷无尽的话语。这些皆不从口中出，而是凝聚在这一瞟。易厢泉在这一眼神传达后，就转身匆匆一言不发地离开，在街角向右转了。

他没有灯笼，这条长街上有微弱的灯光，易厢泉漆黑的影子被拖得很长很长。金色的铃铛悬挂在他腰间，叮当作响，在寂静的街道里传得很远。

夏乾先是愣在那里，随后也满腹狐疑地转身离去。他行动极缓，长街孤寂，独留他一人思索。

这一系列的转变太快了。

夏乾清楚，易厢泉本应该左转去医馆借灯油，或者直走，摸黑巡街，但是他却右转了。

右转，会绕一段路再回到原地，否则就是死胡同，出不去的。夏乾自小熟悉全城的路，自然懂得此理；易厢泉看了地图，应该也不会弄错。

还有那个铃铛，也很古怪。他知道有种唤猫铃，声音小而且清脆，猫却听得清楚，若是训练有素，听到就会来。

夏乾突然灵光一现，莫不是因为吹雪？是不是吹雪本来在附近闲逛，却没听到主人的召唤，所以易厢泉担心？吹雪是只很有灵性的猫呢。

但是易厢泉那表情太奇怪了！

只听此时，巷子里静悄悄的，易厢泉嗒嗒的脚步声远了，铃铛声也不可闻。夏乾也转弯，步入下一条贩卖蔬果肉类的街道。这里没有灯，此时也没有月光，长街里伸手不见五指，正常人连路都看不清，可是夏乾却可以看清一些，他的视觉真是天生的好。

走着走着，夏乾突然明白了几分。

会不会是易厢泉故意把吹雪放在附近的？吹雪灵敏，巡街带着它绝对不是坏事。

可是易厢泉为什么没说实话？夏乾琢磨，倘若一个人说了假话，其原因除了欺瞒，或许就是当事人迫于某种环境压力不得不说谎。

今夜到底哪里不对？

守卫。走了三条街，一个守卫都没有。守卫为什么被撤离？守卫对谁的威胁最大？

夏乾一惊，却顿时感觉汗毛竖了起来。他懂了，似乎是懂了，但他希望不是这样。

但是，如果真是他所想的那样……

夏乾在转角一闪，摸黑躲进街边的小棚子，蹲了下来。他本来应该穿过小树林抄近路回家的，如今躲在这里，黑暗一片，想是没有人发觉。

夏乾悄悄探出头来，这个角落很隐蔽，不会有任何人看到他。

他要躲在这里，他要证实自己的判断。

第二章
关闭城门欲捉贼

万籁俱寂。夏乾就这么浑身发凉地窝在角落里，双眼瞪得鸡蛋大。

乌云似一层浓重的巨大黑纱，街道在这一刹那变得异常黑暗，而在大风之后乌云迅速退去，露出皎皎明月。狂风映月，冷得令人彻骨；月光如冰，倾泻下来却浇得人透心凉。

夏乾的视力极好，他能看见苍白凄冷的月光，街边微弱的灯光要吹熄了似的，不住摇曳。他躲在小棚子的阴影里，狂风吹不散他的恐惧。

夏乾屏息凝神。他在等，等易厢泉从街道转回来。他知道出事了，而且情况危急，易厢泉一定是在摇铃之后发现异样，打算独自一人面对险境。

易厢泉这个人是多么谨慎。谨慎，会知道夜行的危险。夏乾推测，易厢泉把吹雪也带出来了。巡街的时候吹雪八成就在附近放哨。

在惨叫过后，易厢泉摇起铃铛来唤猫，猫却没来。这小猫必定是遭难了。

那么……是有人在附近了。

有人刻意支开守卫，并且放倒吹雪。真的有人一直在暗中跟着他们。

易厢泉定然意识到了这点。刚才做戏，让跟踪者误认为易厢泉和夏乾准备打道回府，实则是想转回原地。巷子窄小，若能前后夹击，定然是瓮中捉鳖。

夏乾想着，觉得喉咙发紧。他想知道事实，也许易厢泉需要他帮忙。

风忽然停了。

这阵风停得很是突然，徒留一丝入秋的寒意。周围连蝉似乎都死透了，没有一丝声响。夏乾连自己的呼吸声也听得一清二楚。

就在这短短一瞬，他却又听到了另一种呼吸声，微弱却均匀。

这呼吸声不是他的！

呼吸声由远及近，还有轻微的踩踏木板的声音，像是有人从远处蹑手蹑脚地走过来。

夏乾没有动，却感觉面前有灰尘簌簌落下，他缓慢僵硬地抬起头望向古旧的木棚子顶端。棚顶是一块结实却破旧的木板，木板长长的缝隙微微透着光，打到夏乾苍白的脸上，形成了一条光亮的直线。

夏乾盯着缝隙，突然一下，一道黑影掠了过去，光被猛然遮住了。

显然是有人从顶上走过。遮光的一刹那，夏乾觉得自己的心狂跳起来。灰尘再次飞舞而下，迷了眼睛，待他再次睁眼，却听到那呼吸声音越来越重，似乎就在自己耳边一般。顶上的木板却再也透不出光亮来。

棚顶上面居然有人！这人正好在自己头顶上！

天棚离他不过几寸的距离。

夏乾傻傻愣愣地一动不动，额头有冷汗渗出。他不知道该如何是好，不知道对方的底细，不知道对方来做什么。越是这样，越是恐惧。

月黑风高，来者必定不善。夏乾手心微汗，指关节泛白。他拼命稳住呼吸，握紧了自己蓝色衣衫的左袖子，里面有一柄小巧锋利的匕首。这匕首削铁如泥，但是自己从没用过。这东西一寸短一寸险，若有不测，用来防身也胜过赤手空拳。

夏乾不懂武艺，他要极力避免正面冲突以保自身安全，同时心里暗暗后悔，自己怎么就遇上了这种事？他还没活够呢，都怪易厢泉。

似乎有别的声音传来。

顶上的人似乎觉得有异样，僵住不动了。

可是那异样不是来自夏乾，而是易厢泉。夏乾向外望去，发现不远处的阴影里有人在移动。易厢泉穿着白衣，在漆黑的夜里显得格外清晰。只见他轻轻地钻入同侧的另一个破旧棚子下面。他离夏乾几丈远，似乎是从街角刚刚转回来，呼吸均匀，轻手轻脚。

夏乾一见易厢泉，顿时心情大好，暗暗舒了口气。

易厢泉看见夏乾似乎一点也不意外，也有几分喜色，还朝他做了一个噤声的手势。他腰间的金色铃铛早已摘掉，灯笼也不知道扔在哪里，手中除了那形状怪异的铁扇子之外别无他物。

夏乾见了他，本是安心了的，如今却又略微紧张起来。自己好歹有匕首，易厢泉可是手无寸铁。

好在这是一个死角。这一片棚子全都紧挨着，顶上的人因为视角锁定，看不见下边发生了什么。

夏乾、易厢泉二人都僵着不动，似乎都在思考对策。

夏乾脑中一片茫然。但抬头看着易厢泉淡定的眼神，况且看他那架势，八成有了主意。

突然之间，棚顶又"嘎吱嘎吱"地响起来。

紧接着又是窸窸窣窣的声音，听起来像是布料的摩擦声。

易厢泉面色如常，依然没有动，只是利落地挽起袖子，握紧手中的金属扇子，静观其变。这样可以弄清棚顶上的人的目的，把人活活抓住便是最好的。

二人出乎意料地有默契，谁也没动。

然而就在这时却出了变故！

远处有一团白色的影子似雪球般滚过来又定住。二人定睛一看，便都愣住了——吹雪一身白毛凌乱，安静地站在街角暗处，抬起小脑袋，黄蓝双目狠狠地盯着顶上的人。

夏乾心里暗骂"畜生"，吹雪刚才惨叫一声之后就不知道跑哪儿去了，早不来晚不来偏偏这时候来！还好猫走路无声，顶上的人继续动作，"咔嚓咔嚓"声不断，似乎并未发觉吹雪的到来。

吹雪浑身雪白非常醒目，顶上的人却没看见。显然棚顶人是背对着吹雪，面向的是易厢泉。而位置，应该恰好是夏乾脑袋顶上。

夏乾顿觉头疼，这样的姿势要怎么抓人！

突然，咔嚓声停住了。夏乾突然冷汗直冒—— 一只手从棚顶探出来。

这只手纤长灵巧，不显苍老，指甲干净，但是看不出男女，

棚顶的人似乎伸出手想要碰路边的灯。这只手只是刚刚碰到，灯晃了一下，映得路上明暗不定。

就在夏乾被这只诡异的手吓得呆傻之时，易厢泉淡淡看了一眼吹雪，一只手突然从怀里掏出了刚才那个金色铃铛，夏乾还没反应过来，只见铃铛已经拼命地晃起来！

就在短短一瞬，铃声叮当大作。夏乾吓傻了，看看棚顶又看看易厢泉：这又是哪一出？伴随着铃铛急促的声响，吹雪霎时间发出了凄厉的大叫！

凄厉的声音划破夜空，混合着黑暗的夜晚带来的寒意直击耳膜。夏乾顿时汗如雨下，这是怎么回事？他根本没有准备！

这时易厢泉突然晃动，白色影子如同鬼魅般一闪，从棚子撤了出去，夏乾根本看不清他的动作，却见易厢泉跳到街上，白衣如幻如雾，口中大喊："不要动！"

棚顶的那只手缩了回去。

易厢泉已经跳到了街上，紧接着他的扇子展开了。那扇子十分奇特，扇边如波浪，通身泛着冷冰冰的光。只见易厢泉轻轻一甩，有什么东西飞了出去——

瞬时，棚顶上的人传出"啊"一声轻微的呻吟，声音听起来是个男人。接着又是一阵急促的布料摩擦声和木板的嘎吱声。

夏乾什么也没有看清楚，只知道那"不要动"看似是说给棚上之人，其实是说给他自己的。

夏乾没有动，他知道易厢泉的意图。易厢泉不让夏乾动，并不是怕他有危险。他们二人都不懂武功，更不擅长近身搏斗，如果突然碰到了高手，两个人没有事先商量好以相互配合，那么在搏斗中不但难以互相帮忙，反而彼此牵制。

　　易厢泉迅速攀上棚顶，速度极快地消失在夏乾的视野里。

　　只听棚顶的木板顿时嘎吱大响，载了两个人的重量，仿佛要崩塌了一般。夏乾紧张地盯着木板透光的缝隙，见上面二人影子在灯光下闪动，映在夏乾不知所措的脸上。

　　接着是"嗖"的一声响，似是刀剑出鞘，紧接着是金属碰撞的声音，木板似乎支撑不住了，灰尘疯狂地掉落下来，整个棚子开始剧烈晃动。

　　夏乾仰面，忽然，一滴温热的东西滴在了他鼻子上。

　　他下意识地抹去，却闻见浓烈的血腥味。他"妈呀"叫了一声，再也按捺不住，从棚子里面一下子跳出来，一个跟跄差点摔在地上。却见棚顶上白色影子似鬼魅一闪，棚顶上一个人都没有了！

　　他们从另一端跳了下去。

　　夏乾也费力地翻过去，棚子的另一侧是回家途中必经的漆黑小树林。易厢泉站在不远处，面朝树林，不停地喘着气。

　　"跑了。"易厢泉一边喘气一边扭头道，语速极快，"你去叫守卫过来，我再找找，动作要快！他受伤了，我的镖打中了他的右手臂，再不追必定来不及了！"易厢泉急匆匆地说着，这才望向夏乾的脸，惊讶道："你受伤了？"

　　夏乾摇头，慌忙掏出白绢子擦去血痕，却看见易厢泉的白色衣袖也被染红，左手滴着血。这是被吹雪抓伤的那只手，上边又添了一道清晰的大口子。

这是刀剑留下的伤痕。夏乾二话不说把绢子扔给他，易厢泉立刻接住裹紧，绢子上又染红一片。

夏乾欲言又止，步子也挪不动。而此时却觉得脸上有丝丝凉意。他抬起头，却见一道电光划过天际，不久便是轰隆一声。乌云早就遮住了月亮，空中竟然下起了丝丝小雨。

方才的晴朗竟然是暴风雨的前兆。

"雷雨中不适合在树林穿行，这一带的路我也不熟，那人怕是早就跑远了。"易厢泉说着皱了眉头，血止不住地流，雪白的绢子斑斑点点，甚是可怖。

夏乾收了手中的匕首，急道："你去医馆找傅上星看看伤，我去叫人！"

"不，等一下再去。"易厢泉迅速扯下袖子遮住伤口，简单一包，"估计一会儿雨下大了，很多痕迹便消失了，且先看看周围。"

"有脚印？"

"目前没看到，"易厢泉蹲下，皱着眉头，"太黑了。"

夏乾见易厢泉不停涌血，又在四下摸索绢子，忧心忡忡地道："你的灯呢？"

"在旁边的街道角落，我碰见吹雪的时候就把提灯放下了。回来路上黑，我摸索着过来的，这才费了点时间。"

夏乾终于又找到一块翠竹色的绣帕，绣工极好，绣的是碧绿的竹子，似乎有暗香隐于其间。夏乾丢给易厢泉便问道："吹雪还好吧？"

易厢泉接过绣帕，看了一眼，眉头一皱。"你这绣帕是女人送的？"不等夏乾答话，他便无所谓地用绣帕裹住受伤的手，"我看到吹雪的时候，它已经倒在路边了，估计是被强制闻了什么不该闻的东西。还好，我推了一下它就醒了，醒了也没乱叫。要是别的猫，估计闻这一下得睡上一天。"说着，易厢泉用另一只手从怀中掏出一片青黄叶子包着的东西，"早就听说中原的香料异常厉害，可惜我对此不大了解。这是在吹雪旁边捡到的。"

夏乾拿了过来，那是一包小的白色粉末，香气浮动。他看了一眼就赶快将其包住，怕淋湿，也怕放出气味："兴许是那棚顶之人放的。究竟何人做这种事？他想干什么？跟踪我们？"

易厢泉单手支撑一下子就翻上了棚顶，他蹲下，眉头蹙起："你看这个。"

夏乾也翻了上去。微亮的街灯在细雨中闪烁，本身灯是有挡雨的板子的，只是风吹来似是要灭了一般，一明一暗地晃悠着。

灯下有一团白色的粉末。说是粉末，颗粒却不小。好在刚才疾风骤停，这些粉末正好在灯光下没被吹散，风起，扬起一阵香气。

易厢泉沉默不言，夏乾转过身来惊讶地问他："这……你跳出去的时候，看见那棚顶的人手碰了一下灯吗？"

易厢泉一愣："怎么，他碰了灯？我并没有注意。"

"他刚碰了一下，你的镖就打过去了。等等，你那是镖还是别的什么？你出手可真够快的，那扇子当真是好东西，你从哪儿得的这宝贝？我也想要！"

易厢泉随手把金属扇子给了夏乾，而他自己只是盯着那堆粉末，之后就仔细地把它们用叶子包起来，装到怀里。

夏乾接过扇子，沉甸甸的，寒光四起。整个扇子被打磨得分外光亮，形如海中波浪，扇叶很厚，夏乾怎么也打不开。他求助地看了易厢泉一眼，易厢泉直接把扇子从他手里抽回去了："别给我弄坏了。"

"你这扇子怪异有趣，可有名字？"

易厢泉还在注视地面，目光不离，"嗯"了一声。

夏乾赶紧掏掏袖子："我用这匕首跟你换如何？"

夏乾从左袖中掏出鎏金匕首，不过几寸，剑鞘上面还镶嵌着细小的红宝石，雕刻流云，极其精致。夏乾得意道："徐夫人匕首，都说荆轲刺秦'图穷匕见'，指的即是这种。如何？换是不换？"

怎么可能换！易厢泉头也没抬，快速道："方才我即将跃上棚顶的一刹那，见他似乎拿个小包袱，摊在地上，里面的东西看不真切。我当即发镖，本以为他是绝对躲不及的——谁知他把包袱一卷，快速一晃，用右臂硬生生挡住镖，血一下子喷涌出来。他迅速反应过来，那左手便腾出来了，单手就抽出了腰上的剑。他虽然蒙着脸，却始终背对着我，我又扬起扇子给了他第二镖，但是他的剑速快到难以想象。我还未看清便觉剑锋一扬，只听'当'一声，镖已经偏了，远远弹去。我这第二镖速度极快，可是他居然不用转身就可以直接用剑挡住。"

夏乾没料到易厢泉突然滔滔不绝说这些："之后他就逃了？"

"逃了。我出手这么快他都能逃走，况且……你看那边。"

夏乾看见不远处似乎有微光闪烁。他吃惊地道："那是……"

"是我的第一镖。他中了镖之后立刻从身上生生拽下来，又迅速掷回给我。我用扇子发镖，他却用腕力回击。但那力道绝对不亚于扇子所发，速度快得惊人，我险些没躲过去。"

夏乾没有说话，他走过去，看着那镖，上面浸满了血，可见插得有多深，怕是整个没入了肉里。周围也是一大摊血，顺着木板滴答流下。夏乾下意识摸了摸自己的鼻子，一股淡淡的血腥味涌上来，顿觉后怕。

这么短的时间内，这人生生地把卡在自己手臂上的镖从肉里抠出来，迅速扔回去，整个动作还是在未转身回头的前提下。

夏乾吸了一口凉气。速度，力度，准度以及韧性……

易厢泉没有说什么，看看远方的漆黑小树林，树影婆娑，被雨蒙蒙掩住。那是棚顶上的人消失的地方。他沉思一会儿，突然问道："他刚才逃跑的时候，你有没有闻到什么气味？"

夏乾一愣："闻到了，有点隐约的香气。但是我离他太远，也辨别不出来是什么味道，你可也闻到？"

易厢泉眉头紧皱，又"嗯"一声。他双目微合，似在思考。

"你没看见他的脸，他是不是穿着青黑色衣服？我们刚刚碰到的，到底是谁？"夏乾浑身冷汗，攘紧袖子紧张问道。

易厢泉抬头，淡淡地瞧着昏暗的街道，映得双眸亦是一片漆黑。

"明月上柳梢，只见青影飘，不见人，亦非妖，日出之时，云散烟消。"

易厢泉的声音很轻。

听了这话，夏乾脑袋"嗡"的一下，紧接着就感觉到了一股寒意。

二人沉默不语。他们万万没想到，青衣奇盗竟然这么轻易地现身了。这种出其不意的到来给二人带来无形的压力。细雨之中，易厢泉攥紧了血迹斑斑的手帕。他抬起头来看着街灯，眼中第一次显出了忧虑。

医馆没有锁门，只是虚掩着。易厢泉轻叩，不见人应答，索性推门进去。

厅堂简单干净，一桌两椅，空气中弥漫着草药清香。门旁悬挂斑驳铜铃。

易厢泉摇了铃铛，之后便坐下。医馆此时没有病患，桌上燃一支小烛，温暖的火焰映着窗外的雨。

江南到了秋天也是不太冷的，柳树仍绿，秋菊盛开。但秋雨却依然有连绵不绝之意，淅淅沥沥，送来一场秋寒。庸城安静地笼罩在雨中，就如同笼罩在难以退去的寒冷雾气中一样。

听着屋瓦被雨打发出的滴答声，易厢泉的心也静了下来。他受伤的手仍然握住绿色帕子，已经不觉得疼痛。

在这短暂的等待里，易厢泉看了看手中沾血的绣帕。这是夏乾给他包扎伤口的，斜斜地绣着一朵兰花，还泛着脂粉味儿，显然是女子之物。

这脂粉味儿似乎在这间屋子里就能闻到。

易厢泉好奇，正欲拿着帕子细细打量。就在此时，"吱呀"一声，门开了，只见木门外站着一个年轻的郎中。他三十岁上下，儒雅端庄。烛火映在他眼中竟然是如此温暖祥和，但他双眼泛红，显得有些疲惫。

他扫了一眼易厢泉的伤口，眉头微蹙，迅速坐下，打开了桌案上的药箱。

易厢泉没让他号脉，只是清理伤口。

"旧伤新伤，你这伤若不及时医治，日后怕会影响你这只手。"郎中目不转睛，手法轻缓却精细地处理伤口，轻言道，"忌生冷辛辣，这药几个时辰擦一次，很快就会痊愈。听闻易公子略通医理，却怎会如此不注意身体？"

这个郎中显然认识易厢泉，这也不奇怪。庸城不大，易厢泉举手投足都显得很是特别，虽只来几天，眼下也是尽人皆知的人物了。

"先生不必如此客气。说通晓医理真是谬赞了。我行走江湖只是粗通脉象及经络，多是儿时师母言传罢了，"易厢泉轻松一笑带着敬意，"还未请教先生名讳。"

"不敢，在下傅上星。"郎中这才抬头温和一笑。

易厢泉眉头一皱，这就是夏乾口中用银子贿赂杨府尹以求得进京机会的人？真是知人知面不知心。

"傅上星……上星先生出身于医药世家？"

傅上星笑着摇头。

易厢泉忽然莫名笑了一下。他用空出的手从怀中掏出叶子包裹，就是从吹雪身上取来的药粉，摊开道："先生可认得此物？它迷晕了在下的猫。"

傅上星取一点略近口鼻，就速速放下，皱起眉头："迷药的一种，可致幻，也可使人嗜睡，香气很足，从很远处便能闻见，所以用量应谨慎。易公子从何处得来此物？"

他说得诚恳而认真，易厢泉突然对眼前的人多了几分莫名的好感："此香何处出产？做何用途？"

"此物是很多植物研粉的混合物，研磨工艺精良，配药技术也好，当是制药高手所制。其中用了大剂量的洋金花，也叫曼陀罗。天竺很多，中原各地有不少。近了口鼻才可以使人昏迷。"

易厢泉沉思一下，道："近距离闻起来会使人昏迷，那远距离呢？"

傅上星轻轻替易厢泉包扎伤口，一边说道："剂量不同，效果不同。眼前的这些剂量小，充其量也只是针对猫。定是猫自己主动上前闻或者被强行捂住口鼻，若是离得远，在室外是昏迷不了的。易公子常年在大理，可知当地盛产致幻剂罂粟，相似的，这曼陀罗也有致幻的效果。若是服用，它可是相当厉害的毒药。"

易厢泉闭起眼睛似在沉思："在下还有一事相求，不知先生这里可有香料？"

"香料与药材是密不可分的，我这里倒是有一些常见的。"

"可否让我一一闻过？"

傅上星诧异："百种香料，易公子确定要一一闻过？"

易厢泉点头道："这事十分重要，劳烦先生了，夏乾还未回来，多等一下，这期间不妨做点实事。"

傅上星忧心地带着易厢泉来辨认香料，百种一一闻过，这可要耗费大量精力。而有些香料久闻对人身体有害，易厢泉身上有伤又显得疲惫，当然是不好的。

易厢泉显然在凭借气味找什么东西。

人有很好的嗅觉记忆，这种记忆并不比眼睛耳朵看见听见差多少。但是，如果闻多了，很容易造成嗅觉迟钝，这样即便再好的嗅觉记忆也于事无补，于人有害无益。

易厢泉却只是轻轻地嗅过，一言不发。窗外的雨仍然淅淅沥沥地下着，似乎减小了些。烛泪滴落似乎快要燃尽，不知不觉半个时辰过去了。

"这是……上面写着，当门子？"易厢泉突然停了下来，指着一些很少的棕黄色粉末。

"当门子有催产之效，在下只有一些，此物甚是昂贵。"傅上星笑道，"富人家也有用它来熏香的，当门子就是麝香的药用了。"

易厢泉蹙眉："这味道……有点相似，但似乎不是。"

"易公子闻什么相似？可是说曼陀罗？曼陀罗的叶子就有麝香味道，可是——"

易厢泉摇头，傅上星便识相不再答话。沉吟片刻，易厢泉道："上星先生可有有关香料的书？借我几日可好？"

傅上星笑道："当然可以。"

这时却听得门开了，易厢泉转过头去，见走来一位少女。她见了易厢泉便轻声问好。少女约莫十六七的样子，眉毛弯弯，唇红齿白，很是可爱。她穿着当下女子时兴的罗裙与粉红褙子，头上扎着细细的小巧绢花。屋里的灯光昏暗，她似是摸索着走上前来，想要收拾一下桌上的医药箱子。

"小泽，不早了，你也歇吧，我去收拾。"

"不碍的不碍的，顺手也就收拾了。"被唤作小泽的少女笑了，她把药瓶摆好，这时猛然看到易厢泉用来包裹手的碧绿翠竹绣帕，上面沾了血。她似是看不清，眯了眼，等待看清了却猛然一颤，随即涌上失落之情，沉默不语。

易厢泉尽收眼底，一看便知是怎么回事了，顿生几分歉疚，心里暗骂夏乾，于是想要转移女子注意力，笑道："敢问姑娘不会姓曲吧？"

小泽抬头一愣："你怎会知道？其实我也是没有姓的，我——"

"小泽，不可无礼，"傅上星责怪却不失温和，"这是易公子，易厢泉。"

小泽立刻好奇地看着易厢泉，目光却盯着另一个方向。这个少女没有缠足，虽然娇小却没有江南女子的温婉，有这年纪独有的朝气。但仔细看，少女美丽的眼睛里却是空洞的。这种空洞的眼睛几乎只有失明的人才会有，但小泽显然是不完全失明的。

傅上星催促她休息。小泽没有吭声，摸索着走出去了。

"曲泽……"易厢泉似是同情地摇了摇头，"她是夜盲症吗？"

傅上星叹道："差不多，但不是。她白日里的视力还可以，但是晚上，几乎完全看不清。"

傅上星转而用一种好奇的眼光看向易厢泉："易公子真是厉害，居然能猜到小泽的名字。"

易厢泉没有回答，只是起身道："今日谢过，在下还有要事，不再打扰，告辞。"

"这灯赠与你，路上漆黑，小心为上。"傅上星匆忙递过灯去。

易厢泉付了药钱，走到门口却又停下了。他没有离去，似是犹豫地转身，冷不防问道："请问上星先生，人为何会中毒？"

傅上星一惊："易公子何出此言？"

"只是想知道人中了毒，究竟是通过何种途径？"

傅上星摇摇头："太多了。就毒物本身来说，有些毒物过了一些时日就会失去毒性，无毒的东西放了一些时日就会产生毒性。而对于不同的人作用也不同。常见的毒物主要来源于饮食、水源。"

"早听说银针是无法检测出所有毒物的，除此之外还有无他法？"

"不是银针不起作用，而是毒物的种类过多。要是懂毒物的人来下毒，那简直是防不胜防，"傅上星言至此，眉头微皱望向易厢泉，"不知公子是否碰上了麻烦？"

易厢泉摇头。

傅上星忧心地望着他："我见你面色欠佳，又问这种问题，是不是……嗯，可否让在下诊脉？只怕易公子……"

易厢泉摆摆手："只是疲惫，不劳挂心，告辞。"

说罢他就离开了。

而就在此时，夏乾带着方千从庸城府出来了。只待他们到了医馆，却见灯虽然亮着，里面却没有动静。

见找不到人，方千便回去休息，毕竟明日还有更加重要的事情要做。而夏乾心中恼火，这易厢泉又不知道去哪儿了。自己本是一个闲人，如今却忙得不可开交。刚刚把吹雪送回去，又向方千报告发生的事，随后又调遣守卫……

夏乾有些不悦，独自一人回家去了。

今夜的风依然很大，雨却忽然停了。乌云已然消失不见，月亮竟又悄然出现。月光下，几名守卫在街道上提灯巡逻。

夏乾自然安心许多。刚刚碰到那样的事，他相信险后则安，这段路应当是安全的。就在快要到家时，夏乾又看到了易厢泉。

"你怎么在这儿？"夏乾先是一愣，却又气恼起来，"你如此随性，害我们一通好找！"

易厢泉提灯而立，另一只手上缠着白纱布，面带倦容，只是仰头，双目无神地望着街灯。

这是一盏老式的雕花木灯，刷了防火的朱漆，在高高的朱红木质灯柱上悬挂着。这里的街灯与那小棚子前的一模一样，大道上都会有相同的街灯，数量不少，全城灯火点点，各巡逻据点也有。狂风不停歇，街灯一晃一晃的，与他们遇到青衣奇盗时的场景一样。

见这情景，夏乾不由得打了个寒战，而易厢泉率先开口道："你是不是打听到方千那边出了什么事？"

夏乾赶紧点头："方千他们被愚弄了！今日守卫本来照常，方千去取些药留作明日备用，回来却接到信件，说今夜守卫的人数不变，只是地点时辰略变。信上精细地列出了所有守卫的变更，方千看了一下，只是微调，就照做了。"

"哪来的信？"

"在方千房里的桌子上。整个信写得十分详尽，各个街道标示异常清楚，落款……是你。"

易厢泉叹气："区区小把戏，他竟然相信了？我当时人还在庸城府没离开，为何要拿书信给他？"

"你一向行事古怪，他为人忠厚老实，当然相信了。"夏乾无奈道，"信上说，今夜调动部署，事关重大，务必秘密进行。只要将变更后的时间地点告知守卫首领，到时行动即可。此事不可与他人商量，不能把内容写下来，不得给任何人看，在庸城府不能提起此事，包括跟你谈论也是不可的，而且，"夏乾叹气，"信里写着让方千在下雨的时候把信焚毁。"

易厢泉眼睛一眯，有些恼怒："他照做了？"

"最后一点没有照做，不过你别生气，毕竟咱们没有什么损失。方千说，他也怀疑过，只是那封信上边的部署十分精确而谨慎细致，外部人员哪知道得这么精细？"

易厢泉苦笑："后来呢？"

"后来，就电闪雷鸣下雨了，方千说，他当时还欣喜'易公子果然料事如神'，随后就拿出字条准备焚毁。就在字条点燃时，他突然发现字体的颜色似乎淡了。他一下子蒙了，觉得事情隐隐不对，"夏乾开始在怀中摸索，"他决定扑灭火焰。但是，字体都淡了，只留下卷首称谓方千的'方'字还能看得清楚些。"

夏乾掏出两张纸片，一张是普通纸，上面是"方"字，显然是夏乾趁着字迹尚未消失的时候临摹的；另一张纸片很小，是原件，圆形小片周围有烧焦痕迹，一点字迹都看不见了。

"方千不想给我，说是要交给大理寺。我管他什么大理寺小理庙，趁他不注意，拿来给你看看。"

易厢泉沉默一会儿才道："此事不可声张，之后有人要问起这信的事情来，就说是我写的。"

夏乾点头："不过，话说回来，单凭这一个'方'字，实在不好看出笔迹，只是，如果硬要看写字风格的话，这倒像——"

"王羲之。"

易厢泉拿起纸张，对着明亮的街灯，细细地看着："简直像王羲之真迹。论身手，论学识，青衣奇盗均属上乘。他还精通香料用法，极擅谋略，这种人为什么做贼？"

他将纸张揣入怀里，显得有些担心。如果青衣奇盗真的与师父、师母的案子有关，那么这个对手不但狠辣异常，而且极擅谋略。

夏乾看出了他的忧心，宽慰道："明天不会有问题的。"

明天不会有问题，不会有任何问题。

这就像是一场战争。庸城府衙的所有人此刻都在紧锣密鼓地备战。他们有最精锐的部队、最优秀的将领、最出色的谋士。

易厢泉站在街灯下，一身白衣被灯染成了浅黄。他的眼睛里闪着灯光，这是街灯的光，大盗的影，庸城的绵绵阴雨，官府里来去匆匆的人。这些人和事在他的脑海中闪过，像图画一样慢慢变得清晰……

大敌当前。

易厢泉突然笑了，他似乎有了别的主意。

"你夏宅甚大，容我一间可好？"

夏乾一愣，没想到易厢泉会突然这么问。

"你不是决定在客栈落脚吗？为何变了主意？今晚就去？"

"今晚即搬，若无意外，一直住到城禁结束，吃食与下人同样即可。"

"就住我隔壁好了。至于吃食，样式简单就不可能了。我爹不
在，你也知道，我娘绝对不可能亏待你。"

"但愿明日一切顺利。"易厢泉轻声说道，像是对自己的劝诫，
又像是对明天的诉说。他抬头仰望，中天悬明月，不知阴云秋雨何时
再来。二人决定就此离去歇息，走到一半，吹雪也悄悄跟上来了，跳
到了易厢泉肩头。

庸城是扬州最安全的地方，而夏宅更是庸城中最安全的地方。站
在门口，只觉得如普通人家大门一样。但是夏宅院子极大，屋舍不知
道有多少间，家丁用人轮番守夜，烛火更是彻夜不熄。

易厢泉站定了脚步。他突然觉得，二人似乎是顺着灰墙一路走来
的，走了很久很久，那灰墙却绵延至此，开了一扇朱漆大门。

"这一片……都是你们家？"

"是啊。"夏乾轻描淡写，"刚才翻墙就能进，但是翻墙容易被
当成贼，会被狗咬。我曾经偷懒翻墙回家，被自家的狗咬过。"

易厢泉震惊道："几年前来过，不记得你家变得这么大。"

"我们东西太多，去年把隔壁人家院子直接买了。"夏乾困倦，
打着哈欠进了门，"进门了，你快跟紧我，跟不上会迷路。"

夏乾引着易厢泉进了门。院中设假山池塘，花树成荫，灯火通
明，石板路铺得整齐。虽然雅致，却似乎并无什么豪华之处。但易厢
泉依稀记得，这以前可都不是夏家的院子。

"这都是直接买了隔壁宅子之后砌墙连通的？"

"是啊，要不然怎么办？庸城地皮稀少，我们家在外城还有三处

宅子，因为城墙在，都连不起来了……"

恰逢几个端着洗漱盆的年轻丫鬟从树荫下走过，时不时往这边偷瞧，多数都在瞧她们的易公子。易厢泉礼貌地笑笑，丫鬟们觉得更开心了。

"易公子肩膀上的那只小白猫是吹雪吗？白白的真是可爱！眼睛也漂亮！"几个丫鬟凑上前去，把易厢泉围住，伸手要抱猫。这一闹，半个府的丫头都凑过来了，打着灯笼，东瞧西看，吓得吹雪直瞪眼。

"看什么看？以前又不是没见过。"夏乾有些嫌弃，叉腰道，"谷雨，我爹这几日不会回来吧？我娘睡了吗？"

"少爷你又偷跑出去，老夫人气急了。如今被哄得睡下了，说今日的账明日再算，又要罚你抄书。"名唤谷雨的丫鬟有些不屑。她侧过头，视线绕过了夏乾看向易厢泉，热忱地道："易公子来啦？饿吗？渴吗？"

"他不饿，"夏乾有些生气，"你们怎么不问我饿不饿？"

"谁问你啦？"一群丫鬟嬉笑一阵，一个个都在看易厢泉。夏乾生着闷气，把她们轰走，带易厢泉去了书房，让他凑合着睡一张小榻。

"别的客房太远了，大晚上就别过去了，"夏乾随意地给他铺了床，"别让那些小丫头进来。谁进来，说不定就被我娘指给你成亲了。"

易厢泉原本还在打量房间，听闻此话脸色一变。

夏乾打着哈欠："别不当真。我娘身体不好，只有我这么一个儿子。我爹不肯纳妾，我娘就逼着我娶亲。你看看，我现在过的是什么日子……还有，你没事就帮我抄抄书。我娘只让我抄《论语》，上次罚的抄完了，你帮我多抄点，下次再罚时就可直接用了。"

书房整洁，日日有人清扫，但是书籍上却落了灰。书架上挂着一幅文与可的墨竹图，墨竹图旁边则挂了一把弓箭。弓箭下面供奉了财神爷，这是夏府每间屋子都有的摆件。旁边蓝色哥窑花瓶里插着一些孔雀羽毛。易厢泉抽出了一根："家中还摆着这些？"

"是呀，"夏乾弯腰铺了被子，"吉祥。小时候跌落山崖时看见一只孔雀从空中飞过，掉下来的那根孔雀毛，我也一直带在身上。这么多年，什么灾病都没有遇到过。"

"你辞退了这么多教书先生，又不爱读书，非要跑去书院。家大业大，为何不去看店？"

"读书还能在书院睡觉，看店可睡不成。床铺好了，你睡吧，"夏乾哼唧着踢了床铺一脚，"没事千万别招惹我府上那群小丫鬟。"

易厢泉看了看书桌，只见桌下有个盒子，里面是快要溢出来的字条。他随手拿了一张出来，竟然是欠条。满满一大箱子，竟然都被夏乾随便丢弃。

"这些都是……"

夏乾有些困倦："都是欠条。反正也没多少钱，堆在那儿留个纪念。"

易厢泉扫了一眼，每张欠条上写的可都不是小数目。此刻他突然明白为什么夏乾被人叫作瘟神了。其实他不是瘟神，而是庸城诸多人的债主。

易厢泉只是歪头笑了一下，话锋一转："那……你敢不敢去捉贼？"

夏乾刚要出门，闻声惊讶地抬头，困意消了一半。这是什么意思？

"如果碰到今天这种情况，换作是你，在我没出现的情况下，你会当机立断而毫不畏惧尽你所能去抓捕青衣奇盗吗？"易厢泉语速很快，严肃地看着夏乾，像是在等他发誓。

"在确保人身安全的状态下，可以；如果情况极度危险，绝对没门。"

"你相信我吗？"

夏乾打了个哈欠。虽没答话，却像是默许。

"我知道你比府衙的那些人更相信我，"易厢泉自问自答，警惕地瞧了瞧四周，随后进屋走到桌边，"这样我便放心了。"

他随手剔亮了红木花腿桌上的烛芯，掏出身上的笔，开始研墨。

夏乾一愣："你现在就开始帮我抄了？"

烛光下，易厢泉认真而严肃，仿佛在做一件天大的事。而他只是写下几个字交给夏乾："明日此刻此地，不见不散。不论发生何事，一定要到，纵使我无法赴约。虽然只是以防万一，但这是我唯一的'后招'。"

夏乾慢吞吞地接过纸片，只见上面写道：

子时城西三街桂树

夏乾看着易厢泉的字体："你这柳字写得不错，严正工整。你的'后招'就是半夜把我叫到那儿去道晚安？还好这地方容易找，全城就这么一棵——"

"别多嘴，小心隔墙有耳，看完就把它烧了！"

夏乾嗤笑一声，打着哈欠来到红烛前面，将字条焚毁了。

易厢泉望着火焰，喃喃道："我总觉得明天要出事。"

"不会的，一个小贼而已，你不要乌鸦嘴。"夏乾眉头一皱，但他也有些忧心。易厢泉往往说什么应验什么。

"走吧，走吧，不要打扰我休息。"易厢泉竟然反客为主，将他赶了出去，吹熄了烛火。

窗外，传来夏乾骂骂咧咧的声音。月光清亮，穿进了窗户。

墙上文与可的真迹可谓价值连城，可如今落灰蒙尘，显得有些可惜。

它旁边的弓箭却在月下微微发光。

易厢泉看着弓箭，心如明镜。

书房悬弓本是不妥，夏乾被逼着读书却心有不甘，一进书房便是假惺惺地以读书为由去擦拭弓箭。

易厢泉笑了一下，抬手慢慢将弓箭取了下来。

不一会儿，夏家下人端来了洗面香汤和漱口的茶水，点上了驱蚊的香。丫鬟想进来铺床，却被易厢泉死死拦住，直到把吹雪交给她们才肯罢休。待洗漱完毕，他自己将床重铺一遍，还在枕头底下发现夏乾窝藏的几本小册子，都是《离魂记》《聂隐娘》之类的故事。他笑了笑，最后才在小榻上躺了下来。

有的人白天忙碌，只是不想直面夜晚。白天有很多离奇的事情可查可想，夜晚就没了；白天有很多人可看可聊，夜晚也没了。自从师父和师母死后，这些年他一直孤身一人，但夜晚越是安静，他越是睡不着。孤独就像锥子，扎得人辗转反侧。

今夜不一样。

易厢泉听着窗外丫头嬉闹的声音，下人们走动的脚步声，并不觉得喧闹，反而有些温暖。他已经没有家人了，夏乾就像是仅存的家人，也许夏家就是自己的另一个家。

他翻了个身，竟然慢慢睡着了。在青衣奇盗来临的前夜，睡得安稳又舒服，似乎梦到了师父、师母和善的脸，也梦到了面容模糊的亲生父母。

次日清晨，夏乾是被下人推醒的，他猛地跳起来，发现暗红缎子的床帏外一片光亮，真的日上三竿了。他慌忙找茶水漱了口，自己睡得再沉，他也清楚今天晚上会发生大事，如今这一上午却睡过去了。

夏宅是庸城最大的宅子，夏家的下人数量很多，而其中还算能干的不足二十人。于是把这二十人的名字重新命名，以二十四节气称谓，不足的便空着，以待晋升。唤醒夏乾的仆人叫夏至，是夏家的大管家之一。

"易厢泉还活着吗？派小满偷偷跟去了吗？"夏乾带着睡意问道。

"人家易公子作息规律，好几个时辰前就吃完早饭出门了。早闻易厢泉大名，智慧无双。本以为比老爷略小几岁，没想到竟然如此年轻。你看看人家，再看看你哟！"

夏至嫌弃地拉着夏乾起床，又道："谷雨那帮鬼丫头甚是喜欢易公子，想把早膳端进房。哪知易公子非要亲自去厨房，跟下人们一起吃，吃饭时，似乎用了银器。"

夏乾眉头一皱，睡肿的脸映在手中茶杯上，没再吭声。

夏至接着道："易公子吃了很多，又用酒葫芦装了一大壶茶水，之后便出门了。我让小满悄悄跟在他后面。易公子先去了城西三街，随后绕到庸城府衙，只待了不到一个时辰就出来了，然后进客栈。就在进客栈之前，小满……被他发现了。"

夏乾恨铁不成钢地道："这得扣小满月钱！"

"这可怪不得他。易公子进客栈之前，突然回头，看着小满笑着说，与其跟着自己浪费时间，不如去干些正事，帮他找一根一人高的竿子。"

夏乾漱了口，一抹嘴，问道："要竿子做何用处？"

夏至苦笑道："不知道。要说那小满真是跑腿的命，傅上星先生在清晨来给夫人问诊，又顺便问了昨日易公子受伤的事。谷雨那丫头一听易公子受伤了，便非要拉着小满去送药——"

夏乾听得不耐烦了，蹬上鞋。夏至最怕他穿鞋，因为这是准备溜走的前兆，匆忙拦住道："老夫人说了，如今外头乱，少爷你必须在家待着。"

夏乾冷笑一声，深吸一口气，拔腿就跑。他从后院翻墙出去，运气很好，狗居然没叫。

重本抑末思想在大宋有了巨大改变，工商亦为本业的思想得到宣扬。庸城地处扬州中心，水运交通便利，商业也逐渐发展起来。夜市素来热闹，而待五鼓钟鸣，早市也开始了。做买卖的都是一户挨上一户，但此时却因为城禁的缘故全盘打乱。

今日就是青衣奇盗偷窃的日子，百姓们都不敢出门，除了夏乾。他一路小跑到了风水客栈。这是衙门对面的客栈，易厢泉以前就下榻此处。老实巴交的周掌柜独自一人坐在老榆木台子前头。周掌柜早已过了古稀之年，虽耳背，眼却不花。如今客栈空空，只有易厢泉一个客人。

夏乾进门，扯着嗓子问掌柜，易厢泉是否还在楼上。问了三遍，周掌柜才笑呵呵地表示肯定。待他推开易厢泉房间的门，只见窗户大开，淡青色的床帏在秋风的吹拂下微微地动着。帷帐边不远处，易厢泉的行李、包袱全在。房间门口有根一人高的竹竿，这是小满拿来的。桌上还放着药瓶和纱布，旁边倒着一只葫芦，却不见人。夏乾走过去，下意识地拔开葫芦的塞子，里面是茶水。

他认得自家的茶叶，葫芦里的茶水被喝掉了一部分。他又看看桌子，没有任何书信或其他东西，易厢泉就这么放下东西走了，没有留下任何音信。

他去哪儿了？他疑惑顿生，又细细打量起整个房间，地板湿滑，像是被人擦过。夏乾蹲下来，看见上面有水渍，虽然已擦过了，还未干。地板的狭缝里还夹杂着细碎的茶叶末。取一点轻嗅，与葫芦中的茶一样。

"掌柜的，易公子当真没从屋里出来？"夏乾从房间出来下楼，大声问起周掌柜，因老人家耳背，夏乾又重复了好几遍。

"当真没出来！"老掌柜布满皱纹的脸上绽开笑容，声音沙哑，嗓门却很大，"易公子自从进去就没下楼来！老朽我一直在这儿守着呢！"

夏乾心里一凉，又问了几句也没得到什么结果，索性出门离开，直接去了庸城府衙。此时已近未时，秋日里太阳去得早，有归西之意。

庸城府衙守卫森严，赵、杨二位大人还在衙内的空地上。夏乾经过三道检查，之后穿过九曲回廊，过去行礼。只见赵大人坐在雕花莲叶托手的太师椅上。他一身黑色锦衣绣着芙蓉金边，面目严肃。

杨府尹挺着大肚子站在一边，绿色官袍、黑乌纱帽子活似硬生生套在一尊弥勒佛上。小眯眼扫过夏乾，点头问好。只见大理石桌上白瓷盅里盛着参茶，只用了些许人参须。京城大官来审查，自然要上点好东西。然而用整棵人参定然摆明了自己平日里受贿，于是只用了少许人参须。杨府尹是聪明人，大宋的很多官员都这么聪明。聪明人多了，就成了一种风气。这种风气在庙堂之上蔓延，渐渐地就生了事端。

远处，一身戎装的方千正一脸丧气地站在那里指挥着。昨日被青衣奇盗利用的事让他神魂未定。夏乾想去和他说说易厢泉失踪的事，可是想着说了也没用，大家也不上心，毕竟易厢泉一向神出鬼没。

守卫们正在搬运，谨慎地将一万零二根犀骨摆放在院中，一根一根地排列整齐。赵大人坐在凉亭里，却没有闲着，突然指了指不远处，问道："那角落里的大水缸是做何用处的？"只见角落有四个大水缸，由普通陶土烧制而成，分别坐落在各个角落里。

旁边的侍卫抬头一望，道："今天下午刚搬进来的，放在门口，送东西的人说是易公子让搁置在院子里的。"

赵大人看了方千一眼。方千眼眸一闪，立刻会意。

"打开看看。"方千下令，快步走过去。

守卫放下手中的刀，开始猛提水缸的盖子。夏乾上前定睛一看，盖子竟然像是被蜡封死了。方千剑眉一拧，走到最近的水缸边，握紧边缘用力揭盖子，直至青筋暴起却仍打不开盖子。

"封得真是严实。"方千擦汗道。

夏乾也皱皱眉头："要打开缸盖，怕是只有打破水缸了。"

他们只得走向另一只水缸，试着打开。方千走去用力一提，盖子一下打开了。"这是……水？"方千吃惊地说道，轻轻撩起一点水，嗅了嗅，没有异味，是清水。

守卫道："兴许是易公子考虑周全，防止火灾，特备水缸。"

方千点头："有道理。可是易公子人呢？"

夏乾愁眉苦脸道："丢了。正想让人去寻呢。"

"无妨，易公子行事一向如此，估计不久便能回来。"方千也苦笑一下，与夏乾交换了一下无奈的眼神便没再说什么，去门口看了看守卫。

方千比夏乾高了大半个头，生得也比夏乾健壮。看着他夕阳下的影子，夏乾隐约想起儿时一起踢蹴鞠的情景。方千跑得快，踢得又高又远，但本性善良，从未伤过人。这样的人去了西北战场，既合适又不合适。一将功成万骨枯，方千善良却要见白骨累累。如今能衣锦还乡，是最好的了。

夏乾不再多思，便又看着水缸。他总觉得有些奇怪，便快步走到水缸前，用力抬起盖子——缸内的确是清水。可是水缸过深，看不见底。他挽起长长的衣袖伸手去碰触缸底，看看是否还有异物藏在底端。缸底什么也没有，只是不光滑，像是有沙子。他并不清楚其中的缘由，也没想报告方千，想着等易厢泉来了直接问他比较好。

未时三刻，太阳归西，一切太平。

街上守备森严，百姓统统回家避难。一万根犀骨筷已经在院子里铺满。守卫各司其职，屋顶的弓箭手蓄势待发，两位大人也坐在院子边上屏气凝神。

一切准备就绪。众人皆在，独缺易厢泉。

"他竟然还未到？"夏乾在庸城府门口呆呆地看着院子，心里越发不安。

方千的铠甲在夕阳下泛着淡淡血色，他脸色苍白，显得很紧张："青衣奇盗夜黑而出，正是戌时。如此，还有不到一个时辰，就恐怕……不过，易公子这么聪明，不会有事的。"

"你胡说什么，怎么会有事？罢了罢了，我去找找。"夏乾也着急了，扭头要走，突然想起什么，回头问方千道，"听说早上易厢泉来过府衙，他说过什么吗？"

"交代了部署事宜，还在门口看了一下，似乎是看了一下街灯。"

夏乾顺势抬头看灯。那灯很高——庸城的木质灯杆一般都是极高的。

他突然想到，易厢泉让小满找竿子，莫不是想把灯摘下来？这像极了易厢泉的作风，守着八十个精兵不用，非要自己用竿取。

"可否跃起将这灯摘下予我一看？"夏乾直接向方千求助。

"自然。"话音未落，方千攀住灯柱，身法灵活，一跃而起轻轻摘下了街灯，"这是新的，两天才挂上去的。本想用烛，但价格昂贵未免奢侈，这次为了捉贼，街上用了不少油灯。"

在方千疑惑的目光下，夏乾将灯笼接过，细看一番。

街灯杆子上有遮雨的粗木挡板，而灯罩的上端是开口的。他去了灯笼罩，看着灯油。

一股扑鼻的味道冲了出来。

"什么味道？有点香，但是不太好闻，是不是？"方千说了一半，却刹那之间觉得有些恍惚。夏乾也察觉到了，立刻盖上盖子，冷汗涔涔。

"这本应该是普通的灯油，"方千也察觉到了不对，"这灯油好奇怪，其中混杂了什么？我去拿给杨府尹，再找懂得药理之人问问清楚，兴许掺了什么不该掺的东西！"

夏乾赶紧点头："找人辨认是最好的，天黑莫要点灯，你且派人去看看附近几个街道的灯油是不是也是如此……我去找易厢泉！"

二人立刻行动，夏乾快步返回客栈，周掌柜并不在，却见不远处房中似乎有人影在动，正要开口询问，却有声音传来。

"是夏公子吗？"那人声音很尖，让人听着不太舒服。

"是。"夏乾赶紧应道。

"周掌柜怕见贼，闹出事端，就回家去了。"

"那易公子可曾回来？"

这时声音尖细的小二从房中出来，身材矮小，抱着一堆杂物走进另一间房："一直未归呢，东西还在客房。"

虽然只是黑影一闪而过，但夏乾觉得这小二眼生，身材矮小，声音还尖得奇怪。

酉时一刻，太阳几乎已经落山。屋子里很暗，那矮小的身影又藏匿在黑暗的角落里，不肯现身。

夏乾嘀咕了几句，摸黑上了楼。推开易厢泉的房门，仍然是空空如也。

太阳最后一丝光熄灭了，整个庸城笼罩在黑暗之中，而从南街开始，灯一盏盏地亮了。

夏乾一惊，突然明白了几分。

青衣奇盗在昨日下午就仿造易厢泉的书信让方千把守卫进行调整，随后在当夜尽可能地将昨夜的灯油调换。白天人多，定然不能随意行事，只有在夜间行动。但却碰到了吹雪，于是将其迷倒，之后却被自己和厢泉发现。

灯是覆盖全城的，灯油燃烧气味浓烈，闻到之人必然晕眩，那么守卫必然倒地不起。

夏乾想到此，感到了彻骨的凉意。但是细一想却又感觉不对。

青衣奇盗擅长用药，这也是守卫选在露天之处的原因。倘若街灯里真的掺了什么迷药，街道也并非封闭空间，纵使药性极强，怕也无法使人昏迷。如果他的意图是迷倒城中所有侍卫……那也太愚蠢了，因为这是根本不可能发生的事。

换言之，他冒着危险，入夜偷换全城灯油，而此举却一点意义也没有，反而被自己和厢泉逮个正着。

这便奇了。

昨日街灯是点着的。若想换掉灯油，需要吹熄灯火，倒掉灯油，注入新油，再度点燃。而纵使昨夜风大，灯火忽明忽暗，纵使全城守卫被打乱，青衣奇盗熄了灯再点，守卫也在不远处。而且这么多街道就没人发现可疑之处？

而最终发现青衣奇盗的，偏偏是自己和易厢泉？

夏乾揉着脑袋，觉得很多事超出了自己的思考范围。兴许自己一时的浅思，易厢泉早就想到了。

夜色渐浓，一定要在戌时之前找到易厢泉。

夏乾赶紧起身，点燃了灯火照明。灯影摇晃，紫漆木板门简单雅致却普通至极。夏乾却忽然看见糊门纸的一角隐隐发黑。

那是一个小洞，似是烧焦了留下来的。

夏乾继续提灯照着，他视力很好，很快就发现不远处又有小洞，细细数来，竟然有将近十个洞。

他惊出一身冷汗。记得小时候听戏文，频繁出现同一样神奇的东西，儿时的夏乾总是吵着要弄来。他爹是生意人，家里有钱，自然什么珍奇玩物都有，唯独此物他爹却说弄不来。

那东西，便是迷香。

夏乾问他爹，世上究竟有没有迷香？他爹的回答是，戏中胡言，此生未见过。但那只是说明难以见到，不代表没有。香道同茶道一般，除去文人雅士喜欢侍弄，也有一些医药功效。有些香料能帮人放松，烟雾缭绕，浑身顺畅，有极大的助眠作用。

在封闭空间里吸入过量香气，人可能会变得嗜睡。

夏乾看着门上的小洞，想起易厢泉昨日说过的话——吹雪抓伤了易厢泉。

相较于人，猫的嗅觉更加灵敏。怕是半夜守着主人时，吹雪嗅到了不同寻常的味道。而易厢泉的脸色甚是难看，怕是多多少少吸入了香气的缘故，变得疲惫。

夏乾看着这些小洞,一阵战栗。

这些洞密密麻麻将近十个。而易厢泉才来了庸城不过几天而已,且只有夜晚回到客栈。可想而知,在他熟睡时,有人悄悄从门外往屋子内注入大量迷香。但是那人次次失败,失败之后又重试——数数小洞就知道,这个人到底尝试了多少次!

幸好,幸好有吹雪!

夏乾的目光落向易厢泉的那个葫芦。易厢泉看似痴痴呆呆却比任何人都要机敏,他定然是有所察觉了。他清楚自己的身体情况,也断想有人屡屡加害自己,所以才会搬入夏府,只因为那里更加安全。吃食随众人,又使用银器验毒;甚至睡觉时也让窗户全开,派人守夜。

想到此夏乾突然喉咙发干,他又看了看那些小洞,有人要害易厢泉,而且是接连好几天了。不论多少次的失败,仍然在尝试,近乎疯狂地一次一次尝试,直到易厢泉倒下方才罢手!

青衣奇盗,一定是青衣奇盗!因为易厢泉太碍事了,所以这几天来一定要加害于易厢泉,他处心积虑欲除之而后快!

夏乾右手狠狠抓紧袖子,易厢泉在哪儿?易厢泉究竟在哪儿?他这次绝对不是独自跑掉的,千防万防,还是出事了!

一股热血涌上夏乾的脑袋。他霍然站起,脸色苍白,人如风中烛火,跌跌撞撞地跑下楼,险些跌倒。那贼究竟是个什么样的人?易厢泉若落他手,只愿没有性命之忧!

第三章
大盗巧施连环计

街道上灯火荧荧。

夏乾看到街道上重新燃起了灯火，才猛地一个激灵，拔腿跑到庸城府衙。

"怎么燃灯了？不是灯火有问题吗？"夏乾抬头望去，只见街道上灯火点点，便颤抖着手抓住身边一个守卫，直勾勾地盯着他问，"谁让你们点的？"

"夏公子大可放心，守卫们的动作很快，灯油已经全部换过。方统领已经在院子里了。危急关头，莫要惊扰为好。"回答的居然是赵大人，他威严地步行过来，吐字清晰，浩气凛然。

赵大人黑色的锦衣与黑夜融为一体，星目含威。夏乾顿时觉得心安。他与赵大人不过几面之缘，却对此人异常信赖。如今，包公已逝世将近二十年，百姓再无青天老爷可信奉，凭夏乾推断，赵大人官位不及包拯，智慧不及他，甚至名讳都不为人知。但是夏乾视其目便知道他认真严肃，踏实肯干，非杨府尹等泛泛之辈。

夏乾赶紧道："是我唐突，但——"

赵大人看了他一眼，似乎对他的印象好了不少："适才多亏公子发现了灯油有问题，这才一一换过。随后我便亲自带人去了一趟医馆查证。"

夏乾一愣："您亲自去的？"

赵大人点头："我素来喜欢亲力亲为，立刻带几个人去了医馆。医馆的上星先生看过灯油，顿时双眉紧锁，问我们这东西哪里来的。他说，凭着味道，就知道里面加了剂量不小的麝香，还有曼陀罗细粉。"

夏乾吃惊地问："有麝香？"

"对，这一点很难解释，"赵大人皱着眉头，"加曼陀罗易懂，那本来是尽人皆知的——"

"迷药。不过那不都是口服才会产生的功效吗？点燃能有什么用？"

赵大人道："也许可以制成烈性迷药。上星先生也说了，曼陀罗的叶子本身有淡淡的麝香味道，也许两种东西混合点燃之后会让人昏迷。但这只是推测，也不见医书有这种记载。曼陀罗本身非中原盛产，他把东西留下，打算再做研究。"

"怎么，赵大人您也觉得那灯油会致人昏迷？"

赵大人一怔："大家应该都会这么认为吧，夏公子你不是也闻到了？只是闻到未燃的灯油就有晕眩的反应，何况点燃呢？气味这么刺鼻，离它不远都能闻到，不是迷药那又能是什么？"

赵大人顿了一下，道："何况，我们在短时间内查了所有街灯，发现大部分都被换成了有问题的灯油。灯油香味甚浓，闻了就觉得不对劲——"

"不对，不对。"夏乾竟然打断了他的话，皱着眉头道，"昨夜我与易厢泉碰到青衣奇盗时，他应该在换灯油。"

"这又如何？"

"证明灯油是他昨晚偷换的。注意时间：是昨晚！可是在那之后，那灯油燃了一夜。"

赵大人双眼瞪得铜钱般大："那怎么可能！那可是有问题的东西，点燃一夜怎会相安无事？"

夏乾摸摸后脑勺："我也不知道。谁知道他要干什么？冒着生命危险换了全城的灯油，可是那东西除了有香味儿，一点作用也没有！"

赵大人皱眉思索了一下，道："会不会因为沉淀？刚刚上星先生似乎提到了，灯油轻，这些药物重，下面浓度会大一些。"

夏乾一想，觉得有些道理。二人默契地沉默了，因为他们顿时有种危险的感觉，谁也不敢对此再妄加评论。许久，赵大人道："罢了，现在一切无事就好。不过，易公子人呢？"

夏乾愁眉苦脸："八成是遇到意外了。我派下人去找了。赵大人，您可以再派点人手跟着找。"

杨府尹此时已经快步走来，赶紧安慰道："有人找就好。马上便是贼的偷窃时间，衙门的人也是抽不开身的，再说青衣奇盗不害人性命，估计事件结束，便会放他回来。"

赵大人觉得有理，点头道："守卫都是定了人数和位置的。换位思考，如果此时是易公子在此，定然不会抽调人手去找人。"两位大人互相点了点头，意见竟然颇为一致。夏乾看着他们，突然有些心寒。

他们说的话的确有道理。但是，于他们而言，这场抓捕就像是在下棋。如今既然已经提前设好了妙局，只得按规矩走，哪怕在厮杀中丢了一子半子也应该顾全大局，绝对不可乱了阵脚。从大局而言，此举是对的，他们想要赢。只是夏乾此时才知道，在这场厮杀中，看似重要的易厢泉就是这"一子半子"。他一介布衣，无权无势，智慧用尽之后恐怕会遭人丢弃。草民草民，弃如草芥。夏乾心里越发觉得悲凉，却不知道该如何是好。

夜越发沉寂黑暗，街灯与银杏叶子长相守望。白露将至，夜色越来越凉，庸城府衙的气氛显得更加压抑。远处传来更夫的脚步声，却不见打更的人来，兴许是绕道了。

"梆，梆，梆"，一慢两快连击三次。戌时。

院子中有几十个人，竟然没有一个人说话。梆子的声音在安静的夜里显得有些可怖，刺激了所有人的神经。戌时已到，青衣奇盗随时可能来。

在一片死寂的院子里，夏乾放眼望去，这辈子也难以忘怀这种画面——侍卫靠墙而立，却宛如一尊尊铜像，一动不动。地上的犀骨筷白花花的一片，整齐地排满整个院子。今夜无风，昏黄的灯光似乎给一切染了一层颜色，只觉得似在云雾里，亦真亦幻。整个院子里染着雨后潮湿的味道，泥土气味飘散空中。夏乾往前慢慢地走着，仿佛进入了一片奇异的森林，明明有这么多人站在他的身边，却他只能听见自己的喘气声，好像自己才是森林中的唯一活物。

守卫不多，却是从军队中精选出来的。西北战事不断，军规更是森严，如此才会有战无不胜的队伍。夏乾想去到二位大人所在的八角琉璃亭，要走过一段路。待夏乾走进亭子，才发现四四方方的院子屋顶上蹲着不少人。

他们都是最精良的弓箭手。

弓箭手，夏乾也是可以担任的。他是异常出色的弓箭手，可以百步穿杨，他也有很多把极好的弓。在这么多弓中，有一把弓是最好、最耐用的。那就是挂在自家书房上那把柘木弓，夏乾总去擦它。

他向上望去，屋顶上守卫的位置很好，视野极佳。院里院外皆在掌控之下，任何风吹草动尽收眼底，意图不轨的人怕是插翅难逃。

只要青衣奇盗一现身，就会被乱箭射成刺猬，非死即伤。

夏乾想着想着，越发觉得安心了。但是他实在是难以想象，在这么严密的守卫之下，青衣奇盗居然连续成功了十四次。

"夏公子！你快看——"

夏乾听得此言冷汗冒出，这是出了何事能唤到他？赶紧转过头去，只见方千指着院子里一棵高大粗壮的银杏树，树上蹲着一只娇小的白猫，蜷缩成一个白团，把小脑袋塞进自己身体蜷的卷儿里，活脱脱一个雪球。

那猫通身雪白，个头大小倒与吹雪相差无几。

"那是不是易公子的猫？"

众人皆望去，夏乾赶紧上前观望，焦躁道："怎么又是它？"

夏乾嚷着嚷着就有些生气了，猫跟主人一个样，该来时不来，不该来时一个劲儿瞎晃。

赵大人起身道："那易公子是不是也在附近……"

有可能。众人闻之皆喜，这猫生得可爱，倒打破了这眼下的肃静。却不承想，方千突然一声大吼："弓箭手！树上有动静！"

众人目光慌忙向树上移去，院内传来弓弦拉紧的声音。

树上的确有异动，叶子不正常地摇晃着。不是别的树，正是吹雪所在的那棵。

隐约有影子在树梢间闪过。那不是人影，倒像是……一大群猫。

方千盯紧了树梢，做了个收回弓箭的手势。

吹雪所站的那棵树上似乎有不少猫在不停晃动。它们皆非白色，都是花猫，个头大。而吹雪一身雪白在夜晚格外显眼。

杨府尹笑了，他刚刚被众人的举动惊到，肥胖的脸汗津津的："原来是猫，方统领太过紧张，未免草木皆兵啊。怕是易公子的猫发情招来的。猫夜行倒是常见，不过这数量……快十只了吧？那贼戌时之后才来，不知具体时间，半夜三更再来偷也说不定。方统领，先让易公子的猫从树上下来。"

赵大人没笑，仍目视四周一语不发。

杨府尹的话顿时让众人安心了不少。夏乾先走上前唤着，可是吹雪并未理他，还是在树上老实地待着。

"这猫中邪了？平日里可不这样。"夏乾嘟囔着，又开始张牙舞爪挥动双臂，猫就是不下来。

"我捉来便是。"方千把剑向后一推，准备上树。

"算了，这一只猫还好说，一群，怕是你也应付不来。"杨府尹笑着，想挪动椅子，却胖胖的陷在里面动弹不得，"我们等一等，说不定一会儿猫群就散了。"

他说得有道理。夏乾也跟到亭子里，一屁股坐在凉亭的圆墩上。漫漫长夜，青衣奇盗不知何时才来。他和二位大人大眼瞪小眼，气氛很是尴尬。

周围又恢复了死寂。

正当夏乾被这寂静催得双目涣散、昏昏欲睡时，门外的守卫忽然跑了进来。

"不必慌张，有事即报。"赵大人缓缓地站起，漆黑锦衣上的金线闪着灿灿微光。

守卫匆忙行礼："夏府的下人来了，在门外找他们公子。"

夏乾一听，以为是有了易厢泉的下落，遂立刻起身到门外。只见谷雨正站在那里，灯光在她娇俏的脸上投下淡淡红晕。她急匆匆道："少爷，夫人让你回家去。"

夏乾气极了："遣你来就为了说这个？"

谷雨叹气，转而眼里竟有盈盈泪光："就知道公子您不回家。易公子没有消息，连猫也没找见呢！少爷你说易公子他……不会……会不会有事？"她狠狠地抓着手中的粉白绢子，带着哭腔。

夏乾暗骂一声——你不担心自家少爷，担心易公子！却又不得不赔笑好生劝着。这谷雨比他小上一岁，深得夏夫人喜爱。夫人总是派谷雨管住夏乾，时时通报儿子动态。

夏乾宽慰道："你瞧吧，吹雪在那棵树上呢，白色的那只，找猫的事就不必了。"

谷雨身子娇小，踮起脚尖瞪大双眼朝着树上望去，吃惊地说："白的？易公子的猫居然是白的？我今天凌晨还看见了呢，明明是黑白相间的。"

"凌晨？"

谷雨点头道："就是凌晨没错。我去给老夫人收露水的时候远远看见的，隔着池塘，却看得清楚！易公子当时蹲在地上，好像点着了什么东西，还在冒烟呢！旁边蹲了一只好大的花猫，有狼狗一般大小，尾巴很粗，上面是一环一环的黑白花纹。"

夏乾一愣："听起来像是狸，你难道没有见过城外的狸猫？"

谷雨摇头："我一年前才从北方府宅跟来庸城，狸猫都在山里，我也不怎么认得。居然不是猫？是狸猫？但是真的很像呢。"

夏乾怀疑："你确定那是易厢泉？"

"错不了。"

"可是怎么会呢？那可是凌晨，小寒还在他门口守着呢，易厢泉自己怎么能跑出来？"

"少爷真笨。"谷雨嘟囔道，"小寒一向贪睡，少爷又不是不知道！不过，除了那只大猫，我记得易公子还拿了个大箱子。"

"你回去和我娘说，今夜我不回家。还有，继续让人找易公子，别再管我了。"夏乾思绪有些乱，草草交代几句便头也不回地扎进府衙院内。

谷雨哼一声，也没再理会，急急地去找易厢泉了。

夏乾不知道，就在自己刚出去见谷雨的时候，通报的守卫又向赵大人汇报了三件事。

"大人，城东发现有人昏迷，似乎昏迷了很久，是打更的更夫……"

赵大人脸色阴沉，敛容屏气，沉默一下才道："如此说来，那刚刚经过这里的更……是谁打的？"

杨府尹也觉得事关重大，不敢吭声。赵大人随即面色凝重："去查一下打更的更夫，立刻去！"

那一句"立刻去"格外洪亮，甚至可以说大得吓人。这样安静的院子里，这一声命令充分暴露出了赵大人的不安。侍卫本就神经紧绷，如同即将遇到猛兽的猎人，而突如其来的任何声响，都给内心的紧张与恐惧加了重重一笔。

那个汇报的侍卫顿时也不安起来，他显然还有话想说。他警觉而又敏感地压低声音："还有一事未报，库房失窃了。"

"什么时候的事？可丢了什么物品？"

"东西似乎没怎么少，但来不及细细清点，不能完全确定。门似乎是被炸开的，发现门口有木炭、硫粉、硝石的粉末，都被雨淋过。"

赵大人道："这么说来，怕是昨夜风雨之前所为，火药的爆炸声与雷声混了。"

杨府尹笑道："无妨，不是什么严重的东西。怕是一般的小贼，查出来就好。"转而笨拙地扭向赵大人笑道，"下官觉得，这种小事就不劳烦大人挂心了。"

庸城不能算是大城镇，每年商人来往频繁，打架滋事不少，但是大事没有出过。杨府尹在这样一个地方过得安逸，油水自然捞过不少，但是大事却也不曾参与过。眼下之景未免太过令人紧张，他真的希望事件早些结束，保住官职即可。这些鸡鸣狗盗之事能少入高官耳朵那是最好。

杨大人冲侍卫使了个眼色，如果没事，趁早离开为妙。

侍卫犹豫一下，却是没动。他想了想，又道："还有一事……城西的一个姓张的老板，说他的原料被偷了。"

杨府尹瞥了赵大人一眼，心里暗暗叫苦，恨侍卫看不懂自己的眼色，压抑怒气道："哪个张老板？"

侍卫低声道："那个卖酒的张老板，就是那个……偶尔贩些私酿的。他混黑道，贩卖私酿，我们也不好说什么。"

杨府尹紧张地看了赵大人一眼，把侍卫叫到一旁："他什么东西丢了？"

"没细言，等青衣奇盗的事情完结，他想让我们去一趟。似乎丢的是活物。"

杨府尹震惊："活的？难道是蛇蝎不成？"

守卫呆呆的，摇头表示不知。杨府尹赶紧让侍卫下去，瞥了一眼赵大人，只见他神色如常，便暗暗舒了口气，心中不快，这侍卫真是不长眼，这时候打什么小报告！

这时，夏乾刚刚打发走谷雨，正从外面走过来，与那个倒霉侍卫擦身而过。

此时月上柳梢，却被黑夜染得不见银色，只留丝丝清冷月影幽幽洒下，极尽秋寒，不怜草木。

戌时一刻，一切平安。

夏乾心中乱成一团：易厢泉为什么会惹上狸猫？

他心里盘算着，越想越迷糊，慢慢进了草木苑里，便循着卵石路往前瞎走。猫头鹰咕咕地叫着，轻轻飞上了树。

猫头鹰上树是很正常的，猫上树也正常。可是若是一群，就显得不正常了。

夏乾抬头看了看吹雪待的那棵树。吹雪安静地趴在树上，竟要昏昏沉沉地睡去。再一细看，树上的其他"伙伴"竟然都不见了。

那群花猫一只不剩，此时竟然只剩下吹雪。

夏乾突然产生了一个奇怪的想法，他疾步上前拽拽方千的袖子："方千，你站得比我近，树上其他猫去何处了？"

"大约是散去了。"方千无比紧张，无心理会他。

夏乾紧张地说道："那树上的不是猫？是不是比普通的猫还要大上一点？"

"似乎是……"

夏乾低声道："是不是狸猫？城外的山上有不少七节狸，一般城里没有这东西。"夏乾顿了一下，奇怪地道，"你与我自小长大，为何会不认识？你刚刚莫不是没看仔细？"

"那依夏公子的意思——"方千狠狠地攥着腰间佩剑，指节发白，盯着高墙外漆黑的夜空。

夏乾知道他实在是紧张。青衣奇盗一事闹起来，无数地方官遭了殃。他一个小官，根本担不起任何失职的风险。

夏乾赶紧离开方千，自己倚靠着院子里最大的银杏树，闻着夜晚散发出来的树叶的清香，那些乱七八糟的思绪瞬间从自己的脑海中抽离。

狸猫，街灯，易厢泉——夏乾的脑子乱成一团，这些官连易厢泉生死都不在乎，自己为什么要在乎犀骨筷？

夏乾又移动了几分，挪到了院子的角落。这个角落是最安全、最不容易出事端，而且又能够看到院子全景的地方。他的眼前，就是一个大水缸。

夏乾事后回想，极度悔恨自己当初选了这么个破地方待着。

时间马不停蹄地流逝。院子里依旧没有任何说话声。风轻秋凉，夏乾在心中念着"易厢泉平安"，念着念着，已然有了睡意。

就在夏乾即将睡去的那刻，却听见"咣当"一声，像是什么东西破碎的声音。

夏乾一惊，四下张望，却紧接着又是一声。

这声音太过突然，却又清晰可闻。众人皆愣住。方千后退一步，瞬间拔剑出鞘，只见寒光一闪，随即大喝一声："准备！"

屋顶上弓弦在此刻被拉紧。夏乾缓慢地后退到墙边，两位大人也是立刻站起，不禁地向后退去。

侍卫全部抽出了刀剑，院子里顿时寒光四起，大家警惕地看着周围。

"是什么声音？什么东西碎了？"杨府尹颤颤巍巍地站起身，胖身子牢牢贴到柱子上。

正当大家向四周看去的时候，一丝恐惧悄然爬上夏乾心头。因为只有他知道，刚刚破碎声传来的那一刹那，脚边感到有轻微的震动。

那是水缸受力而产生的震动。

夏乾心里七上八下，大气不敢喘。所幸的是脚边水缸依然完好。他刚要松口气，细细看去，见水缸上面赫然插着一支类似于箭的东西，几乎整根没入，有小小一截黑色羽毛是露在外面的。

夏乾立即傻了，第一反应就是：这箭绝不是人力所射，而是弓弩所为。

就在这短暂的一瞬，又听见远处"咣当"一声响。夏乾正回头看声音来自何处，只觉得一阵风从自己耳边"咻"的一下吹过，如同刀子一般刮过面颊。

这分明是什么东西擦着自己的脸过去了！

他下意识纵声向后一跃，只听又是一声，又一支箭没入水缸！

随即而来的是"咻咻"两声，这次夏乾看清了——又一支箭射进了眼前的水缸。

"箭！趴下！快——"方千突然喊道，院子里的守卫迅速卧倒。

一共响了四声，两支箭没入夏乾眼前的水缸，另两支没入另一个水缸了。

夏乾大口喘气，眼睛呆呆地向前望去。眼前的水缸几乎被箭穿透了。那黑色羽毛带着令人胆寒的气息，给水缸文上了裂纹。

裂纹越来越大。哗啦一声，水缸彻底裂开了！

一股黑流从水缸涌了出来。

夏乾的脑袋"嗡"的一下，他僵住了。

"天呐！这是……蚂蚁？"不远处的方千脸色变得苍白。

就在院子的另一角，侍卫大声道："这一缸也裂了……这……也是蚂蚁！"

"你个杀千刀的——"夏乾骂着，胃里一阵翻腾，他一跃而起，撒腿就跑，迅速退到院子外面，连他都不知道自己能跑得这么快！

出了林苑，夏乾仍然感到一阵恶心，却见院中守卫下意识后退，但除了退后，所有人都像僵住的木偶。没有人出声，没有人下令，没有人有任何行动。

谁见过这种场面！

水缸完全破了，那蚂蚁不是一小片，是一大群，如流水一样地冒出来，一下子越来越多，黑浪滚滚，覆盖在白色的犀骨筷上，乍一眼望去，好似白色与黑色交织流动着的沙，可是那却是活物，千万只蚂蚁在灯影下像不断从地狱涌出的死亡河流，啃噬着惨白的骨头。

十足叫人恶心。

在这一瞬间，院子里是绝对的安静，只听见千万只蚂蚁蠕动的声音。

杨府尹吓得僵住了。他的脑袋虽然不灵光，此时却明白了一切——守卫汇报过，卖私酿的张老板丢了酿酒之物。

就是这两缸蚂蚁啊。

赵大人先反应过来，怒视前方，但他喉咙动了动，却未出声。

他需要迅速做出判断。驱蚁，用火是不行的。他不知道犀骨碰到火会怎么样，也不知道其他的会不会也耐火。但水呢？不行，万一有什么诡计，岂不中了圈套？

"都别动！原地待命！"赵大人大吼，扫了一眼众人，声如洪钟，"切忌慌乱！不过是蚂蚁，蚂蚁能偷走什么！谁敢擅离职守，严惩不贷！"

"那就……这么看着？"杨府尹呆滞地望着，又惊恐地盯着八角琉璃亭，想转身像夏乾一般跑出去，无奈不可，所幸离那"蚂蚁窝"

最远。

赵大人冷声道："庸城府衙有无樟脑、薄荷一类的物品？"

"府衙哪有这些东西啊！"杨府尹汗如雨下。

"那做饭加的香料呢？花椒、八角、茴香一类的？情况危急，不如——"

"有、有的！"杨府尹点头道，忙抬起胖手差遣人去拿。

几名守卫立刻从院子里冲出来，不一会儿，他们就拿来一些驱蚁之物撒在院子里。

吹雪此刻还在树上，它似乎醒了，舔舔爪子，空洞地看着眼前的一切，像一尊雪白的雕像。但是谁也无心去理会它。

院子中撒满了藿香、樟脑，甚至茴香和重阳要用的茱萸叶子——总之是什么带香气的东西都一股脑儿用上。守卫们虽然心中慌乱，却又秩序井然。夏乾不禁感叹，守卫首先要纪律严明，临危不乱，如此方能成就大事。

虽然反应慢点，但都是战场上派下来的人啊。

庸城衙府的院子里几乎都是魏晋的石灯，刻着莲花花纹。灯火安静地燃烧着，流火点点。四下只有守卫播撒驱蚁之物发出的啪啦啪啦的声音，只瞧得、听得人心底发凉。夏乾越发觉得恐怖了。

他常听母亲念叨便也知道，这《六祖心经》有云，一灯能灭千年暗。远看莲花纹石灯如同一个个小亭子安静地被蚂蚁啃噬却一动不动，似乎这佛意也遭了难一般。

然而细细望去，石灯映照下，蚁群竟然一点点地退去。庸城府衙院子大，树多、土地也多，蚂蚁就这么渐渐地爬走了。

不知道是那些香料起了作用，还是鬼使神差地蚁群自己退去了。

远处，赵大人眉眼泛起喜色，嘴角上扬，轻蔑道："不过是小把戏，还好未用水火。"

夏乾在门口的石头台阶上坐下，却一声不吭。灯油也好，水缸里的蚂蚁也好——如此大费周章，却不知为何。青衣奇盗就像个变戏法的，这蚁群说招就招来了，说退就退了。

院子又安静了，守卫们的呼吸都变得顺畅了。

戌时三刻，青衣奇盗未见人影。

夏乾知道，刚刚引弓弩击破水缸的就是青衣奇盗。想来，青衣奇盗已经在附近。他手里持有弓弩，且能在黑夜里远距离地击中水缸。

夏乾打了一个寒战，弓弩绝对是杀人不眨眼的利器。那贼既然就在附近，为何不动手？干脆把人都干掉倒也省心。

他在等什么？

亭子里，杨府尹笑着奉承道："赵大人好定力，料想那贼小小招数也不能怎样，怕是只想扰乱我们罢了。"

赵大人面无表情，双眸紧盯院子："也许。还好驱蚁的方法挺有效，杨府尹日后可就苦了，怕是这府院日后要闹蚁灾。"

杨府尹哈哈一笑，脸上的肉一抽一抽地："不碍事，收起糖来便是，蚂蚁最爱那甜的东西。我们以后带糖的甜食都不食用了——"

赵大人刚客气地笑了一下，却突然一僵，瞪大了眼睛打断道："杨府尹，您刚刚说什么？"

不等杨府尹说话，夏乾就匆忙接话道："如果我没记错，这真正的犀骨——"

"真正的犀骨筷长年拿糖水泡过。"赵大人沉声道，脸色骤然变得铁青，"快找！"

杨府尹诧异道："找什么？"

"既然筷子长年浸泡于糖水中，找现在还粘着蚂蚁的筷子！那是真货！"赵大人气喘吁吁，怒目横眉，只差拍案大骂了。方千听闻，苍白着脸，立即吩咐守卫们迅速燃了火把满院子地寻找。

这谁又能想到蚂蚁是这种作用！青衣奇盗居然用这种方法辨出真货，真是闻所未闻。院子里又安静了，所有人都知道这意味着什么，如果犀骨筷就此被辨认出来，那么今夜的胜算就大大降低。

夏乾心里七上八下，在场的哪个人不是这样？他甚至觉得自己出现了幻觉，觉得院子里有一缕非常淡非常淡的香气，不是树木的清香，不是花的香味。香气在不知不觉中袭击了整个庸城府衙。

树上的白猫突然动了动。夏乾的嗅觉、视觉都异常灵敏，他闻到了院子里的香气，顿感大事不妙。青衣奇盗擅长用香，所以总是……

难道他来了？但四下张望，除了黑夜还是黑夜。青衣奇盗刚刚能射破水缸，证明他早已经潜伏于四周；能精准射击，表明庸城府衙的一切动向都暴露在他的目光之下。他为什么不动手呢？夏乾望着，想着，觉得心都揪紧了。那诡异的香气渐渐钻到每一个人的鼻子里，越发浓烈。

突然，一阵铃铛声传来，清脆而清晰。夏乾下意识地朝树上望去，却看见那白猫从树上跳下来了。

"是易厢泉！易厢泉来了！"

夏乾心里猛然惊喜万分。然而左右张望，却没看到什么白色人影，倒是吹雪跳下树，在院子的角落停住了。就是那个放了蚂蚁水缸的地方。角落幽暗，吹雪快速地跑过去，停住，叼起附近一根筷子，迅速跳上了树。

它动作轻巧却快如闪电，嘴里的那根筷子上面沾满了蚂蚁。

在这短短的一瞬，夏乾看清了那只白猫的眼睛颜色。吹雪的眼睛是一黄一蓝，但那只猫不是，这只猫的眼睛是幽幽的绿色！夏乾一愣，就在这一瞬，他彻底明白了。随即感觉如当头一棒！"快！快拦住它！"夏乾嚷着，手舞足蹈，但是他觉得自己声音都喑哑了。

"弓箭手——方统领，快追！那只猫——"赵大人大吼，他显然也是看清了。

"那根本不是易厢泉的猫——我早该想到，谁说白猫就一定是易厢泉的？天下猫长得都一个样！那猫的眼睛是绿的，它刚刚趴在树上我竟然也没注意到眼睛颜色不对，我居然没——"

在一片慌乱中，紧接着，就是好几声"咻"的声音。屋顶上的弓箭手速度极快，箭已发出，似乎未射中。猫是极度灵敏的，它早就贴着墙边溜走，钻到老城墙根底下去了，那里是弓箭射不到的死角。众人只能看见它白色的影子，如小小的幽灵，朝城门跑去了。

方千果断一挥手，迅速带了十几名侍卫追出去。夏乾瘫坐在椅子上，一切来得太快了，他神魂未定，却又隐隐有几分自责。这下麻烦大了。这件事太过愚蠢，居然在这么多人的眼皮底下让一只猫把东西叼走了，传出去也不好听啊。用猫办事，青衣奇盗这一招绝对是跟易厢泉学的！

杨府尹惊慌道："这……猫不会要跑出城吧。城门底下有挺大的排水的洞，猫一钻就过去了。那我们——"

"那就只能追出城。"赵大人脸色铁青，饮了一口凉透的参茶，"城外不远就有座山，进了山就麻烦了。"

杨府尹问："会不会有人借机混出城？"

"只好小心防备了，守卫都来自同一个军营，彼此相熟，要装成守卫出城怕是不可能。"

赵大人眉头紧锁，片刻之后神色一凛，猛然对守卫道："再派十个人去，把方千叫回来守着。"

杨府尹惊道："这……只加派十人？可能要搜山，人数是不是太少了一些？而且就数方统领武艺最强，叫他回来，怕是……"

"不搜山。"赵大人只吐出了这三个字，却铿锵有力。

其徐如林，不动如山。赵大人显然不是武官，也不是朝廷重臣，而气度却是不凡。出了事，夏乾好几次都想溜掉，但是这位大人却从来没有。

守卫带了十个人走了，院子里的人慢慢静了下来。突如其来的安静却更诡异，似有声音在微微响起，非人语、非风语，说不清方位，看不见人影，只见得灯下树木摇曳。偶尔闻得几缕香气，轻柔地扯烂了静谧的夜空，让人汗毛竖起。

青衣奇盗在注视这个院子，青衣奇盗在看着他们。

赵大人浅坐在太师椅里，仿佛随时要站起来，他手指苍白地交叠，下意识地轻轻搓着："冷静想想，偷窃手法在众人意料之外，却似乎合乎情理。蚂蚁嗜糖是自然规律。青衣奇盗根本不用露面，就让我们自乱阵脚，轻而易举地把东西偷走并带出城去。"

赵大人似乎只是想找点话说，杨大人也不知道如何搭腔。夏乾没有吭声，他感觉到古怪，却又说不出来哪里古怪。

"但是，"赵大人猛然低声道，似乎是笑了，"犀骨是筷子，两根，但是猫只叼走了一根。"

夏乾陡然一惊，还真是这么回事！

杨府尹小眼眯起，喜上眉梢："当真如此！我是没注意到。大人真是神机妙算，那样算来，岂不是……"

"那贼要么只是要一根，要么会再来偷一次。"赵大人轻松一笑，却依然有些局促不安。杨府尹借此机会不停地奉承着。夏乾不理会他，只觉得自己的脑子很乱，他找个借口从小径溜出门去，偷得片刻清净。街上守卫不少，灯火依旧明亮。夏乾深吸一口气，静心思考，越发觉得事情奇怪。

又一阵香气飘来，夏乾皱了眉头，极不喜欢这种味道。他习惯了庸城潮湿的泥土气息，也习惯了夏花、秋阳以及树叶带来的自然味道，然而此时庸城弥漫的却是另一种味道。这是一种烟尘的味道，混杂着异样的香气。这不是曼陀罗花的气味，也非麝香。

他快步走到上风口，想呼吸新鲜空气，却又闻到一阵香气传来。夏乾厌恶地捂住鼻子，想去掏手帕出来，却发现未带在身上。

忽然，一个人从街角跑来，跟夏乾撞了个满怀。夏乾站稳，只见是一个守卫。那守卫急匆匆道："夏公子，大人在府内吗？"

"都在，发生了何事？"

守卫喘着气："失火了，城东失火！火势真大，正要跟大人请示派人去！"

夏乾愣住了，这才往前看去，只见远处隐隐约约升起一炷浓烟，今夜无风，它便一柱擎天。他眯起眼睛细细瞧着："不对啊，起烟的明明是城北，那是北边啊！"

守卫却并未看一眼，跑进院子了。夏乾又望了一眼。的确是城北起烟，再往东望去，发现城东也有烟升起。夏乾心里涌上一阵凉意，两处，这是怎么回事？刚要踏进府内问个究竟，却见远方又有守卫跑来。

"怎么，城北也失火了？"

守卫上气不接下气，吃惊道："夏公子怎么知道？城北三处都起火了！"

三处？怎么又成了三处！等夏乾回过神来，跑进门去找赵大人，却看到赵大人也是一副震惊的样子。

"你们说什么？失火？城东城北同时失火？"赵大人眼睛瞪得如铜钱般大，短短的胡须也在颤动。

守卫道："大人，当务之急是派人增援！燃烧的是树林，火势迅猛，再晚一些怕是难以控制。"

赵大人闭目，沉声道："你们带人速去，庸城树多，河流湖水也不少，找附近的水源应该可以控制，切不可耽误！"

赵大人着实冷静，夏乾不禁暗暗佩服。但他抬头却见附近也起了烟。

"赵大人，您看！"夏乾惊呆了，指了指远处，下意识扯住了赵大人的袖子。离庸城府不算太远的城南街道似乎也有烟升起。

赵大人愣住，随后几乎是怒吼了："这到底怎么回事？什么人有三头六臂在城里这么多地方放火？"

杨府尹垂头小声道："那里的守卫还没来……要不要先派人去灭火？"

烟尘吞噬着庸城的屋檐与垂柳，似乎是一条烟尘聚气而成的龙，却是不祥之物，降临在庸城的古老城墙、池塘、灯火之上。如此惶惶夜晚，百姓定然夜不能寐。

夏乾突然觉得心疼起来。庸城是他的家乡，他原本不喜欢也不讨厌这个小城。此时庸城被烟尘笼罩，夏乾却觉得心痛和愤怒。

不过是一双不值钱的筷子而已。

现实和茶馆中的说书段子竟然差异这么大。他居然第一次清醒地意识到青衣奇盗不是在做华丽的表演，而是赤裸裸的犯罪。

赵大人气愤又无奈，他蹙眉抱臂，又指派一队人去灭火。恰巧就在这时，只见门口出现一个挺拔的身影，方千回来了。夏乾便赶紧走过去问情况。

方千沉稳，是个老实人。他此时倒是冷静，只是脸色难看："我们跟着猫，眼看着它从城门底下钻出了城，三十个将士出城找了，我站在城门口，看到城外的南山上有灯光。"

夏乾问道："赵大人不是说不搜山吗？这时候山里有人点灯？"

"眼睁睁看着犀骨筷被叼出城门，怎可不搜？那只猫被射伤了，跑不远。至于点灯……我们也觉得可疑，故而决定去点灯之处找找，说不定有线索，"方千叹了口气，"总之希望渺茫。"

夏乾安慰道："如果有人可以安排猫的行走路线，八成就是那山上的灯做指引，或者说沿途留下气味。说不定，真的能有线索……"

夏乾越说越觉得可能性不大，索性闭了嘴。他远看赵大人似乎在跟什么人交谈，便几步走过去，只见一个守卫在赵大人身前，浑身都是灰尘，还有一股烟熏味。

赵大人挑眉，厉声问道："你们究竟怎么回事？究竟是怎么起火的？"

守卫一身油烟，却仍然乱而不忘礼节，低头答道："是属下失职。只是……起火的时候周围根本就没人。"

赵大人更气愤，压住自己的怒火："没人？火是自己燃起来的？"

"是自燃……也不是自燃……"

"到底是不是？"

守卫忙道："两人守卫一条街，就在我们背过身的时候，远处起了火。街上的灯翻了下来，我们当时感觉街上暗了一下，就回过头去看灯，发现……"

"发现什么？"

守卫言及此，不敢看赵大人的表情，只是低头汇报："街灯旁有只花猫，而我并未看得很清，灯就翻了下来掉在地上，瞬间起火！火苗蹿得极高，那旁边就是树林……花猫见了火，立刻跑掉了。"

"荒唐！真是荒唐！"赵大人疾言厉色却摇头叹息，"若非玩忽职守，火怎会一下燃起？花猫？哪里来的花猫？依我看，你们定然是不想做这差事了！"

守卫一听这话，立刻跪下："属下不敢胡言！不仅是我们，城北似乎也是如此，花猫在侧，街灯掉落，火势一下子就起来了，根本来不及扑灭！"

"你说的猫，"夏乾立刻上前插嘴道，"是不是体形比一般的猫大，身上有斑点，尾巴上是一截一截的环状花纹？"

守卫一愣："夏公子怎会知道？"

"你们北方士兵恐怕也没见过这七节狸，本地人知道，城外的南山上就有。"

赵大人道："那夏公子怎么会——"

"我家下人今晨看见易厢泉和一只七节狸在一起，他还在那里点燃了什么东西。"

赵大人问道："那七节狸可是狸猫？狸猫怎么会在城里？"

夏乾道："本地人有时候从城外捉来养着，七节狸的皮毛不错，能卖个好价钱。据说从它那儿得来的灵猫香也是价值不菲的好东西。"

赵大人惊讶道："七节狸就是灵猫？这灵猫香可是好东西。"

夏乾见赵大人像是有所了解，便询问灵猫香之用。

"灵猫、海狸、龙涎香以及麝香，乃四大动物香料。贡品倒是有不少，就是近几年这些好东西都外送了。"

夏乾听到"外送"一词，偷偷瞟了一眼赵大人的脸色，有着隐隐的不屑与愤怒。大宋领土不断被侵犯，不得不靠外送大量物资以保国家安康，这是一个大国的最大悲哀。赵大人显然难过，眼神渐渐黯淡了下来。

杨府尹急急地问守卫道："一共几处地方失火？"

"目前所记，八处，在全城的各个角落。"守卫补充道，"依我之见，似乎起火原因都是一样的。怕是狸猫根据香气所引，去推翻了灯火。"

夏乾道："言之有理，早上易厢泉似乎也在点燃什么东西，然后七节狸就被引了过来。"

杨府尹一惊："点燃什么能把狸猫引过来？"

"还能是什么？"赵大人不耐烦地回答，"灵猫香。此物系从灵猫香囊袋里提取，燃后味道浓烈。所谓异性相吸，与公的七节狸放出气味吸引母的，是一个道理，故而能引来狸猫。"

夏乾点头，这种香料价格昂贵，非普通人家用得起。赵大人是京官，知道灵猫香也理所当然。

事情越发复杂，夏乾此刻是真的一心想把贼抓了。青衣奇盗的目的到底是什么？利用动物的天性做了这么多事，犀骨筷被盗，自己却不曾露面。青衣奇盗果然不是普通的贼，手段高明，令人捉摸不透，整个府衙的人都被耍得团团转。若是易厢泉也在，那就好了。今夜怪事连连，若能终结在此刻，再好不过，但是天不遂人愿。

就在此时，又一阵刀剑相碰之声传来。然后"咣当"一声，似是什么东西坠地的声音，有人在附近打斗。

方千此时正在门口，闻声立刻拔剑闪了出去。几名守卫紧随其后，剑拔弩张，一闪也不见了。只听见一阵杂乱的脚步声、吵闹声，还有箭离弦发出的声音，还可听到有人大喊："往那边跑了！""快追！"

杨府尹慌了神："又怎么回事？今夜这都是怎么回事？"

"听起来像是有人打斗。"经历了这么多事，赵大人也是疲惫不堪。庸城府衙现在乱成一团。

"又出了什么事？"夏乾朝人群跑过去，他本以为方千应在这儿守着，眼下见方千也不在了。

守卫喘气道："刚刚，我们看见……青衣奇盗！他……他朝西街跑了！"

"什么？"夏乾瞪大双目，一脸难以置信，"你确定是青衣奇盗？他出现了？打斗声怎么回事？那你们还不追？再不追他跑远了！你们围在这儿干什么——我的天！"

夏乾脸色一下子变得惨白。众人举着火把将街道围成了一个圈子，火光掩映下，圈子中央躺着一个人。夏乾木然而僵硬地推开人群，吃惊得忘记了言语。

只见地上那人一身白衣，昏倒在地上，手里握着剑，身上还淌着血。

是易厢泉。

第四章
府衙内陷入迷局

"这……这是怎么回事？"夏乾推开人群，目瞪口呆，有些语无伦次，"他怎么会在这里？怎么会……"

白衣白帽的易厢泉倒在血泊里，腿上受了伤，脖子上的白围巾也被扯落，露出了一道红色的疤痕。这条疤痕从下巴延伸到了脖颈，泛着微微的红色。

旁边的守卫一愣："他脖子也受伤了？这可不得了，这是大伤……"

"不是，那是他小时候的旧伤。"夏乾赶紧上前来，额间冒汗。先将他脖子上的围巾拉拢回去，仿佛那是一块遮羞布，随后焦急道："来个人，和我一起将他抬到医馆！"

"让开！"赵大人赶来推开人群，一看地上的人，顿时吸了一口凉气，"易公子？怎么会是易公子？他怎么了？"

旁边的守卫见状,答道:"刚刚我在巡逻,听见这个角落有刀剑碰撞之声,我们赶来,就发现易公子满身是血地倒在这里。在不远处,我们看到了一个人,他……他蒙着面,背对着我们,穿着青黑色的衣服。方统领已经带人去追了!"

"就那几个人怎么够?能去几个去几个呀!西街这么大,搜起来不是闹着玩的!"杨府尹擦了擦汗。

在场的人们如今才明白青衣奇盗放火的意图。本来守卫各司其职,还算是有序。如今各处着火,守卫连忙前去救火,青衣奇盗现身之后必定抽不出人手,就给足了他时间逃脱。

夏乾没听他们说什么,只探着易厢泉的气息,呼吸并不微弱。他闭目着,眼珠微微转动,似乎随时会醒过来。夏乾缓缓地舒了口气,擦了擦汗。周围的两名守卫立刻上前,准备把易厢泉架起抬去医馆。

"你们脚程快,先把人送过去。"夏乾将易厢泉慢慢扶起。

就在此时,啪的一声,从易厢泉身上滑下来一个盒子。

刚刚没人注意到这个盒子,似乎是谁扔在他身上的。这是一只木制盒子,精致狭长,上刻奇特的镂空花纹。

这是配套的装犀骨筷的盒子。

杨府尹一直在一旁,这时候愣住了:"这……这盒子不是在庸城府衙吗?"

赵大人眉头紧锁:"那日将犀骨筷混入赝品之后,盒子就放于后衙小案之上,没人再去看它了。"

守卫答道:"当时,我们看见青衣奇盗背对着我们。他似乎是一开始蹲着的,看见我们赶来,他一下子站起来,从盒子里拿了什么东西，又把盒子扔回易公子身上！这时候，我们看见他手里……握着白色的……"

"白色的犀骨筷？"夏乾吸了一口凉气，"青衣奇盗手里握着犀骨筷？你们确定那是——"

赵大人厉声打断他："怎么可能？青衣奇盗手里的东西怎会是犀骨筷？"

"我不敢确定，不过那样子看来的确像是犀骨筷。我们没反应过来，根本没意识到这就是……就是青衣奇盗！"

守卫满脸泛红，有些语无伦次。

"青衣奇盗见我们赶来，垂下了手，微微侧过头，我们才看出这人蒙了面！他速度太快，一下子跳开，影子一闪，翻墙跑去西街了……"

"真是一群废物！"杨府尹怒斥道，用肥大的手臂甩了一下袖子。他转而严肃地问赵大人："大人，您怎么看？"

赵大人却没动，略加思索，问守卫："你们见青衣奇盗手里的筷子有几根？"

"一根，"守卫低头答道，"我们就看见了一根。"

"如此就可以解释了。"杨府尹一改焦虑之色，得意地笑了起来，"显然，易公子自己为了保险起见，把原本是一双的筷子分开放了。其中一根与万根赝品混合放在了院子里；另外一根放在了自己那里。然后等到晚上，自己躲起来。这样，能同时偷走两根的可能性就大大减小了！可惜，"杨府尹遗憾地摇了摇头，"被青衣奇盗识破了，终究还是功亏一篑。"

杨府尹的话确实很有道理。易厢泉行事谨慎，采取这种方案也不足为奇。赵大人沉思一阵，面色灰暗，似乎又不想承认失败，于是向夏乾问道："西街是什么地方？他们追到了西街，逮捕的可能性大不大？"

赵大人知道夏乾是最了解庸城的，但夏乾失望地摇了摇头："西街是烟花巷子。青衣奇盗真是聪明！城禁了，夜晚活动全部停止，独除了这烟花巷子。庸城经商的人不少，也都不缺银子，本来就爱去那种地方。现在城禁了，他们有钱、有自由，最近娱乐又少，所以天天去那里。"

赵大人怒道："他们居然目无王法？城禁了还敢营业？"

杨府尹一听，顿时额头冒汗紧张地回答："大人有所不知，下官一直比较头疼这个问题。那烟花巷子不比寻常地方，黑白两道通吃，认钱不认人……"

夏乾帮腔："那地方确实不好搜查，大人最好亲自前去。"

赵大人冷哼一声："那我亲自去一趟，我就不信，这天下没有王法！青衣奇盗是钦犯，他们胆敢纠缠！"

杨府尹接话道："那您可小心水娘，那女人掌管西街，她在那巷子地位可不小，又难缠……"

夏乾白了杨府尹一眼，心想，你要不是经常去，能知道这么多？他看了看两位大人，问道："要不要等厢泉醒了，问问他下一步作何打算？"

他这句话显然有些可笑，也无人应和他。如今青衣奇盗去了西街，当然要派人前去捉拿。而易厢泉在今晚最重要的时刻缺席，二位大人本身就不悦，何必等他醒来再做安排？易厢泉兜兜转转，手下的小兵其实只有夏乾一人。

赵大人脸色十分难看，带着一队人去了西街。杨府尹见其脸色不好，连忙也跟上去，因为胖，走得慢些。

一队人马远去，巷子里又安静下来了，真有人去楼空的意味。刚才还一团乱的庸城府衙只剩下灯火孤寂地燃着，似乎在宣告着行动的失败。

夏乾到客栈的井边取些清水，洗过手，打算立刻去医馆看看易厢泉的情况。

今日多云，月光时有时无的，此刻却出来了。老旧的井辘轳咕噜咕噜地转着，秋空明月悬挂高空，月光映在了木桶里。夏乾把手伸进木桶，水纹波动，搅了那轮月。

手上的鲜血被洗掉了，鲜血却染了水中月，致使月亮似乎也不这么亮了。什么美好的事物沾上点血腥，终究是不再美丽了。夏乾一声叹息，却借着月光看见地上有发亮的东西。

是剑。剑是好剑，只是年头久了些。夏乾向来是识货的，他弯腰捡起，剑的主人似乎相当珍惜它，经常擦拭保养，但却不常用它。

夏乾吸了一口气，看看剑柄，这花纹样式很是眼熟——这分明是易厢泉的剑啊。

二人认识数年，易厢泉从未把这剑从剑匣中拿出来，更没有说过这剑的来历，但是夏乾却知道得一清二楚。

易厢泉五岁的时候被邵雍领养，剑和扳指都是他从亲生父母那里带来的，但是他对亲生父母没有什么印象了。如今那枚扳指惹来了杀身之祸，剑却依然安好。易厢泉从来没有用过这剑，只是一直装在剑匣里随身带着。

按照常理推断，青衣奇盗和易厢泉发生激烈打斗，易厢泉抽出了剑却不慎脱手飞出。二人打斗不久，青衣奇盗就伤了他，又用什么东西使他昏迷，随后取了他放在身上的犀骨筷。就在这时候，守卫追来了。

夏乾皱了皱眉头，事情好像不太对。

只有夏乾知道，这把剑是易厢泉的宝贝，他从来都收起不用，只用那把古怪的金属扇子。

夏乾下意识地看向周围。他觉得倘若剑在，扇子应该也在附近，毕竟那才是易厢泉的武器。

然而周围什么都没有。明月高悬，夜深人静。灯火依旧燃烧着，却燃不尽夏乾心中的疑问。

他起身去医馆，毕竟只要易厢泉醒了，疑问也就清楚了。

……

而此时，易厢泉已经醒了。

两个守卫抬着担架，将他抬到医馆去。在颠簸中，易厢泉慢慢睁开了眼。映入他眼中的是没有星星的夜空和一轮皎月，在烟尘中显得有些朦胧。耳畔传来风声，吹得落叶沙沙直响。偶有余烟从街道飘过，将街道染上了令人备感焦灼的味道。

易厢泉眉头一皱，讨厌这种味道。

他躺在担架上，有些恍惚，分不清自己是在现实还是在梦境里。这种感觉就像是儿时第一次被师父邵雍领回家一样，他趴在师父背上，有些迷惘，有些悲伤，却又记不起之前发生过什么事，记不起之前遇到过什么人，也忘记了自己身处何方。

"易公子，您醒了！"抬着担架的守卫看他睁开了眼，有些欣喜地呼喊，"醒了就好，醒了就好！青衣奇盗，他……他……"

易厢泉还是有些浑浑噩噩，但是听到"青衣奇盗"几个字，似乎慢慢想起了事件的前因后果。

"青衣奇盗得手了，跑了！"守卫抬着易厢泉，有些懊恼，"赵大人他们去西街追了！"

守卫的话有些没头没尾，直接略去了一大段过程。而易厢泉皱起眉头，想说些什么，却觉得嘴唇发麻，说不出来。身上的伤口也是剧痛无比。

"青衣奇盗用蚂蚁找到了犀骨筷，之后又在你身上找到了另一根。总之，他跑了。"守卫说着说着便到了医馆门口。他们赶紧叫门，傅上星披衣来迎，焦急道："发生了何事？"

守卫忙把易厢泉抬入屋子，傅上星立即号脉，沉声道："中毒。小泽，熬些甘草汁来。"说毕，他开始检查易厢泉的伤口，准备止血。

小泽很快就端来药汤想给易厢泉服下，却见易厢泉似乎陷入麻痹状态，很难进食。她着急道："先生，他开始浑身麻痹了。"

"这就奇了，"傅上星额间冒汗，手上沾满鲜血，一边包扎一边道，"他身上中了两种毒。而且……"

"嘘——"小泽让他止了声，因为她觉得易厢泉有话要说。

易厢泉双目瞪得很圆，口舌麻痹，却费力说了两个字：

"夏乾。"

小泽急道："他找夏公子！"

守卫赶紧道："夏公子应当马上就到……"

易厢泉的嘴唇又动了动。小泽附耳听去，却是眉头一皱。

"他说，不要梨，"小泽有些诧异，"这是什么意思？"

易厢泉却皱紧了眉头，瞪大了眼睛，使劲盯着床对面书架上的书。小泽赶紧过去，问道："你要书？你要哪本？"

她的手在书架上面扫着，直到扫到某一本。易厢泉狠狠地眨了眨眼。

"这个？"小泽抽出了书册，很是震惊，"你要这本书？"

易厢泉只是看着她，像是有话要说。

慢慢地，他闭上了眼。

此时夏乾正快步走向医馆。他路过庸城府衙，只见稀稀拉拉的几个守卫。犀骨筷丢了，照这个情形看，青衣奇盗大概是抓不到了。

远方的烟雾似乎小了些，可是仔细一看，似乎起烟的地方多了。夏乾走着走着，便注意到有一盏街灯倒在地上，几乎烧得焦烂。街灯掉落的地方，有烧过的痕迹，那痕迹一直延伸到几尺外的小树林。树林冒着余烟，显然大火已经被扑灭了。幸亏周围有湖泊，院子里也有活水，否则后果不堪设想。此地和昨日他们碰见青衣奇盗的地方布局相似，都有低矮的棚子、街灯和树林。在街灯掉落的地方，还有一排小小的脚印。这不是猫的脚印，而是狸猫的——看来侍卫所说属实，是狸猫窜过来，扑倒了灯，灯坠落到地上，这才起了火。

夏乾蹲下，顺手捡起了烧焦的街灯。灯油早已没了，只剩下一些黄色的膏状体还粘在上面。有点麝香的味道，但不是麝香，果然是灵猫香！点燃灵猫香将狸猫引来后打翻了灯，灯掉落燃起大火。真的有人故意纵火，还是用这种奇特的方法。夏乾叹息一声，便匆匆赶往医馆，却看见只有曲泽在医馆里，傅上星先生不知去哪儿了。

　　曲泽是几年前随着傅上星来到庸城的，那时她还小，聪明能干，大家都唤她小泽。她在夜晚视力就会不好，但是伶俐得很。夏乾觉得她与自家谷雨的性子有些相像，干什么都急匆匆的。她看见夏乾，眼眸微闪，赶紧让他进门。只见易厢泉躺在床上，伤口已经被处理过，他昏睡着，一动不动。

　　"你说你做什么去了，易公子方才还喊你，"小泽给他倒上茶，"方才好险，你是没看到他流了多少血！"

　　夏乾倒是万万没想到："他刚才醒了？"

　　"易公子被送来之后，其实是清醒的。"

　　"那他说了什么？"

　　"他根本没说两句话！嘴巴几乎都张不开！"小泽脸急红了，"第一句是叫你，第二句很奇怪，似乎是什么'不要梨'什么……"

　　夏乾愣住了："什么梨？哪有梨？"

　　小泽摇头："不知道。我家先生说，易公子似乎是昏迷了很久了。昏迷的人一旦受到疼痛刺激，就很容易醒来。换言之，易公子被砍伤之后本来是要疼醒的，但是新伤口沾了毒，才陷入二次昏迷。"

　　"会不会有生命危险？"

　　"不会有危险的。脉象看来，易公子这几日就似乎食用过或者闻过什么导致昏迷的东西，兴许是曼陀罗、羊踯躅[1]之类的。今日，我家先生检查了伤口，上面沾着乌头磨成的粉末。所以，他中了两种毒。"

夏乾没有说话，像是在想事情。小泽以为他不明白，继续解释道："这乌头虽然不常见，不过夏公子可听说过附子？母根生乌头，旁根生附子。中毒的人会麻痹，之后才昏迷。我家先生说，这药用不好会要人命的，可是这剂量却刚刚好！先生还感叹，下毒的人，究竟在药理上有何等造诣……夏公子，你在听吗？"

夏乾没有仔细听她说话，觉得心里凉飕飕的。按照傅上星的诊断，易厢泉在受伤之前是昏迷状态，一个昏迷的人是怎么和青衣奇盗打斗的？

"你们确定没有弄错？"夏乾怀疑地问，"厢泉是在受伤之前昏迷的？"

"当然错不了！易公子就是受剑伤刺激才醒的，也正是因为受剑伤而染毒，才会再度陷入昏迷。"

"上星先生去哪儿了？我有话问他。"

小泽这下更生气了："别提先生了，他给易公子诊治完，就去了西街。是急诊！要说我家先生也真是心善，还去那种地方给那种女人看病！还是大半夜里，外面又不太平……"

"易厢泉什么时候能醒？"

"最快也要到明日，慢了要后天。"

1　羊踯躅（yáng zhí zhú）：又名黄杜鹃、羊不食草、闹羊花、老虎花。一种落叶灌木，属杜鹃花科植物。花辛、温、有大毒。《神农本草经》记载可治疗风湿性关节炎、跌打损伤。在医学上常作为麻醉、镇痛剂使用。

夏乾又没仔细听，内心有些烦躁。

"要说这麻痹，先是从手指开始的，易公子眼睛还能动呢，一个劲看着书架，"小泽走过去，抽出一本册子，"他看的是这本《史记》。他要做什么？"夏乾不知，上前翻了翻，这薄薄的一册并非全本，只是《项羽本纪》。夏乾觉得如此等待没有什么结果，索性坐下开始翻阅，等着易厢泉醒来，也等着西街赵大人的消息。小泽一脸喜悦，兴冲冲地又给了他一些其他的书籍，又端来蜡烛，光映在夏乾的侧脸上，显得很好看，他的孔雀衣在灯火中熠熠生辉。小泽见他的模样，自己柔和一笑，夏乾却浑然不知。

夜静了许多，但是令人心神不宁。更夫似乎消失了，不知夜已经深了。

"夏公子，青衣奇盗的事……就这么完了？"小泽搭着话，有些困倦。

"完了。"夏乾把册子一丢，伸了个懒腰，内心却有些难过和失落。抓贼，封赏……易厢泉和他说过的那种可能性似乎烟一样消失了。

"易公子说的'不要梨'，指的不是梨，是不是让你别离开他？"小泽托着腮，睡眼蒙眬。

她的话颇有道理，但夏乾仍起了一身鸡皮疙瘩："不可能，绝对不是这个意思。"但是他却打算在这里守一夜。与其回家抄书受罚，倒不如待在这里来得自在。想来想去，竟然产生了奇怪的念头。如今抓贼无望，自己又该怎么办呢？会不会结了婚，娶了妻，也可以自在一些？夏乾胡思乱想着。小泽收回书册，放回到架子上，"这讲的是项羽的英雄故事？"

夏乾回过神来："正史无趣，听了野史之后才觉得项羽特别傻。"

小泽嘟囔："他是英雄。"

"他就是傻。刘邦才奸诈，用了张良的计策，在项羽被困垓下时，用蜜糖在地上写下'霸王死于此'，最后项羽就自刎了。自刎的人都傻！"

小泽摇头："胡说。西楚霸王看到蜜糖写的字就自刎？"

夏乾闭着眼："哎呀！说了是野史，你没看过？也怪项羽迷信，不动脑子。你不知道，那字是蜜糖写的。结果，就招来了——"

夏乾一下子坐起来，瞪大眼睛，冷汗直冒，睡意全消。

小泽被他吓了一跳："招来了什么？"

夏乾脸色苍白，下意识地望了一眼昏迷中的易厢泉，喉咙动了动："之后，就引来了成群的蚂蚁。"

"那又如何？项羽之后怎么了？"

"之后……之后就和今天一样。是我们弄错了，完全弄错了！"夏乾有些激动，霍然站起，"我们被青衣奇盗愚弄了！"

他有些语无伦次，却刚刚明白今日的一切都是圈套，只是他没有补救的办法。夜晚很安静，火光照在小泽的眼睛上。她模模糊糊地看着夏乾，她是那么担心。夏乾却无心理会，只是脸色苍白，一言不发，开始在屋内来回踱步。突然，他似乎想起了什么。"什么时辰了？"夏乾突然问道。

"嗯？"

"现在是什么时辰了？"夏乾神情紧张。

"估计快子时了。今日城乱，没有打更的。夏公子你——"

夏乾听完，二话不说，立刻出门去，并未搭理在身后呼喊的小泽。

他想起来了，易厢泉昨日交代的那句话：子时城西三街桂树。

月亮越发明亮，明晃晃地照着街道，照亮了庸城的一簇簇余烟。在混乱的街道上，夏乾匆匆走向城西三街，他要找到那棵桂树。

他明明知道易厢泉昏迷在医馆，明明知道易厢泉根本不会在树下等他。但这时候，所有的守卫都在忙碌，只有夏乾一个人坚持完成了易厢泉的嘱托。

他知道，要想扭转乾坤，唯有相信易厢泉。

白露将至，夏暑已散，而庸城的天气依然多变，不变的是一日日的凉。朗朗皎月高悬，庸城慢慢刮起了风。

夏乾冒着风，觉得脑中的疑雾一点点被风吹尽。他一边思考着，一边走向西三街。途中，却路过了一个地方。

这里是一个库房，门口站着一名守卫。

门口全是泥土，门被生生炸开了。

夏乾虽急，但仍然觉得此事可疑："怎么回事？"

"失窃了，门被炸开了。"守卫认识他，索性讲了实话。

"丢了什么？"

"盐。"

夏乾惊讶道："盐？这库房是放盐的？"

"除了盐还有别的东西，"守卫垂下头去，"灯油也被人换过了。赵大人方才追去西街的时候路过此地，把一切都弄清楚了。今天清晨换灯的灯油是从这里取出的。新的灯油有股淡淡的香味。"

夏乾慢慢明白了。

他赶紧继续赶路，心中却越发觉得可怕。他需要把思路再整理一下。

伴着狂风，夏乾很快便走到了西三街。桂花树很美，今夜多风无云，空中有着很美的月亮，它泛着柔和的光，把桂树的影子拉得很长。在这个满城烟火、守卫尽散的夜晚，似乎只有这棵树是安静的。

狂风吹尽，树叶纷落，一切在月光的洗礼下变得透明。

在易厢泉的提示下，夏乾明白了青衣奇盗的诡计。

易厢泉显然是明白的，他听小泽说了庸城府衙的事，迅速做出判断，在浑身麻痹时却依然努力盯着《项羽本纪》。

这就是易厢泉的提示。

野史记载，刘邦采用张良的计策，在霸王被困垓下时以蜜汁书写"霸王死于此"，遂招致蚂蚁。蚂蚁嗜糖，于是围成了字形。项羽不知，又过度迷信，自以为天真要亡己，军心涣散回天乏术，不久失败，自刎乌江。

古人今人都逃不过心理的暗示。纵使历史的教训数不胜数，也依然难以走出逻辑的怪圈。蚂蚁嗜糖不过是自然现象，项羽信天，见此征兆必以为天要责罚。

此事与今日的事件过于相像。

青衣奇盗正是利用这一点。

犀骨筷被糖水浸过，而蚂蚁嗜糖。于是青衣奇盗放蚂蚁来辨认，最后由猫从守卫中把犀骨筷带出来——如此理论，天衣无缝。

项羽迷信上天征兆，而庸城府的所有守卫呢？办案之人往往"迷信"于自然规律。青衣奇盗在庸城府的偷窃，根本是个骗局。

犀骨筷是春秋末期战国初期的东西，保存千年，是否被糖水长年浸泡也未可知。就算真的被糖水浸泡过，放了这么久，又能残存多少甜味？蚂蚁纵然嗜糖，当亿万蚂蚁布满万根犀骨筷，肉眼所见，真正的犀骨筷与赝品所沾蚂蚁数目的差别，根本就不会太大。

那只猫是如何快速辨认出真品的？

不能辨别。那只酷似吹雪的白猫叼走的根本就不是真品。

这种盗窃方法闻所未闻，一切又发生得如此之快。蚂蚁嗜糖本是自然规律，猫的出现，对于误导守卫的思维起了推波助澜的效果。守卫先有了蚂蚁嗜糖的概念，潜意识就会顺着这条思路走下去，认为自己的猜想"青衣奇盗就是利用蚂蚁嗜糖辨认出了真品"是正确的。

于是事情继续下去，就演变成了几十人拼命出城追赶那只猫的闹剧。

青衣奇盗这一招非常冒险，但是在当时的情况下却极易让人走入误区。官员和守卫在府衙忙了好几日，今天又在院子里连站了好几个时辰，注意力高度集中，神经紧绷，任何风吹草动都会让人阵脚大乱。此事和用兵打仗又完全不同。守卫根本不知道敌人在哪儿，不知道他会做些什么。当戌时来临，一件又一件意外发生，给他们思考的时间又太短，而且几乎没有交流的机会。

这就是青衣奇盗的狡诈之处。手法越华丽复杂，可行性就越小。青衣奇盗上演的几出大戏根本就偷不走犀骨筷，但只要在短时间内骗过了衙门的人，他就能成功。在白猫叼走犀骨筷之后，守卫顿时陷入混乱。赵大人心细，发现了白猫只叼走了一根犀骨筷——他临危不乱，夏乾很是佩服，却遗憾他没有深想一步。

正因为这一根犀骨筷，青衣奇盗又导演了第二个骗局。

曲泽反复强调，易厢泉在被发现之前，一直身处昏迷之中，是受伤才疼醒的，又因伤口沾毒再度陷入昏迷。

这样，事实就清楚了。

易厢泉早就陷入昏迷了，之后才被青衣奇盗带到巷子里去，将其随身的剑拔出——让大家以为他们进行了打斗。青衣奇盗故意让人看见自己从易厢泉那儿取到了另一根犀骨筷，让守卫追赶自己，跑到西街。

可是这究竟是为什么？

夏乾想起了那天晚上自己与易厢泉的对话。他问易厢泉，究竟如何才能把犀骨筷辨认出来并且带走？易厢泉回答，没有任何办法，唯有一根一根地辨认才行。

那两根真正的犀骨筷是真的混在了赝品中，包括易厢泉本人也难以辨别。青衣奇盗在巷子里从易厢泉身上拿的那根犀骨筷，也是假的。杨府尹对于犀骨筷被易厢泉分开放的推论，不成立了。

青衣奇盗上演的第三出闹剧，就是用灵猫香引来七节狸推翻街灯导致全城多处失火。这是一个彻头彻尾的圈套。

昨日深夜，夏乾和易厢泉在街上碰到了青衣奇盗，这不是巧合，青衣奇盗为的就是将大家的目光引到街灯和香料上来。

今日在府衙，夏乾和方千闻到灯油的浓烈香气，知道是曼陀罗的残渣，就断定这灯油有问题，故而决定将旧灯油倒去，换上新的。这也是青衣奇盗加入麝香的原因：单纯的曼陀罗香气不重，麝香浓郁刺鼻，只要一闻，会更让人觉得这灯油会导致人昏迷。

一切全是误导。

其实旧灯油是没问题的，新的灯油才有问题。显然在昨日库房失窃的时候，青衣奇盗直接把灵猫香掺入库房的新油中去。

赵大人断定旧灯油有问题，必定下令全部换新的，殊不知正中青衣奇盗下怀。

青衣奇盗既要放火，就要换掉灯油；而他半夜三更亲自往所有的街灯中放入灵猫香，定然不现实。最省事的，莫过于借了守卫的手，行自己的方便。

前一晚青衣奇盗在棚顶现身，也是做给夏乾和易厢泉看的。

夏乾如今回想，更是汗毛竖立。青衣奇盗昨日现身，除了让人以为是灯油的问题，还有更重要的一点。

易厢泉打了青衣奇盗一镖。

那么青衣奇盗中镖了没有？夏乾觉得，没有。如果他们展开全城搜索，目标过大，因此会寻找手臂受伤的人来缩小搜查范围。官府一旦如此行事，那么青衣奇盗就会逃过一劫。

真是一举两得。

夏乾突然觉得一切都很可怕。易厢泉说过，青衣奇盗只有一天的时间去思考对策，但是对方竟然设计出了这种复杂的圈套。

如此纷繁的手法不能掩盖住一个事实：青衣奇盗自有他的目的。如果三起事件合起来看的话，就不难得出最后的答案。

庸城府蚂蚁事件的最后结果，是三十个守卫出城追捕；全城纵火事件，调动了大批守卫去灭火；巷子里的易厢泉昏迷事件，使最后一部分守卫，包括方千和两位大人，去彻夜搜查西街。出城、灭火、搜街，八十名守卫各有任务。

如此算来，现在还守护在庸城府的有多少人？五个？十个？

一切都清楚了。

青衣奇盗的三出戏码，就是为了调虎离山。

在派人追去西街的时候，官府已经很难再派出空闲人手了。如今真正的犀骨筷还在庸城府衙内，却没几个人看守。只要放倒那几个侍卫，青衣奇盗就可以明目张胆地在院子里进行偷窃。

易厢泉说过，辨认真品最快也要八个时辰。夏乾不知道是不是真的，打着灯笼一个个地辨认真伪，他觉得不止八个时辰。可是远观烟雾，火势并没有增大的趋势，纵使今日风大，要扑灭火焰，八个时辰，到时候天都亮了。

最多留给青衣奇盗三个时辰。

三个时辰，青衣奇盗到底要怎么做呢？夏乾摇了摇头，不对，现在不是关心青衣奇盗的时候，而是自己应该怎么办！

如果火被扑灭，也许就会有守卫回到庸城府；西街追捕不利，也许也会有人回到庸城府；易厢泉醒来，事情败露，还会有人回到庸城府。总之，若青衣奇盗执意偷窃，就会知道夜长梦多，必须在有人回来或者发现之前速速行动。

夏乾心慌了，一刻也不能耽误！现在庸城府就如同个空城，是下手的最好时机。

可是自己能做什么？叫人来不及，而且人马各有任务，根本调动不了多少。况且人多容易打草惊蛇。难道坐以待毙？现在，自己是全城唯一有时间、有能力阻止青衣奇盗的人。但是自己脑子没有那么好使，而且手无寸铁，如何对付身手非凡的江洋大盗？

实在不行……去看看也好。

他起身，打算去看看大盗长什么样，再回家睡觉。这才是夏乾的作风。

但他刚一抬眼，就看见了树下的木头箱子。

记得他下午来这里时，这个箱子就在。箱子做工精致，体积大，上面有古老的花纹。夏乾细看，箱子分外眼熟。

这是他家的箱子，就放在自家的书房里，存放常年积攒的欠条。

端起箱子，感觉不重，里面似乎放了分量挺轻的东西。借着月光，夏乾打开了箱子——

里面是他的柘木弓。

夏乾的父亲早年在洛阳拜了赫赫有名的邵先生为师，即易厢泉的师父。那时邵雍还年轻，夏乾的父亲更加年轻，不务正业，倒是对象数、算卦之类颇感兴趣，故而拜师。不久后就不再学习，反而开始从商，竟然创下万贯家业，成了江南有名的大户。

在这个尚文的年代，各路文人辈出，尤其是江浙一带，风流才子数不胜数。夏乾纵然受过良好教育，但他不想读书，不想经商。看店的时候说要读书，读书的时候嚷着要看店做生意，实则碌碌无为。

夏乾终日不求上进，不理家业。夏母时常抱怨，自己的儿子是个典型的败家子。从另一面来说，他虽然呆呆傻傻但是为人正直，好奇心旺盛也敢于冒险。若说技能，当数射箭为上乘。

夏家家大业大，夏乾用得起好的弓箭，请得起好的师父。孩子的唯一一点正经喜好，做父母的并不反对，乃至最后一发不可收拾。

天资聪颖，又感兴趣，久而久之，夏乾的箭术在江南一带也是小有名气。然而夏乾没有实战经验，随着西北战事愈演愈烈，夏乾也"蠢蠢欲动"，父母自然不肯让独子有这种念头，遂禁止他再携弓狩猎。

夏乾没有办法，只好在自家的院子里引弓射箭，白日去射柳叶或者杏花，或者让弓箭没入石墙。

纵然是这样足不出户，他的技艺仍越来越精湛。

此时，夏乾背着弓箭，悄悄地从庸城府衙远处的小巷子里绕回客栈。他观察过庸城府衙四周，只有这家风水客栈位置最好。

而整个客栈视野最好的房间，就是易厢泉住的房间。

他摸黑进了客栈，放眼望去，一个人也没有，周遭一片漆黑。那个矮个子的尖声小二不知道跑哪儿去了，夏乾也不想惊动任何人，便轻手轻脚地踩着楼梯溜上了二楼，吱呀一声推开了房门。

房间还是和他上次来的时候一模一样。夏乾上前，把窗户打开了一条缝，窥探着外面。清幽的月光瞬间照进房间。

今日风大，而此时却减小了不少。且这房子的朝向正好背风，夏乾庆幸这天时地利，否则窗户一下被风吹开，事情就不好办了。

眼下已近初秋，这样寂静的夜晚令人感到丝丝凉意。夏乾有些惊慌。他小心翼翼地看着庸城府衙的整个院子，月华如水，庭下如积水空明，然而树影交错遮住月光，院子倒是黑暗，唯有树影轻轻晃动。

没有任何异常。偶尔有零零星星的灯火飘过，那是杨府尹的家丁而非守卫。

远望城里烟雾不断，灯火却在逐渐熄灭。夏乾知道，兴许是大人下了什么命令，如果再燃着灯火招来狸猫，怕是这大风之下，火势更加难以控制，干脆把街灯全部熄灭。所有人都认为青衣奇盗向西街逃跑了，全城点灯守夜也无甚用处。

看着全城一点点暗下来，如同被黑色侵蚀覆盖而不见天日一般，夏乾顿觉呼吸急促，双手微颤。他深吸一口气，只有不停观察四周，以此来减缓焦虑。

只见西街灯火通明——烟花巷子，那是离庸城府最远的街道，夜夜笙歌。不知大人他们进展如何，只怕是竹篮打水。

夏乾心里七上八下的，庸城府衙还是没有动静。他心里嘀咕，莫非自己想错了？

他低头看看自己手中的弓，是柘木所制，漆得光亮却无装饰，乍一看只是普通的弓。而夏乾知道，柘木的弓身、水牛角贴于弓臂内侧、上好的牛脊附近的筋腱以及使用黄鱼鳔制胶黏合，才得此弓。看似普通的组合，实际上却是杀人的利器。

夏乾手有些颤抖，他不打算杀了青衣奇盗——杀人，这一点他想都没想，只希望射中青衣奇盗的腿，使其行动不便，定可以擒获。

月朗而风不清，秋月惨白，映着夏乾与皎月同色的脸，嘴唇也是苍白的。

无论结果如何，就在这一箭了。如此重要的任务非他夏乾莫属。

名垂青史……夏乾闭起了眼睛，心开始狂跳。

名垂青史其实不是他想要的，功名利禄于他而言什么都不是。他只是想借这个名头，用自己仅有的射箭本事来换取自己人生的一点自由，尽管这点自由可怜又奢侈。今晚的事会让他受到母亲的责骂，会被罚抄很多遍《论语》，但是只要他抓住大盗，哪怕没有封赏，也许父母会认为他有出息，也许会让他背着弓箭踏出家门去，也许会去很多很多地方，也许会认识很多很多的人……他拼尽全力，为的只是这点"也许"。

他架起了弓。

庸城府衙门口的灯灭了。那里距离夏乾很远，看不清到底是什么原因。正在他凝神屏息观望之际，却见另一盏灯也灭了。

灯火的位置在庸城府衙的正门口，距离远，看得不真切。那灯火灭得诡异，悄无声息。每一盏灯火都是家丁在提着的，如此熄灭，必有蹊跷。接着，又一盏灯火灭了，整个庸城府衙的大门到院子一片漆黑。

夏乾纳闷：出什么事了？

庸城府衙的院子十分古老，石灯的火一直燃着，一个个小亭子般孤独地亮着，夏乾甚至看得清上面的莲花纹饰。就在石灯的旁边，一个灰色衣衫的家丁提着一盏白灯笼，似乎在做常规巡查。

灯火正好照在家丁脸上。

就在那一瞬，夏乾赫然发现就在那家丁身后的树上有个黑影。

他心里一惊，但是看得不真切。只见那黑影迅速跳下，无声无息地一掌劈在家丁的后脑。

家丁立刻倒下了。夏乾暗暗惊呼，却见黑影迅速用手帕捂住家丁口鼻，一手托住灯笼——动作太快了，真的太快了。片刻他吹熄了家丁手中的灯笼，随即把人拖到深深的草丛里。

那黑影的手法之快，夏乾几乎看不清。

黑影隐到树林里去了。

眼看庸城府衙后院还剩一个家丁。他提着灯笼守在后院，浑然不知自己是庸城府衙唯一一个还在巡视的人。而庸城府的四周街道再无他人。

夏乾心里暗道大事不妙，却见那黑影突然冒出，如同鬼魅一般落在了最后一名家丁身后。不久那名家丁也倒地，那黑影手法之快，同刚才如出一辙。

这里是距离那黑影最近的地方，夏乾可以清楚地听到灯笼掉到地上的哐当声。

在灯火的照耀下，黑影不再是黑影。

那是一个穿着青黑色衣服的人。

看身高，应该是个男人，他的大半个脸被面巾蒙住，额前碎发导致夏乾看不清他的眉眼。他未梳发髻，只是拿青黑色的带子略微系上，如此行动倒是方便；也没有带弓弩，只带着佩剑，然而剑鞘上没有图腾，此外没有多带别的东西。

他仿佛是来自黑夜，此时正站在那棵银杏树下，青黑色的衣裳质地贴身柔软。青黑衣衫似乎是黑影与落叶交织而成的产物，在秋风吹拂下轻扬，与月光完美糅合从而构成了一幅令夏乾终生难忘的画面。

敏捷的身手，乌黑的头发，夏乾很是吃惊，名扬天下的青衣奇盗居然这么年轻。

第五章
夏乾夜间抓盗贼

纵然蒙面，但迄今为止看清青衣奇盗真容之人，恐怕只有他夏乾了。夏乾紧张之情顿时一扫而空，取而代之的是发自心底的兴奋。

名垂青史四个字像一个咒语，在他的脑海中轰然炸裂开来，变成一股又一股的热血。仿佛从今夜开始，自己的命运会变得有所不同。

他略微探探脑袋，想看真切一些。现在不多看看，以后可看不见了——连当今圣上也难见青衣奇盗真容啊！

整个庸城府衙没有人再点灯笼，一片漆黑，只有院子里的石灯还燃得明亮。青衣奇盗堂而皇之地从正门走到后门，从阴暗到光亮，根本无人阻拦。

风起云动，天象又变了。

风吹得窗扇动来动去，吱吱响动，空气中略有潮湿的泥土气味。夏乾知道天气变化无常，也许又快要下雨了。他顺手拎起桌上的葫芦卡在窗户边上，这样窗户就始终敞开而不会突然闭合。

箭在弦上，夏乾不敢点灯，借着月光瞄准院子。

他必须选好放箭的瞬间——天空不可有乌云遮月，青衣奇盗必须完全暴露在视野之下，人箭之间不能有树木遮挡，且二人的距离越近越好。

夏乾屏息看着，等待着时机，却见青衣奇盗跑到了院子角落水缸边。

夏乾心里一惊，缓缓放下弓弦，这才想起那水缸的问题。

按照两位大人的说法，水缸是易厢泉用来装水防火的。易厢泉早上亲自让人送来一缸水，下午送来三缸水——而下午这三缸无疑是青衣奇盗送来的。三缸中的两缸装满了蚂蚁，已经破掉了。那么，还剩下一缸水。

夏乾眼看着青衣奇盗掀开水缸盖子，并把不远处的犀骨筷集中，一捧捧地扔到了水缸里。

夏乾心里一凉，顿时就明白了——水缸中的白色晶体是盐。

这是一种古老的辨识物品的方法。同样大小的铁块与木头扔到水中，一个下沉一个上浮。换作犀骨，也是同样的道理。易厢泉在做仿冒品的时候并没有细细称重量，只是用差不多的材质仿照了大小形态，密度自然就有差异。

使用密度来辨别真伪，非常可靠。青衣奇盗的方法就这么简单。用石头和鸡蛋比喻，人们将同样大小的石头与鸡蛋放入水中，二者都会下沉；但如果放入一定浓度的盐水中，鸡蛋就会上浮，而石头依然下沉。这与犀骨筷的道理相仿，依靠赝品上浮而得知密度差异，如此方能辨别真伪。

夏乾摇了摇头，觉得不可思议。昨夜已问过易厢泉，若把真品赝品投入水中，会不会一个上浮一个下沉？易厢泉的回答是，他试过，全部下沉。

犀骨筷的质量本身小，体积相似，材质相仿，所以密度根本就不会差别太大。正是因为这种差别过于微小，易厢泉才只用清水来简单排除密度辨识的可能。

清水不可辨，而盐水可辨。夏乾觉得奇怪的正是这一点，盐水的密度鉴别，有个致命的弊端。

若一缸水放入一勺盐，真品赝品都无法浮起来；如果一缸水加入一缸盐，真品赝品就都会浮起来——盐、水的比例决定着盐水浓度。真假犀骨筷的密度相差无几，要想辨别，必须让盐水的浓度极度精确，才会造成万根下沉、两根上浮的现象。

所以，这根本就是不可能的。青衣奇盗根本就无法事先预知能筛选犀骨筷的盐水的比例。多加几勺，都会出问题，夏乾用脑袋担保他绝对不可能成功。

夏乾冷笑一声，抬起弓箭。他还以为青衣奇盗有多高明。

青衣奇盗每次把一捧筷子扔进水缸之后，会缓缓看一会儿，有没有真品浮上来，再去抱下一捧。忽然，他停滞了一下，似乎已经"鉴别"出了一根，从水缸里捞起揣在了怀里。

夏乾有点慌了，这怎么可能呢？

夏乾不知真假，也不管真假。他只是等待放箭的机会。水缸在角落，而角落幽暗难以放箭。犀骨筷是堆满整个院子的，水缸在东边角落里，夏乾看着，等到青衣奇盗把犀骨筷收到最后几捧时再放箭。那里除了一棵在旁边的银杏树之外，没有什么遮挡。

就在此时，风突然吹动，窗户嘎吱一声吹开了。这一晃动，葫芦翻滚了一下，塞子掉了下来，葫芦里的茶水滴到了窗檐上，顺着墙面哗啦啦地流了下去。

这声音可不小。若有人在这几丈之内绝对听得一清二楚。夏乾慌忙把葫芦扶起来，下意识地望了青衣奇盗一眼，还好距离远，风声大，青衣奇盗不可能注意到这边的动静。

他默念老天保佑，又架起弓箭。

青衣奇盗已经把庸城府衙院子里的大半部分犀骨筷收进了水缸。夏乾拉紧了弓弦，心里一阵兴奋，他快要走到那棵银杏树那里了。差一点，就差一点。

可是青衣奇盗却慢下来了。这一次，他在水缸那里看了许久，终于捞起一根犀骨筷放到怀里。夏乾愣住了，暗叫不好——两根犀骨筷已全都找出，或者说，青衣奇盗认为自己全部找出了。不论青衣奇盗拿到的是否是真品，他都会立刻打道回府！到那时候一切就完了！

青衣奇盗的速度极快，拿到东西之后绝不久留！

不能再等了，就是现在！夏乾高度紧张，平定气息，弓箭回拉，两指猛然松开，只听"咻"的一声，箭飞了出去！

这一下太快了，夏乾从头皮到手臂都感到一阵发麻，只见箭从青衣奇盗的左腿上擦了过去。夏乾暗自懊恼——今日有风，他本来是想射穿青衣奇盗的腿，这样他便无法行动，要是再向右偏离一点就好了！

青衣奇盗立刻闪开，说时迟那时快，夏乾当机立断再发一箭！又是"咻"的一声，箭已离弦，弓弦还在颤抖，箭却一下射入了青衣奇盗的左腿！

夏乾大喜，这第二箭不能说正中，却也达到了目的。青衣奇盗发出一声呻吟，迅速躬下身子，拖着腿退到阴影里，留下一小摊血迹。

夏乾脑袋嗡嗡作响，青衣奇盗跑不了！他太激动，以致没有听到走廊上传来了轻微的嘎吱声。

那是人走过的声音。

夏乾背着弓箭，迅速向外跑去，他欣喜若狂，智者千虑必有一失，青衣奇盗要落网了！真的要落网了！他终于要扬眉吐气了！

夏乾脑袋一热，立刻踏出房门——

就在这一刹那，角落蹿出个黑影来。

夏乾什么也没看清，还不知所以地往前狂奔！在这一瞬间，他脑后被什么东西猛打了一下，顿时眼前一片漆黑，没了意识。

同时，赵大人正带着人赶往西街。

与之前庸城府的安静诡异形成对比，西街一派热闹之景。青楼女子们皆是一袭长裙，颜色艳丽，上身多是抹胸配以罗纱，也有人穿着窄袖短衣、穿着褡子。一群群女子飘过，整个街道似有神仙过市，嬉笑声也令人心神荡漾，丝竹管弦之声更是不绝于耳。赵大人很少下江南，这青楼之地更是没来过。原来以为不过是一群俗脂庸粉，却不曾料到是这种安宁景象。

若不是大家都看见青衣奇盗往这边跑来，谁也不相信这种地方竟然藏着一个朝廷要犯。守卫一路追来，只见那黑影一闪，就躲进了这灯火通明的街道。所有守卫都觉得，青衣奇盗一定是跑到这条街道，藏匿在某个阁子里。

西街的青楼、酒肆、赌坊倒是不少，家家富丽堂皇，门首皆缚彩楼欢门，样式繁多复杂。满街挂满了各式各样的花灯，装饰着丝绸的缎子。

方千追在前头，灯影映在他满是汗水的脸上。刚踏进西街，便被一名身穿鹅黄色罗裙的女子用手中小扇拦下了。女子看见方千一身武者打扮，倒是不惧，盈盈一笑招来几名小厮。

"敢问官爷到此地何事？"黄衣女子声音如同三月黄鹂，罗扇掩面，微微行礼。守卫本来紧张的心情一下子被这抹鹅黄冲淡了。他们虽然武艺高强，但碰见突然冒出的青楼女子，竟不知如何是好。

方千在队伍前头，一时不知如何答话，而此后的守卫也跟了来。女子见状，向旁边的小厮摆摆手，小厮就跑进阁子里去了。

方千定了定心神，知道时间不可耽误，遂上前问道："敢问姑娘，可有穿青黑衣服的人跑来这里？"

鹅黄女子依旧罗扇掩面，咯咯笑了："不知官爷说的哪位穿黑衣的人？这里客人多，我哪里都记得？更何况——"

此时赵大人过来，一下拦住方千，双眸微怒威严地道："麻烦你让开，官家办事，你胆敢阻拦？"

鹅黄衣服的女子放下了手中的罗扇，扬起下巴。她二十余岁，长得有些寡淡，却很是端庄。眼睛不是很美但很特别，像庸城燃着烟尘的黑夜。她先是轻轻扫了赵大人一眼，目光是那样淡，那样不经意，也缺了青楼女子应有的柔媚，在这目光之下暗含的竟是一丝轻蔑。

"大人您可是折杀奴家了，这小小的西街做的是本分生意，今儿个因城禁的缘故，客人本就不多，哪里会有什么可疑人来？奴家可是什么都没看见。"她故意娇滴滴的，实则是在敷衍。赵大人刚要发火，方千赶紧说道："姑娘行个方便，我们这是朝廷大案，拖久了姑娘怕是担待不起。"

鹅黄衣服姑娘眼珠一转，目光如黑夜湖水一般深不见底，看着赵大人道："不知这位大人名讳？今日这场子被一位大人包下来了，不是奴家不让搜，是怕扫了那位大人的雅兴。"她轻言慢语的，是京城口音。

赵大人脸色越发难看，用眼神示意方千，不要废话，直接搜。

杨府尹见机慌忙冲上来："使不得，使不得！大家好好商量……"

"哟！听这音儿，这不是杨府尹吗？今儿得空来我们这小地方，也不怕折了您飞黄腾达的官气儿！"却见一个声音从不远的楼上传来，那声音婉转圆润，虽然略带嘲讽却又如此顺耳，如同丝线一般从楼上抛下，轻轻地抚在众人的脸上。

众人皆往楼上望去。不见人，只见一袭水红色纱衣，似是一直在楼上的琉璃珠帘后头望着，转而飘到楼下来了。

不知为何，赵大人心里一凉。

鹅黄女子扑哧一声笑道："到底是水娘撑得起场面，众位官家还是跟她说吧，奴家不打扰各位雅兴。"说罢，她便退到楼里去了。

赵大人眉头一皱："怎么回事？谁如此无礼？"

杨府尹低声道："听这声，就是水娘了，西街都归她管。这女子当真不好惹，大人您还是……"

"哟，杨府尹平日里不是官架子不小嘛，今儿这是怎么了？"只见水娘袅袅婷婷地走来，面容姣好，眉眼略上挑，见其外貌必是精于世故之人。

杨府尹立刻闭了嘴。

水娘一笑，笑得成熟妩媚，却又隐隐透露出凉意。她摇着手中的青白扇子，指节发白，动作看似轻柔实则却有力度，一下一下扇着，仿佛把一切都抓在手中了。

这种女人，说好听了是烟花巷子的管事，说难听了，就是老鸨。赵大人冷笑一声，他向来不把这种女人放在眼里："让开，我们要搜查。"

水娘的目光落在赵大人身上，赵大人倒是穿了一身好料子，气势是有的，但是不奢华。一身正气却又两袖清风的人，往往不是大官。如此，水娘不屑地笑了。

"恕奴家照顾不周，这城禁几日，场子都被官家包了，奴家也不好说什么，"水娘笑着，语气生硬，"怕是官爷也累了，不妨早些回去休息。"

杨府尹气急："放肆！什么官家人，赵大人难道不是京城官家？大人办案，容不得你个妇道人家造次！"

水娘冷眼道："京城？小女子浅薄，不知这辅国将军与阁下这……京城来的提刑相比，是不是更加位高权重呢？"

杨府尹一听辅国将军，胖胖的脸都皱成了一团，惊道："此话怎讲？"

水娘看都不看他一眼，只是盈盈一笑："奴家若是没有弄错，这辅国将军再往上，恐怕也没有几人了。"

众人一阵沉默。本朝虽然重文人，但因为西北战事吃紧，武官也分外重要。尤其是这种刀尖上滚过来的人物，脾气暴躁不说，一个不小心惹怒了，事情就难办了。

水娘自是看出了众人的心思，便朝远处的西阁望去，笑道："我看将军也并未休息，这倒还好，水娘替大家赔个不是，这事也就过了。"说罢，她媚眼一瞪，朝赵大人望去，"大人觉得这样可好？"

赵大人面无表情，街上灯火荧荧，但他的黑衣却未染上任何流光色彩。静默片刻，他以波澜不惊的口吻问道："辅国将军可是冯大人？他为何在此？"

水娘不悦："将军游玩至此，在园子里饮酒，误了出城时日。"

杨府尹想给大家找个台阶下："在这西街看来搜不出什么，既然大将军在此，眼看那青衣奇盗也不敢造次，我们还是早些——"

话音未落，赵大人一个手势将其打断，明显不卖他这个人情："准备搜街，我先去拜会将军。"

水娘没想到赵大人会这么说，先是一愣，随后嘴角上挑，冷哼一声："大人，您可想清楚了——"

"不必多言，此街必搜。"赵大人不再多说什么，直接向西楼大步走去。水娘一急，挑起裙摆想跟在后面，却被赵大人拦住："其他人等一律不准入内，我与将军谈完再说。"

水娘无奈，眼睁睁看着赵大人步入西楼。这赵大人一进去，就遭散了楼内的几名侍女与舞姬。

水娘双眼一眯，恶狠狠地对小厮说："给我看好了，有什么动静赶紧进去。武将出身之人脾气大得很，这要闹起来，还不得砸了我的场子！"

气氛变得尴尬。方千一直望着楼上，默不作声，也不知道想着什么。杨府尹低着头来回踱步，他也觉得自己窝囊，整张脸都没在阴影里。他本身就胖，这一趟跑来更是大汗淋淋，也没有女子愿意递个帕子。只有那鹅黄女子默不作声地递过去，随后摇着扇子，并未吱声。

杨府尹道谢并抬起眼，似乎想找点话题拉拉关系，冲鹅黄衣裳女子道："以前从未见过姑娘，敢问姑娘芳名？"

水娘闻言双目瞪住，没好气地道："哟，这楼里还有杨府尹不认识的姑娘？"

杨府尹尴尬异常，鹅黄女子礼数周到："小女子名与这罗纱衣裳的颜色一样，就叫鹅黄，京城人士。来庸城看望旧识，不曾见过大人。"

她躬身行礼，大方得体，毫不做作。

水娘白了杨府尹一眼："不要说鹅黄了，这红花绿柳、莺莺燕燕的，杨府尹能记得多少？纵使记得，也是因为大人您常来的缘故，您说是不是？"

鹅黄扯了扯水娘袖子，而水娘似乎喝多了酒，醉醺醺的。

杨府尹气急："水娘，你……"

水娘面色微红猛然转身，望向方千："要说这方统领，以前不也常来么？就在几年前，就差住在这儿了。哟，看方统领脸色可不太好，是不是累着了？要不要进去歇歇？"

方千看着最远处几处破败的阁子，不动声色，脸色极差，半天才吐出"年幼无知"四字，轻若游丝。

水娘啧啧一声："看来这杨府尹也是年幼无知了？"

杨府尹脸色铁青。鹅黄识趣，知道水娘喝酒胡言，立即扶她到不远处的亭子坐下，远离众人。

所有人都在西街口等着，等赵大人谈完归来。水娘与鹅黄在亭子里吹风。

水娘一到没人处便换了那骄纵的表情，面如槁木，呆呆地看着远处。

远处就是黑湖，因到了夜晚，这里过于漆黑以致与夜色融为一体，故此得名。黑湖的一部分被围在一座小院子里，见不得全景。院子里的树木偶尔能探出几条枝丫来，如此望去，能看到零星树枝和一座破旧的楼子。

"鹅黄，你对今天的事儿怎么看？"水娘盯着亭子远处的黑湖，斜倚着亭柱子。

鹅黄目光沉静，看着远处的楼："搜就搜吧，搜一次也不会坏了生意。那赵大人……我总瞧着不对劲。做官，有的是靠科举，有的靠权势，有的靠战功。但凡大官，若想仕途光明就不可能不做些拉帮结派、攀龙附凤的事。再看那位赵大人，有些高傲，似乎不喜欢那些官场往来，但他竟然身居高位……姐姐，还是小心为妙。"

水娘轻叹："你说得对。刚才是我冲动，近年来得罪不少人。罢了，过会儿出来，我跟大人赔不是。你说你呀，也不知日日忙些什么，怎么就不能留下来陪我？自从碧玺走了，也就没人和我说这些话了……"

水娘向前走两步，望着湖水。今日风大，湖水在月光下波动着，竟然这么美。然而天空却是斜月沉沉，湖月照人影，显得越发凄清。

"岁月不饶人，总有一天看着姐妹离去，自己也人老珠黄。"水娘似乎很冷，紧了紧红色的罗纱，仰头，不易察觉地流下两行泪，"我真的很想念碧玺，她和你一样，谨慎又聪明。要是她身体好一点……我们这种女子，都是苦命人。可那些当官的，一个个都不是什么好人！"

鹅黄没有答话，此刻，突然"哗啦"一声，传来一阵瓷器破裂的声音。

水娘一惊，向西楼望去："怎么回事？"

鹅黄忙扶水娘过去，道："西楼什么东西碎了？那是将军住处。我进去看看，是不是大人脾气不好，两人起了争执。"

水娘冷笑道："起了争执又怎样！大不了不做这生意了！几年前西街出事，我就——"

"姐姐胡说什么！"鹅黄双眉一蹙，有些责备，"旧事莫提。"

她只说了短短一句，就把水娘搀扶回了楼门口。

西楼的门却嘎吱一声开了。赵大人面无表情，缓缓地走出来。

杨府尹急急问道："出什么事了？"

赵大人答道："无妨，一个茶杯摔碎了，将军要休息，不必去打扰了，我们准备搜街。"他再无他话，只是从容地关上雕花木门，下了台阶，就如同没有发生任何事一样。

水娘双颊透着醉酒的红晕，微微诧异："当真搜街？将军同意了？

刚才的茶杯怎么破的？"

赵大人没答话，看也不看她，转身对方千道："好在西街封锁了，耽误时间真是不妙。快准备搜，每一处都不要放过。"

水娘不悦道："要搜可以，有个房间你们不要搜了，有病人，病得非常严重，最好不要——"

"越是这种房间，越要搜。方统领，你还在等什么？"赵大人冷漠的言语，令周遭都染了寒气。

水娘要争辩，杨府尹打圆场道："罢了，不打扰病人便是，是哪间房子？"

"望穿楼。"

水娘指了指不远处。那儿有个很高的楼，破旧得很，就在黑湖湖畔。

整个西街毗邻黑湖，而黑湖的一半又被围墙围起来。围墙围出一个独特的小院子，望穿楼便伫立于此。它处在西街的边缘，面朝着湖水。

杨府尹见气氛不妙，玩笑道："'白头吟处变，青眼望中穿。'好名字，好名字！"他干笑几声，却是无人应答。

水娘嚷道："那楼里就住着一个姑娘！身体不好，你们要搜我也是没办法。但你们若还顾念着自己的富贵命，就不能进屋去！那姑娘有肺痨！院子也锁了，一定要搜就去拿钥匙吧，死了我也管不着。哼！她可是我们以前的头牌，虽然没当几天便出事了。要是她有什么三长两短，我可不管你们是不是大官！"

赵大人没有理会。杨府尹低头沉默，方千背对众人，一动不动。

水娘酒劲上来，不管有人听不听，还在嚷。鹅黄拉她不住，只听得她语无伦次大声骂道："青楼的姑娘也是人！她今天还得看病呢！我知道你们这群当官的，根本不把我们当人看！哼，你们这群——咦？怎么回事？"

水娘望着高楼，面色突然由绯红变得苍白，簪花"啪嗒"一声掉落在地上，花瓣碎了一地。众人本来有部分是背对着房子的，看到水娘面色如此变化，纷纷转过身来望向那破旧的高楼。高楼上站着个人。

那是个女子，看不清她的五官，似乎戴了面纱。她并未挽起头发，黑发飘飘，穿着一身火红火红的衣服，站在破旧的窗台边上，面朝着一片黑色的湖水，似乎在凝望什么。她身体微微探出栏杆。

她身段美丽，身上的衣裳也华丽。一身火红的衣裳如同黑夜中灿烂的火球，正在绚烂燃烧。

"红、红信……怎么站在……她干什么？那会掉下去的呀！"水娘喃喃地叫道，在这一刹那，却只见那火红的影子纵身一跃，众目睽睽之下，竟然从窗台上跳了下去！只听扑通一声，是物体落水的声音！

众人都吓愣了，几名女子尖叫一声，水娘瞬间脸色一白，喉咙哽住，一下昏了过去！

"快去！快去湖里救人！都杵在这里干什么！救人！"赵大人大吼道。

清晨已至，一缕阳光照在了夏乾的脸上。他觉得自己的头要裂开一般，摸摸后脑，缓缓地爬了起来。

阳光从窗户缝隙洒了进来，夏乾眯起了眼，看清了四周。

他还在客栈。这里是易厢泉的房间门口，东西都在，周围的一切都没有变。

夏乾揉了揉脑袋，觉得后脑肿了起来。自己昨夜好像引弓射中了青衣奇盗，然后跑出了房间，随后……

不太记得了。

他觉得一阵晕眩，有些反胃，晕晕乎乎地下楼。可客栈一个人都没有。

现在是庸城的清晨，远处还有烟未灭。露华未晞，只令人觉得阴凉。天空灰色与乳白色相融，没有朝霞，显得阴沉沉的，街上寂寥无人。

夏乾拖着步子如同在梦中行走，想要走到医馆。他勉强走了很久，才倦怠地敲了医馆的木门。

"夏公子来了！正巧，易公子刚醒。"曲泽疲惫，却笑着来开门。

晨光洒下，她眯了一会儿眼睛，睫毛颤颤的。

夏乾眉头一皱，隐瞒了自己的伤势，晕晕乎乎道："醒了是好事，只是小泽，你怎么了？脸色这么差。"

曲泽摇头："无碍。我一直照顾易公子……夏公子你知道吗？昨日西街闹腾一夜，我家先生也没回来。外面天凉露重，进来说吧。"

夏乾觉得一阵头晕，但是忍住没告诉曲泽。曲泽把他带进内室。

易厢泉坐在床上，似乎在闭目养神。

"你醒了！"夏乾有些欣喜。

曲泽上了茶，用的仍然是那套干净简单的白瓷茶具。夏乾知道，那是医馆最好的茶具了。

易厢泉看了一眼夏乾，没说话，却转身望向曲泽，微笑道："昨日辛苦姑娘了，我感激不尽。现在他来了，姑娘可以歇歇。"

夏乾冲曲泽点点头，她也没多说什么，疲惫地走开了。

熹微的晨光照进屋子，窗外安静得只能听见清晨的鸟啼。庸城不知不觉地迎来城禁第四日的清晨。

曲泽一走，易厢泉就立刻眉头紧皱，紧盯着夏乾道："你受伤了？"

夏乾顺势滑在了榆木椅子上，仰面朝天苦笑道："可以呀，这望诊的功力不错。我头部的确是受伤了，还好不重。"

"重与不重不是你说了算的。上星先生不在，我也无法行动，待回来——"

"你无法行动？什么意思？"

"下肢麻痹，"易厢泉略掀开衣摆，"醒了以后双腿没什么感觉了。"

夏乾"哎呀"一声，仰卧在椅子上长叹："看看咱俩，一个被砍，一个被打，谁也没个好结果！那青衣奇盗当真不好对付！"

易厢泉笑了："连你这瘟神都觉得他难对付，可见那是什么样的角色。"

他居然还笑得出来。夏乾口干，摸来茶杯大口饮茶，顿觉精神好了几分，这才觉得自己昏沉的原因不是伤口作祟，只是休息不够的缘故。

于是他定了定神，开始将昨日情况详细讲述一遍，唾沫星子横飞，生怕遗漏任何细节。夏乾的记忆力极好，什么人说的什么话、什么人的动作神态都讲述得一清二楚。

易厢泉只是听着，一言不发，看着窗外。

窗台上有些杂乱，不知堆积了什么细小的杂物。

"事情就是这样。那贼受伤了！这下案子就快结束了。让官府全城搜查，谁腿上受了箭伤。庸城在几日内解禁，不待开城之日必会找到，那贼人定然跑不了！"他对昨日的表现还算满意，如今认真讲上一遍，更觉得得意了。这件事日后怕是要讲上很多遍。

易厢泉仍然看着窗外。窗户微微透着光，这是一种属于江南的光线，是秋日清晨的光芒，温婉又温暖。夏乾觉得自己浮躁的心突然静了下来，自己好像一直忽略了什么。

夏乾想着，觉得又有些晕眩，便喝了口茶水，觉得整个事件有些令人捉摸不透。

听毕，易厢泉竟然鼓了鼓掌："昨日我受伤昏迷，府衙一片混乱，你竟还做了这等大事，唯有掌声可以褒奖。但是，"他摇头叹息了一下，"离名垂青史有些遥远。你父母可能不会因此放过你。"

"别说了，不要乌鸦嘴。"夏乾脸色微变，垂下头去。

"你一夜未归，夏夫人派谷雨来寻了。"

"我可不回去找骂，"夏乾坚定地摇摇头，"决不回去。"

"谷雨不仅仅是来寻你的，而且带来了最新消息。"易厢泉回到床上坐了下来，沉声道，"西街出事了。不然你觉得上星先生怎么到现在还未归来？"

二人谁都没注意到，门外的地板微微响了一下。

"昨天这么多人追过去，不出事那才叫奇怪。"

易厢泉认真道："不只是青衣奇盗的事。你是不知昨日发生了什么。就在要搜查之时，他们亲眼见到一个红衣女子从楼上跳到了黑湖里。"

夏乾挑眉："有人寻死？是谁？青楼的女子？哎呀，烟花女子自尽是常有的事，几年前——"

夏乾说到这里，脸色突然变了，端着茶的手颤抖了一下，溅出些许茶水。

他想起来了。

易厢泉见状一下笑了，继续说道："对了，这就对了。谷雨说起此事，也是这种吓傻的表情。"

夏乾却一言不发，只是让他说下去。易厢泉继续道："那女子似乎是想要在众目睽睽之下自杀，不等大家反应过来，一下子就跳了下去，落水声也是听得一清二楚，只是……"

"只是找不到尸体，"夏乾烦躁得单手捂住脑袋，"无论派多少人，无论怎么搜，却找不到那死去的女子，对不对？谷雨恐惧也是有道理的，这件事发生过，就在几年之前，就是西街，就是黑湖！"

门外发出"哗啦"一声，小泽站在门外，脸色苍白，脚下是打碎的盘子，还有掉落的点心。

"是水妖。"小泽面无血色，嘴唇动了动。

夏乾闻声，赶紧起身帮她收拾碎盘子："女孩胆子怎么这么小？鬼神从来都是假的，不信你问易公子。"

小泽脸色仍然不好，默默捡起点心："那我家先生……不会有事吧。"

夏乾道："你既然信水妖的传说，就应该知道水妖只害女子，又不加害男子！"

小泽恼怒，脸上恢复血色："这我当然知道！我只是怕我家先生受到牵连！"

易厢泉最爱听这些涉及妖魔鬼怪的怪事，抬头问道："你们全都没有和我这个外地人说清楚，水妖到底是什么，几年前发生了什么？"

夏乾哼一声："什么水妖！只是有人相信而已，无稽之谈。"

小泽叹气："公子有所不知。几年前，西街有一女子，名叫碧玺。她当时身体不好，没多久就死掉了。不、不对，是失踪了，就在正月十五那日……"

"我同厢泉讲，小泽你去休息吧。"夏乾道，"不过你肯定不会休息的，去趟西街看看有什么消息也可。"

曲泽点头，急匆匆地出门了，看样子是不想听。

夏乾见她一走，立刻把脚跷了起来，闭眼对易厢泉道："好像就是前两年的事。那年正月十五，大家都在赏花灯。最好的灯就设在西街，有灯山呢！还有吞铁剑的、弄傀儡戏的，踏索上竿、蹴鞠百戏、沙书地谜……最漂亮的是彩带装饰的文殊菩萨，有趣吧？烟花巷子挂着菩萨！"

易厢泉知道夏乾有爱闲扯的毛病，遂打断了他："你要说重点。"

夏乾话说多了，心情甚好，也不跟他生气："那天天气很冷，似乎前夜下过小雪的样子。戌时左右，突然——"

易厢泉问道:"都有谁去了?"

"很多人,基本上有权有钱的人都会去,不分男女老幼。虽然是青楼,但是也没法阻止赏灯看热闹的老百姓。"

"官府的人当时也去了?"

"官府的除了有守卫任务的人,基本都去了。除了赏灯猜谜,还有舞龙以及歌舞伎表演。赌场、酒肆当日营业得非常好,总之,鱼龙混杂。好在杨府尹在,才没有人闹事。"

"出事的时候杨府尹也在场?"

夏乾点头:"当然,他就在我旁边。我记得很清楚,当时他有点喝多了,我和他正站在酒肆门口说捐钱的事,说到一半,突然就听到一声惨叫。"

"惨叫声从哪里发出来的?"

"西街后面的一个小院子,院子圈着个破旧的楼。叫声异常凄惨,而且不是短短一下,像是要把天空划破。别问我到底是什么样子,我描述不出来。"

"杨府尹立刻带人过去了?"

"听这声音他酒醒了一半,立马派人过去了。当时一片混乱,有的人往回跑,有人想去院子里看看发生了什么……对,我说的就是我自己。"夏乾知道自己是个看热闹的,摸了摸头,"我记得……水娘也冲下来了。她醉醺醺的,不过脸色煞白,我听到她似乎跟旁边的人说'听那声音,好像是碧玺'。"

"听惨叫声就能听出来是谁?"

夏乾一愣,没想到易厢泉居然这么问。他自己也试着惨叫了几声，易厢泉皱着眉头："别叫了，熟人可以听出来。你接着讲。"

夏乾清清嗓子，继续道："碧玺是西街所有青楼里最有才情的姑娘，算是花魁。她跟水娘一起长大，以姐妹相称，后来突然生病，就住在偏僻楼子里，几乎不怎么见人了。

"我跟着官兵过去，眼见前面一个黑漆漆的小院，锁着的。所有人都围在外面，准备冲进去。水娘当时很紧张，似乎很担心。她说，碧玺得了很重的病，她还说要她自己进去，或者带人进去，让所有官府的人都守在外面。"

易厢泉终于又开口了："那位叫碧玺的姑娘得了什么病？是谁医治的？"

"大家都说是肺病，"夏乾叹气道，"给她看病的不是别人，正是傅上星。"

易厢泉点头："怪不得小泽要担心。当时上星先生在吗？"

"好像不在，我不记得当时见过他。水娘阻拦，杨府尹也没说什么，毕竟这是在西街，水娘的面子要给。于是只有水娘进去了。你也觉得奇怪吧？女子单独查探，总要带点人进去才好。我就在那儿看着，门黑漆漆的，从门缝里能瞥见远处的湖水，阴森森的。"

夏乾继续喝了口茶，只见茶见底了。他晃晃茶壶又倒出一点："大约过了一炷香的时间，水娘出来了，她急匆匆和我们说，碧玺……失踪了。失踪了，不见了，人没了！碧玺本来一直住在里面，足不出户，水娘说送晚饭的时候明明还在的。"

易厢泉疑惑道："碧玺是个病人，却无人照顾她？"

"有的，有个贴身丫鬟，但是晚上不住在那个院子里。"

"这是隔离，"易厢泉沉思一下，道，"她没从院子里出来？"

"没有，如果她要自己跑出来，西街人山人海不可能没人看到她。你说她得的是不是肺痨？好好的一个人，怎么可能凭空消失？杨府尹当时就派人进去找了，我也跟了进去。等我们进院子一看——"

夏乾讲到这里，却带着几分局促不安。

"易厢泉，你相信这个世界上有水妖吗？"

水妖？易厢泉的面部抽搐一下，像是想冷笑。

夏乾自知他虽然爱听这些事，却不信鬼神。自己也没有追问，只是有些不安。

"那惨叫声听起来真像是失足掉进了湖水里。当时整个院子黑漆漆的，我打着灯笼跟进去看，可以清楚地看到黑湖。黑湖已经结冰了，冰面延伸到很远，四周非常完整，毫无破损之处。"

易厢泉皱了皱眉头："毫无破损？不一定，江南一带的湖水不像北方那样可以冻得很结实。"

"她不可能掉进湖里，真的不可能！"夏乾说得很坚定，"我们试了，冰面很薄，在离岸边几丈的地方就撑不住人，会破裂的。如果碧玺走在冰上，冰面这么薄，她掉了进去——可是离岸边比较近的地方总得有个冰窟窿吧？没有，什么都没有。"

"直接派人下去搜呢？"

夏乾叹息一声："天寒地冻，又赶上正月十五，老百姓都在过节，要想从码头借调小船也是很困难的。三日之后一切才安排妥当。"

易厢泉闻言，眉头一皱。

楼里没有，陆地上没有，湖里也不可能—— 一个大活人，究竟去哪儿了？

易厢泉眉头一皱，没有妄下断言。

夏乾继续道："但是我们找到了碧玺的玉佩，就在离岸不远的冰面上。当日，我们搜索了一切能搜的地方，但是……没人。三天之后，我们凿开冰面划船在湖中搜索，然而湖面的冰下什么也没有。冬天湖面有冰，湖下淤泥多，即便是搜查不力，尸体过几天也会自己浮上来的，可是……什么都没有找到！"

夏乾紧接着说："就在之后的几天里，庸城就开始有奇怪的传说，碧玺被水妖拉进了湖里。"

易厢泉终于扭头看了夏乾一眼，感兴趣地道："水妖？什么样的？"

夏乾哼道："你这人啊，真是奇怪！别人都问水妖害不害人，只有你问水妖是什么样的。那水妖，是人首蛇身，上半身是个倾国倾城的女子样貌；下身非常长，如蛇如蚯蚓。它就住在黑湖的淤泥里，看到漂亮姑娘在湖畔徘徊，心生嫉妒，就从湖心探出头来。水妖的身子颀长而且力大无穷，凌空把岸上的人拉进水中，直接吃掉哇！"

易厢泉默不作声。夏乾眯起眼睛，故作神秘地继续道："还有人说，男子见了水妖，则表明桃花运旺盛；反之，女子见了水妖就会丧命。庸城很多妙龄女子都害怕水妖，正是因为这传说。"

易厢泉没有接话，继续问道："事情就这样结束了？"

夏乾一个劲摇头："没有，没有！来年夏天发生的事才古怪呢！黑湖中心突然长出了一些莲花，但是莲花颜色与往常所见不同，有点泛出金色，是名贵品种。出现莲花之后，杨府尹就又派人去黑湖搜索。

你知道为什么吗？在碧玺失踪之前，水娘曾经给过碧玺金莲种子，让她可以种在湖里。"

易厢泉沉思道："你们一定觉得，如果碧玺把莲花种子放在身上，自己当晚掉进湖中心，那么来年夏天有可能在湖心——"

"长出金色莲花来。事实就是这样啊！你难道觉得不对吗？"夏乾摇摇头，丧气道，"所有人都是这么想的，发现金色莲花当天官府就派人开始在湖里彻底搜索，以为会捞到尸体。"

"听你的语气，似乎一无所获。"

夏乾哀叹一声，仿佛他自己才是庸城的地方官："你猜得没错，湖里没有！没有什么尸体！我们快把湖翻遍了，只是在生长金莲的淤泥里找到了碧玺的簪子和一只鞋。"

易厢泉没有说话，缓缓闭上双目。

"从那之后，人们更加相信水妖的传说。你想，玉佩是在冰面上的，莲花、簪子和鞋都能说明碧玺曾经是掉进湖里的——可是那怎么可能？距离远不说，湖边上四周的冰面根本毫无痕迹，碧玺是怎么掉进湖中心的？她尸体在哪儿？"

易厢泉十指交错叠于胸前："当时湖面上有小舟吗？"

"当然没有。碧玺出事的时候，湖面什么都没有，后来我们要去湖里搜索，借了三天才弄来了小舟。"

夏乾又想喝茶，却一滴都没了。

易厢泉又嘎吱一下推开窗户，推来推去，像是觉得窗户很好玩。

"西街掌事的人是谁？是那个水娘？"

"对。"

"她是不是喜欢祭拜女娲？"

易厢泉问得突兀。而夏乾闻言，脸色都变了："你怎么知道？这是她喝醉了和我说的，说男人没什么好东西，还说女人可补天造人，应该给女娲多立庙祭拜，你、你——"

易厢泉冷笑道："水妖不害男子的传言应该是青楼管事的散出去的，也就是水娘了，只为了让青楼接着有生意。夏乾，不是说有传说都是空穴来风的。人要编故事，总会选择自己熟知的故事加以改造。水妖这种形态和女娲很像。"

夏乾怔了片刻，怒道："她和碧玺情同姐妹，用姐妹的失踪来造谣招揽生意，不怕遭报应？"

"其实人人都很奇怪，"易厢泉的声音听不出任何波澜，"既然你对西街熟悉，那么，你认识红信吗？"

夏乾反倒一愣，流利答道："知道但不认识。水娘本想捧她做头牌，但是她没有挂牌多久，就被撤下来了。你问她干什么？"

"她失踪了，"易厢泉面无表情，"昨天掉到湖里的就是她。"

夏乾一下子愣住了，过了许久才缓缓开口："你知道吗？红信……她就是当年碧玺的贴身侍女。"

第六章

西街里怪事连现

听了夏乾的言论，易厢泉竟然笑了。突然说了一句，"这下完喽。"

夏乾不解："什么完了？"

"青衣奇盗的案子没破，又来一个案子。六日之内无法将大盗绳之以法，我们岂不是罪加一等！"易厢泉一边说着，一边"嘎吱嘎吱"地玩着窗户。夏乾嫌窗台上脏兮兮的，像是放了好多干瘪的米粒。他拾起一粒，丢了出去，便有鸟雀抢食。

夏乾瞅他一眼，道："既然你有伤病，有空喂鸟，为何不帮我抄书？"

"抄了，"易厢泉居然语气轻快，"知道你什么货色，《论语》抄了一点，你的功课过会儿也帮你写。"

夏乾震惊："你怎么知道我的功课题目？"

易厢泉只是笑笑："我什么都知道。"

夏乾满足地点点头，揉揉双眼，从桌案前拿起纸笔书信一封，让他们在城内搜索受过箭伤的人。夏乾断定，衙门必然抽不出人手。西街出了事，他们必然无法快速抽身搜查全城。青衣奇盗的事要查，水妖的事也不能不管。怎么两件事都赶到一起了呢？夏乾写毕，装入信封就差人送去。

易厢泉扯了扯脖子上的围巾，走到桌案边上开始写信："那就剩最后三天，咱们把案子破了。"

夏乾一怔。三天？

"这是给你的，你拿着它去西街调查。"易厢泉伸手把信递过去，"我行动不便，定然不可能亲自前去调查，拜托你了！具体要调查的东西都在书信中明确写出，一定要记得把可疑之处反馈给我。"

夏乾接过信来，揣入怀里。"三天破案？"

"一个小案子而已。我已经受伤，无法一家一家去查大盗下落，但小案还是能破的，毕竟人命关天。"易厢泉敲了敲桌子，认真道，"去吧，夏乾。记得认真一些，如果要进楼，一定要捂住口鼻，不要站在密闭的房间太久。"

夏乾想低头看看信中写了什么，却被易厢泉拦住了："到了那儿再看不迟。有一条我忘记写了，务必记得，所有在西街的人一个都不能放出来，全部拘押在那儿。听清，是'一个人都不能放出来'。"

夏乾不满："城禁就罢了，街都要禁吗？"

"是的。"易厢泉眼带笑意，"我帮你抄书做功课，你帮我查案。这笔买卖还算公平，也许这是你第二次名垂青史的机会。"

易厢泉这个人就是这样。他孤僻、沉默寡言，但他和人交谈的时候往往知道什么话最能打动人心。他的话很短，但是"做功课"和"名垂青史"这两个词却一下子击中了夏乾心中的软处，一个是眼前的利益，一个是未来的打算，这两个词已经足以让他心动了。很快地，夏乾利索地出了屋，片刻就踏着晨光来到了西街。

西街比自己想象的还要戒备森严，里外围了三圈。但是夏乾毫不费力地就进了巷子，没人敢拦他。刚刚进去，就看到了站在二层楼台上的水娘。

夏乾想偷偷溜过去，却被水娘逮了个正着。

"哟，看看谁来了！"水娘站在高处，冷冰冰地把眉一挑，眼眶乌黑，像是彻夜未眠，"夏公子真绝情，当年还很愿意来的。最近几年也不见影子，怎么的，是顾着读书考功名，还是学着打点家业了？是看上哪家小姐等着提亲？还是我这西街庙小，撑不起你夏家的大门，让公子觉得无趣呢？这出了事，公子就来了，夏大公子你是何用意？"

夏乾知道水娘爱讽刺人，自己躲也没处躲，竟然站在楼下被她一通嘲讽，一般人可不敢对他这样。

青楼女子红颜易逝，抬头做人是真，但待垂下头去，个中辛酸，冷暖自知。夏乾深谙此理，虽爱玩笑，但对水娘之类的人物也比较尊重，只当她是开商铺的长辈。如今被讽刺了几句，全当是被家中烧饭的大婶数落一顿，左耳进右耳出了。

她不等夏乾答话，横眉冷眼，又道："别以为我不知道，你这瘟神最爱没事找事！到庸城府衙看笑话罢了。这下跑到西街来，当老娘这是戏台子吗？”

夏乾本是要去问问杨府尹的，但他今日前去缉拿大盗了。转念一想，兴许能在水娘这边问出一些情况，于是和她打了招呼，直接上楼。

水娘的房间布置极好，目之所及皆为精品。瓷器颇为雅致，锦被也是顶好的蜀绣。铜镜明亮，雕刻着桃花与牡丹。

青楼女子做的就是迎来送往的生意，谈笑之间最擅长用半实半虚的话语哄人高兴。夏乾有些后悔没有带酒来，只怕水娘不肯说实话。但等他落座，才发现水娘已经醉了，看来她自己方才就喝了不少。

青楼女子酒量本来应该是不错的，只是水娘例外。她还在不停地喝着，双目迷离，睫毛微动。

夏乾寒暄了一番，说自己本来是打算找杨府尹的。

“杨府尹？他去抓贼了？啊，杨府尹不来西街，庸城的柳树明天就开花了。”水娘红着脸咯咯地笑着，玉手轻提酒壶又给自己斟酒，“每次来都让湛蓝陪着，出手倒是阔气，行事也低调。当官的嘛，谁都怕落闲话。”

夏乾忙劝水娘少喝点，他嘴上劝着，心里却高兴得很，水娘这一醉，话匣子就开了，问起来毫不费力。

“要说这男人，谁不来西街？谁没来过？除了南山寺里的和尚。我告诉你姓夏的，就……就连你们书院的先生都来过。”

夏乾心里一惊，真的假的？他此刻觉得这趟真是没有白来，这个消息价值千金。水娘哼一声，又去拿酒壶，却是不稳，夏乾匆忙伸手扶住：“杨府尹以前来西街都干什么？”

水娘像是听到了十分可笑的问题：“能干什么？找乐子呗。”

夏乾忙问："杨府尹可认识红信？"

水娘凤眼明亮，瞥了一眼夏乾："他不认识谁认识？红信就是他带头捧起来的。他以前总带着侍卫来包场子……"

夏乾听到这儿，一下愣住了："那他——"

水娘闭目揉揉脑袋，一头翠钿金饰叮当作响："杨府尹莫名其妙的，我总觉得他更喜欢湛蓝。为什么总去捧红信，我也不清楚。哼，胖得要命，胆子也小，区区一个地方小官，哪个姑娘会瞧上他？还不如夏公子你呢。"

夏乾听得心里高兴，破天荒为水娘倒酒，水娘又喝了一口："碧玺才是最好的。我们这一行的，得了病之后容貌没了，琴也弹不了……"

夏乾惊讶："肺痨会这么严重？"

"肺痨？什么肺痨？"水娘又颤颤巍巍地拿起酒壶。

"红信和碧玺得的是否是同种病症？"夏乾低下头去，暗地里看易厢泉给的字条。

水娘哼一声："当然，她……她怎么和碧玺比呢？她不过是在碧玺失踪之后才上的牌子而已，才艺比不上碧玺，这心地、智慧当然也是比不上的……"

"红信的名字是谁起的？"夏乾又低头看字条，照着问道。

水娘见夏乾低头，也抬起头来看他在做什么。夏乾见状赶紧将字条收进袖去，干笑一声。

水娘不屑地撇嘴道："红信这名字本来是碧玺起的，碧玺、鹅黄、红信……我看着不错，都是好看的颜色，然而碧玺当时觉得不妥，也就没用。这名字为什么不妥？我觉得不错，直接就用了。"

她絮絮叨叨说了一堆，语无伦次，夏乾也很是头疼。

"红信可有什么喜好，或者擅长之事？"夏乾念出这句，觉得这话也不像是他自己说的，完全是替易厢泉在问。

"读书写字吧，那还是碧玺教的。她好像还喜欢养鸽子。我总看见她喂鸽子。"

夏乾皱眉："鸽子？"

"鸽子，"水娘用蔻丹指甲轻轻划着桌面，"可不是嘛！你们这辈人都养过。当年庸城来了一群商人，带了几船信鸽卖给年轻人，惹得那鸽子满天飞。这些小宠物可是都活不长。"

夏乾一想，似乎还真是，庸城的确时兴过养信鸽。

"碧玺可曾有过爱慕之人？"夏乾话音一落，水娘拍案大笑。那笑声分外刺耳，却又带着无限的哀凉和落寞。

"爱？青楼女子还有爱？夏小公子，你这是在戏耍我吧。"

夏乾大窘，连忙赔礼道歉。水娘摆摆手，目光涣散，嘴角浮起一丝冷笑。

夏乾心里乱了方寸，只怕自己的言行还有不当之处，惹了水娘，被赶出去可就糟糕了，便从怀中摸出字条来，偷偷摸摸看上一眼。

"碧玺可还有什么遗物？"夏乾看着字条问道。话一出口，顿觉不妥。

易厢泉这都瞎写什么！什么叫"遗物"！

水娘闻言颤了一下，原本双眼迷离，突然一下子狠狠瞪向夏乾，怒道："遗物？什么遗物！碧玺只是失踪了！什么遗物！"她双目瞪得溜圆，似是一下子变成了护住幼兽的母狮。

夏乾赶紧笑道："唐突了。我只是……那个——"

水娘眉头一皱，恶狠狠地拉上珠帘："夏公子，不送！"

晶莹的水红珠帘拼命地晃着，叮当作响，把夏乾隔在外面，似在嘲笑他的失言。

夏乾灰头土脸地出来，怨恨易厢泉不会说话，瞎写一气。

他出了门，向西街的更西边走去，那里是望穿楼的所在地。望穿楼被一个小院子围住了。整个院子只有一扇小门，四周高墙仁立，从外面可以看到几棵参天大树，显然没被修剪过，枝丫自然舒展，错落有致。

易厢泉信中交代，先要看看院内楼内情况。

夏乾刚刚来到小门前面，却被方千拦住："夏公子，未经许可不可上楼。"方千红着眼睛，脸色灰白得好似今日阴沉沉的天空。自青衣奇盗事件起，接连数日忙碌，西街又出事，守卫都已疲惫不堪。

"抓贼的事怎么样了？"

方千摇头："没有头绪。我一夜没睡，一会儿还要换班去抓贼。真是一波未平，一波又起。"

"我受易厢泉托付特来一看，"夏乾摊开了易厢泉写的信，"你要不要去和赵大人通报一声？"

"说不可以就是不可以，院子也是不可以进的。"方千摇头。

夏乾嘟囔一声，知道方千这人死心眼，于是不再询问。等到换班之后问了下一任守卫，直接掏了点银子，立刻就进门了。

易厢泉信中第二条指示，就是让夏乾以步子为丈量工具，大致测算了院子的墙、屋顶以及树木与湖水的距离，以及目之所及的湖水面积。

夏乾大约是五尺半高，还用自己的身高做比例，测量了建筑物和树木的高度。虽然一一照做，但夏乾很诧异，也不知测这些东西做何用处。

院子呈椭圆状，红砖绿瓦的围墙将黑湖的一半圈进院子，也将这些树木与破旧楼子围了起来。围墙的尽头是与庸城城墙相连的，如此，就把这里死死围住，除了院门之外再没有门可以进来。而黑湖的一半圈在院中，另一半则从城下水渠通往城外，形成护城河。城外水清，自有源头活水来，这黑湖与护城河以及城内百姓用水皆是相连的。

夏乾以步为量，院子虽呈椭圆形却并不十分规则，最宽处不过十五六丈。楼与湖水的最短距离也有七八丈远，这个距离大约占了院子的一半。

几个守卫在附近徘徊，却没有发出任何声响。整个院子安静极了，阴森异常。夏乾不懂风水，但这里一定风水极差。高墙围住草木显然是"困"字，人若在此就是"囚"字了。这是市井小儿都知道的忌讳之事，夏乾不懂水娘为何要建这么个破院子。依傍湖水，阴气、湿气都重，再加上个病恹恹的女子，不出事都难。

"这么个破地方……"夏乾啧啧自语道。这里的砖瓦虽然是好物，观察布局却有粗糙感，显然是赶工而成。黑湖旁的银杏树以及柳树大概是吸收了黑湖的水汽，长得高大而茂盛。高树上还挂着旧旧的绳子，估计是用来晾衣服的。树下杂草丛生，如此破败的地方，夏乾真是一刻都不想待下去。

他将所测记在纸上，按照下一条指示，来到红信最后一次出现时所站阳台的正下方。他被要求，找寻木板、绳索、碎片等类似的杂物，如若见到全部带回给易厢泉看。易厢泉在信中特地交代，如果地上有药渣，务必带回，还要看周围有怎样的脚印。近湖水，地面湿，虽然留下了不少脚印，但估计是昨夜搜索的缘故，脚印异常凌乱。夏乾脚下的泥土却湿得过分了，沾得他满脚是泥。他狼狈地寻找、记录着，而易厢泉所说的东西几乎一样都找不到，只有几片破旧的碎片。它们像是便宜的瓦缸上的几块残片，都非常细小。大概是官府已经搜寻过一次了，只留下一些小碎片。夏乾用怀里的袋子装起来，觉得自己简直傻透了。他站起身来，和守卫说要上楼。对方便拿了帕子，要他捂住口鼻。

本身人手不够，楼梯口守卫只有一个人。楼上红信房间外守着两人。楼梯有两个，一个是直接通往二楼的露天楼梯，另外一个是从一楼进入再通向二楼的楼梯。夏乾瞄了一眼一层，阴气森森。

守卫把夏乾带到红信的卧室内，却并未进屋。嘎吱一声，门开了。

一股浊气扑面而来。房间处于阴面，并没有阳光照射进来，只有黑湖的水汽携带阴风在屋子内回荡。房内悬挂的红色罗纱帘褪去了颜色，冷风涌入，褪色的纱帘开始不安分地扭动，打在夏乾身上像是要将他也推下楼去。

梳妆台正对着门口。桌上没有镜子，胭脂水粉散乱地堆着，都是空盒。妆台左侧的墙上有幅画，画的是普通的山水。这画明显不是大家之作，却有江南独有的婉约韵味。落款居然是"碧玺"。

夏乾看了看画，发现画上也有灰。但"碧玺"两个字上却无灰，似是爪印，也许是有人反复地伸手抓过这个名字。夏乾靠近床铺，床铺脏兮兮的，有一股呕吐物的味道。他单手拎着翻了翻枕头被褥，探头探脑，终于在床铺底下发现了一个炭火盆。现在是初秋，眼下这自然使用不到的。夏乾却在火盆里看见了灰烬。红信她一个大活人，竟然这么怕冷。夏乾这样想着，却觉得心里发憷。

窗台上的白瓷盆里还有几株花，不知是海棠还是牡丹，皆已枯萎，泥土的颜色怪异。再看花盆，通身白色，边缘附着液体残迹，和墨汁一样飞溅出来，并未擦去。夏乾这才意识到，屋子整体是不整洁的，因为东西少，所以才不显得杂乱。在这样一个房间里，夏乾只是觉得胸口闷，于是打开了阳台的门。

要说这建筑也奇怪，像个亭子，夏乾这一去阳台，就能看到黑湖的全景。护栏很低，像是随时都会掉下去。向下看，一层的阳台向外延伸，一层显然比二层宽了两丈，大概是为了稳固。护栏上全都是灰，上面有两条粗粗的痕迹，像是以前有什么东西一直在这里放着，遮了灰尘；或者是原来有灰，后来却被什么东西抹去。夏乾看了半天，一头雾水。不知怎的，这房间的陈设让他感到了令人窒息的孤寂与苦闷。屋子就似一个巨大的牢笼，要把人活生生闷死在这里。

牢笼里曾经住着两名囚犯。一个人留下了一声凄凉的叫喊，另一人留下了坠楼的身影，二人皆不知所终。

夏乾看着，突然有人在背后拍他。

"夏公子，此地不宜久留，只怕瘟气伤人。"另一个守卫上来了，站在夏乾身后说道。

夏乾嘀咕，不就是待了一会儿吗？肺痨也没什么可怕，毕竟人去楼空了。何况自己身体一向不错，怎么可能传染上这种怪病！

他转身下楼，心想不能就这么回去。若要探听一些红信的病情，恐怕只有傅上星才能知晓一二。毕竟他是无关人士，又是郎中，多半可以探听出一些有效消息。

显然官府也是这么想的。事发当夜，傅上星根本没进西街的巷口，还是被官府叫来问话，想要探听红信的病情，很难。如今傅上星被安排在离破旧小楼较远的房间内，这里是西街专门的药房。

夏乾推开门，见傅上星静静地站在窗户前发呆，眼前有一枝梅花盛开。梅花腊月才开，而南方又会开得晚些，更多的时候都不开的，连花骨朵都没有。它在庸城成活就很不容易的了。现在光秃秃的却依然优雅地插在白釉花卉纹的瓶子里，没有朝气。

听见响动，傅上星缓缓转过身："夏公子可是来问话的？不知易公子现在状况如何？"

夏乾叹气："问话倒算不上，就是被人赶鸭子似的打听点事。易厢泉他下肢麻痹，无法行动了。"他又好奇地打量着梅花的枝干，"先生为何用梅枝插瓶？眼下还不到开花的时日。"

傅上星顿了一下，却温柔地看着梅花："我是素来喜欢梅花的，小泽也喜欢梅花。她就是腊月生的，以前在北方，家境贫寒，每逢生辰我就只能带她去山上看看梅花。"

傅上星似乎总是喜欢在夏乾面前提起曲泽。夏乾虽然平日呆傻，但是总能捕捉到这种敏感的小地方。他没有接话，而是快速地转移了话题："先生可否告诉我，红信和碧玺得的是同一种病吗？"

"对。"傅上星点点头。

夏乾觉得奇怪，继续问道："那么……可否方便告诉我是什么病？"

"水娘怎么说？"傅上星转头问。

"肺痨。"

"是。她们都不肯吃药，病也好不起来。"傅上星叹息一声。

"为什么不肯吃药？这又是怎么染上的？"

傅上星摇头："医人不医心，我无法知道她们是如何想的。她们都不愿与我多交流，发生这种事，我也感到难受，毕竟是自己的病人……"

"不知先生可否把药方给我？"

傅上星指了指右手边的纸包，坦然道："皆在那里。"

夏乾见状，立刻把药方往怀里一塞，随口问道："上星先生觉得红信为什么会出事？"

傅上星沉默一下，似乎不知道该不该答。

"先生但说无妨。"

"事发当日，我接了急诊，待我赶到西街的时候事情已经发生了。守卫拦住不让我进，却让我来这里等着问话。也许是官府觉得事态严重，想多问些线索。具体情况，我猜杨府尹可能心中有数。"

傅上星为人谦和，但说话一向不算直白。夏乾是很喜欢和人聊天的，这一聊就听出了旁音："杨府尹认识红信？"

傅上星若有所思："似乎就是他带人捧起来的。这些事可以去问问青楼的其他人，我也不甚清楚。"

和水娘说的一样。傅上星的话很重要，建议也挺中肯。夏乾点头，觉得自己应该走人了，于是告辞。傅上星却问道："夏公子进了望穿楼？"

"进了啊。"

"可曾用手帕捂住口鼻？"

"当然。"夏乾咧嘴一笑，"我身体好，不会有事的。楼里没人，而且我又没待太久。"

"话虽如此，回去还要勤洗手，洗澡，换衣服，喝汤药——"

傅上星叮嘱了一堆，夏乾只得点头应和，却毛手毛脚地碰倒了一个蓝白小瓶。

小瓶滚落，眼看要摔下去。夏乾心中一颤，以为要摔碎，却忽然被人接住了。抬眼一看，是方千。他脸色如同江边白沙般灰白，有些生气。

"我都说了，未经允许，不要擅自进来！"

夏乾暗暗叫苦，赶紧道歉："见你面色欠佳，是不是身体不舒服？"

"我不妨为方统领看一看，反正闲来无事。"傅上星接话，笑了一下，"刚才夏公子碰倒的药就挺不错的……"

方千一直是个恪尽职守的人。趁着说话的劲，夏乾快些溜了。他只觉得心里不太痛快，除了那句"书院先生也来"之外，觉得此行并无巨大收获。而门外晚霞灿烂，街上无人却炊烟四起，老百姓都躲在家里面吃饭。夏乾一人独行，饿着肚子从西街出去，特意绕开自家的房子走远路赶回医馆。

医馆无人，门不锁，一向不进贼。夏乾直接推门进去，走进转角易厢泉的屋子。窗户打开，一片来自夕阳的红浸染在房间里。吹雪在床边趴着，白毛也染上了浅淡的红色。它戴着黄色铃铛，眯着眼睛，吞食着小鱼干。

而易厢泉还懒洋洋地躺在床上，侧过头看书。青铜灯已经燃起火焰，温暖明亮。床边一沓纸，是帮夏乾写好的功课。那些纸张旁边放着两个茶杯，都是满满的热茶。

夏乾又饿又累，进门不打招呼就一屁股坐在椅子上："跑腿的人回来啦！"

易厢泉并没有停止看书，显得兴味十足，只是低头道："可有发现什么奇怪的东西？"

夏乾端起茶碗喝了几口："小泽呢？"

"她去找上星先生，西街的人没让她进去，就去买菜做饭了。"易厢泉继续低头，从书本里抽出一页纸，铺开，只见上面有字。蝇头小楷，颇有江南女子的风范。

"'乾坤何处去，清风不再来。'小泽写这种东西，很有趣。乾清就是你的表字。"易厢泉瞥了夏乾一眼。

夏乾先是一愣，再一回想往日种种，顿觉尴尬："不该管的事你就不要管。"

易厢泉翻了个身，懒洋洋道："人家对你是什么心意，你又是什么心意？负心就罢了，还好意思在这里晃来晃去的……"

易厢泉还在说个没完，夏乾怒道："我累得要命，你却落得清闲！真是好哇！"

易厢泉叹息一声："罢了罢了，你先把在西街的见闻讲给我听。"

夏乾把取得的东西拿给他，吸了一口气，慢慢讲述起来。

在夏乾讲述的过程中，易厢泉坐了起来，眼神比烛火更加明亮。他一言不发，只是不断把玩着夏乾带来的陶土碎片。

"你若没有其他事，我先回家了。"夏乾站了起来，有些困倦。

"夏乾，"易厢泉抬起脸，脸色很是难看，"你洗手了吗？"

"没有。"

"你先去洗洗手、脸和口鼻。"易厢泉说得很认真。

夏乾不知道他为什么和傅上星说一样的话，也许只是因为自己进了望穿楼。待他老实洗手回来，易厢泉让他在椅子上坐下了。

"我还有些事要问你，你要老实告诉我。"

夏乾摸摸后脑勺，不知他说这话是什么意思。

易厢泉很严肃，问道："我嘱咐过你，进楼的时候带着帕子捂住口鼻，照做了没有？"

夏乾赶紧点头："当然，而且也没有逗留很久。"

易厢泉舒了口气。夏乾心里却已经七上八下了："你为何要担心？体弱的人容易得肺痨，我身体极好，何况——"

"还是小心为妙，"易厢泉看着他，犹豫一下，"衙门不放人进去也是有原因的。毕竟是传染病。如果红信和碧玺都不是失踪，而是早已死亡，那尸体也应该尽快找到，毕竟庸城多水，望穿楼旁边还有湖。"

夏乾一听，有些明白了。傅上星明明没进西街，官府却要顺便扣住他，多半是认定了红信早已死亡，暗地里问询一下尸体找不到的后果。尸体是带传染性的，如若藏在某处不被人发现，腐败之后污染水源，后果不堪设想。黑湖的水直通护城河，庸城水系发达，假以时日便能流向千家万户。当年碧玺下落不明，虽然事后庸城没有暴发疫病，但总归是个隐患。

易厢泉再也没有笑。他低头沉思一会儿，对夏乾道："明日你再来一趟。夏乾，我的精力不多，这件事很棘手。尸体需要尽快找到，必须找到。"

易厢泉的眼神很坚定，却有些落寞。

夏乾赶紧点头。他转身走出门去，明白了易厢泉话中的含义。易厢泉这个人，说一句，脑中其实想了十句。如今大盗已经躲在城中，衙门办事容易产生搜索死角，而青衣奇盗虽然受伤却拥有高超智慧，对付衙门的人绰绰有余。若要找到大盗，定要易厢泉亲自去现场查探，才有可能找出其藏身之处。

然而易厢泉此刻受了伤，而且城禁时间只剩两日。如果他选择彻查西街这个案子，青衣奇盗那边就可能无暇顾及。前者从两个妓女失踪案开始，可能是两起命案，如果尸体找不到也许会危及城中百姓的安危；后者又从大盗开始，和易厢泉师父师母的陈年旧案有所关联。

这两件事，一件涉及过去，一件影响未来。易厢泉分得清轻重缓急，他也知道该怎么选。人命关天，他选择去查西街一案。在他做出选择的这一刻，活捉青衣奇盗的可能性就变得微乎其微了。

他把自己一个人关在房间里沉默不语，连晚膳都没用。夏乾一边胡思乱想，一边急匆匆地回家，因为申时之前不回家是要被罚的。他赶到家门口，只见家中开始搬运菊花摆在厅中。木香菊和金铃菊，放在月白、天青釉色的盆中，煞是好看。夏乾见了才想起即将过重阳，掐指一算，后日是白露了。夏府忙忙碌碌，厨房也开始着手做重阳用的面粉蒸糕。夏乾赶紧好好洗了个澡，溜进厨房去喝了一些龙眼乌鸡汤，吃了香葱肉包子。

厨娘和烧火大伯开始拿他打趣，张口提了夏乾最不愿意提的事。

"少爷，过几日书院开学，你也晃不了几日喽。"

"少爷，医馆的那个小丫头老往咱这里跑，就在门口瞧瞧，也不进门。估计亲事快成了，先纳个妾也不错。"

"少爷，老爷一直想让你去西域跑跑生意。"

读书，娶妻，做生意。这些话翻来覆去听了二十年。夏乾铁青着脸，一声不吭地回了房间。他不想考取功名，不想考虑男女之事，不想打理家中产业。他不知道自己想做什么，只知道这些事都是他不想做的。

夏乾躺在床上，翻了个身，心中一片茫然。也许可以出城。可是出了城又能做什么？难道帮着易厢泉抓贼去？城禁之中发生太多扑朔迷离的事，事过了，也许又恢复到了以前的生活。趁着城禁还未结束，也许还会发生点什么，也许还能做点什么。他翻来覆去地想，却想不出所以然，只觉得整个人又烦又累。

至少平静一下，明天再说。尸体必须找到，全城的百姓还等着自己去救呢。夏乾想得很夸张，想着想着竟然充满了斗志，怀着一腔热血安然地睡过去了。

次日清晨，霞光普照，庸城等来了城禁的第五日。

太阳照进医馆的窗子，易厢泉从梦中醒来了。他慢慢坐起，满头是汗，怔然看着眼前的被子。又做梦了，梦里是男人的冷笑、女人的哀求，还有紧随而来的熊熊烈火。

易厢泉皱皱眉头，记不起来了。凡是关于小时候的很多事，他都记不起来。那些事是他被师父收养之前发生的，似乎不是什么好回忆，想不起来倒也无妨，只觉得脖子上的伤痕隐隐作痛。

他擦擦冷汗，慢慢下床去，取了围巾围在脖子上。夏乾曾经取笑他非要用围巾遮住自己脖子上的伤疤，围巾就是他的遮羞布。而易厢泉则不以为然，他不记得脖子上的伤痕是怎么留下的，只是很想围起来，觉得没了围巾就没了安全感。他喝了口茶，舒服了一些。

易厢泉总爱做梦，但梦中的事往往都不是什么好事。他还总梦到荒芜的菜园、枯萎的牡丹、破败的茅草屋，还有一地的血。这些都是几年前他回到洛阳苏门山时亲眼所见的场景。

和普通人比，他的睡眠时间短了些。他也一向喜欢早起，之后做简单锻炼，三餐规律且饮食清淡。日落时喜欢读书，晚上也尽量早睡。

不像夏乾，每天都睡到日上三竿。易厢泉想到这里，笑了一下，哪知医馆竟然传来了敲门声。不等开门，夏乾就自己闯了进来。他眼圈发青，显然是没睡够，却还是硬挺着来了。

"出事了？"易厢泉心底一凉，诧异地看着他。

"没出事，没出事，"夏乾胡乱抓起桌上的点心往嘴里塞，"偶尔早起一回。"

他头发乱糟糟的，连早膳都没吃，定然是没和家里打招呼自己偷跑出来了。易厢泉见状，心里知晓了几分，将桌上的信递过去："休息一会儿，然后替我去一趟西街。再查一下就差不多了。"

夏乾本就没睡醒，双眼微红，带着几分怨恨继续往嘴里塞着点心："你倒是不累，动动嘴皮子就好——"

"我不会累。"易厢泉慢慢从床上撑着坐起来，"你给我找个拐杖，你不去，我去。"

他受伤的脚踩到了地上。脚被白布缠绕了几道，隐隐渗出血来。

夏乾看着他，有些于心不忍："你已经伤成这样，何苦硬撑着去？"

"事关人命，再小的案子也要查。"易厢泉起了身，反问夏乾，"你如果不想前去查探，又是为了什么一大清早就跑来？"

"我……我没事可做，不想在家待着——"

"我也没事可做，"易厢泉淡淡地答着，"我没有家可待。"

二人沉默了。夏乾不知道怎么接这句话，他觉得易厢泉没睡好，心情不好才会提这些令人难过的事。而易厢泉也没打算说下去。在这个问题上，他们出奇地一致，却又出奇地不同。

清晨的空气有些冷。易厢泉打开了窗户，哼起了一支小调，让秋日的朝阳照在他身上，似乎想让自己变得暖和一点。吹雪溜了过去，在他腿间蹭着。

"你还是想不起来小时候的事？"夏乾小心翼翼地问。

"想不起来，也不去想，"易厢泉背对着他，不知道是什么表情，"有些事想也没用，还不如做点有价值的事。"

"那你——"

"青衣奇盗自有官兵搜查，我行动不便，自然不可能亲自前去了。但是西街的奇事，你可以替我去查。利害关系我已经告知你了，如果我们不去查，还能指望谁管呢？"

他说得很是平淡，但是很中肯。晨起的鸟儿在窗外鸣叫，过着它们的小日子。冬日不来，虫食不少，活着就是最大的幸福。至于人世间发生了什么烦心事，永远与它们无关。

夏乾有些没来由地心烦，他摸摸后脑勺，嘟囔道："官府会管吧。"

"如果几年前官府就把水妖的事查清楚了，前天晚上的事也许就不会发生。何况，青衣奇盗已经让他们焦头烂额。"易厢泉只说了两句，叹了口气，用手撑住了床铺，"去吧，给我弄个拐杖去。"

他撑着，慢慢站了起来。夏乾见状，站起走到了门口："大仙，您歇歇吧，我去，我去！"他头也不回地出了门，在街上晃荡着。风有些冷，思绪有些乱。一家小馆子迎着朝阳偷偷摸摸开了张，新煮的馄饨也出锅了，腾腾地冒着热气。瘸腿店小二眼巴巴地看着夏乾，心里盼着他进门来赏些铜子，却又如看瘟神一样，不敢招呼他进来。

夏乾如若没记错，这店小二当年没钱买药，还是自己掏的腰包，付了五十文药钱。不过，在庸城欠了夏乾的钱，等于没欠。夏乾叹了口气，摸出铜钱递过去买了一碗刚出锅的馄饨。店小二笑逐颜开，赶紧过来擦桌子。

"风水客栈的周掌柜也回家躲着了，没人敢做生意。我想了想，还是开店挣点钱过冬。"

夏乾大口嚼着馄饨，含糊道："周掌柜什么时候不做生意的？"

"青衣奇盗偷窃的下午就急忙回家了。周掌柜那日丢下风水客栈就走了，门也没锁，都说大贼不偷小物，不怕丢的。"

夏乾觉得奇怪，但他又不知哪里奇怪。他吃完后大步流星地离去，借着晨光，先行去府衙。衙门的守卫全都被派去搜查了。在秋日的湿冷空气里，整个府衙有一股颓唐之气。

　　杨府尹一个人在房里喝茶，愁眉不展。他胖墩墩地坐在乌木太师椅里，见夏乾来，显得局促不安。

　　夏乾跟他寒暄几句，说道："白露时用些参茶当然是好的，若是配上好的茶匙岂不更好？"说毕，从怀里掏出一只金色的茶匙来，继续礼貌道，"对不对，杨府尹？"金茶匙"当啷"一声入碗，清脆悦耳，是钱的声音。

　　杨府尹咳嗽一声，叹气道："夏公子想要知道什么就直接问吧。既然现在毫无进展，让易公子帮帮忙也好。"

　　夏乾摊开易厢泉的纸条低头看了一下，道："呃……大人您常来西街？"

　　杨府尹双目一瞪，脸上的肉一颤一颤："我怎会常来这种地方？"

　　夏乾立刻反应过来。易厢泉将问题直接写在纸上，然而这种问题过于直白，一个当官的怎么会照实回答？

　　夏乾意识到了错误，赶紧赔笑脸："杨府尹记得，当年碧玺失踪的时候守卫搜了多久？"

　　杨府尹托腮："半月。本是七天，水娘一直胡闹要延长，便延长了。"

　　夏乾暗忖，尸体真沉入湖底早就浮上来了，怎会搜索半月不见影子？他又问道，"那半月之中可有人进去？会不会有人偷偷捞了尸体上来？"

杨府尹认真摇头："不会的，院里全都是守卫，不会掉进湖里的。夏公子，你当时也在，不是看到冰面完好吗？我们最初三天主要派人在陆地搜索，仅派几人下水去湖心捞捞看，因为尸体三天必定会浮起来的。方千一早就下水了，水下没东西。我们赶紧去借调船只，整整三天过去，尸体也未浮上来。我又派人砸开整个冰面，整队人下去捞。若是尸体被重物牵绊入湖不浮，捞也能捞到吧？但是都没有捞到人。来年，湖里长满金莲花，我们又搜，还是没有。这些夏公子你都知道的。"

夏乾颔首："你们只搜了陆地三天？"

杨府尹不耐烦地敲敲桌子："大公子，三天就够了。院子空旷得很，一看就知道没人。至于那栋小楼，三天难道还不够？三天以后，剩下时间都在湖里搜。这不是很好吗？不走重复路，这是办事效率，效率！"说及"效率"二字，杨府尹加重语气。

夏乾追问："当时几个官差在搜索？"

杨府尹小眼一眯："十个。"

夏乾一怔："才十个？"

"可能是二十个。"杨府尹有些生气，"我记不清了！他们效率很高，人数嘛，无所谓了。"

分明是怕麻烦，夏乾翻个白眼，随口问："你认识红信吗？"

"不认识！"

夏乾暗想，这胖子就知道胡说八道。看着杨府尹的胖脸，夏乾禁不住嘴角上扬，却被杨府尹瞧见。他胖脸憋得紫红，吹胡子瞪小眼："你不信本官？"夏乾赶紧解释，杨府尹却不听了，三言两语即送客。

一个金茶匙换来几句话，夏乾觉得不实惠，又把茶匙顺了出来。

易厢泉还让他去红信房里捡些炉灰。昨天二人说完那些话，夏乾更加谨慎了，蒙了口鼻，上楼去取了东西，下楼的时候却被一名小丫鬟拦下了。

那丫鬟的意思，请夏乾去一趟，一位名为鹅黄的女子要见他。

鹅黄就是事发当日身穿鹅黄衣服的女子。夏乾虽不认识，倒也跟去了。

夏乾被领进了小厅堂，这里清净得很，像是不常住的样子，却没有丝毫的灰尘。夏乾打听才知道，这名叫鹅黄的女子是水娘的旧识，常住京城。

汴京自然比庸城繁华，纵使是青楼女子也见多识广的。鹅黄早已着装等待，穿着素雅略施淡妆，向夏乾微微行礼，盈盈一笑。

"自然知道公子为何而来，鹅黄定然据实相告。"

夏乾见过不少大人物，但是他今天有一种奇怪的感觉。眼前的女子看着普通，但他总觉得她就是大人物。

如今的青楼女子，环肥燕瘦，什么样的都有。但是鹅黄不属于任何一种。她穿着杏黄色的大袖上衣和颜色略深的长裙，沉稳地坐在那里，像一棵深深扎根在土壤里的柳。年头久了，翠柳依然年年绿，却也不知道在地下的根茎长成了什么样子。

夏乾不知为何，内心有些提防她。见夏乾不饮茶，她抬手换掉了茶杯中的茉莉，变成了龙井。聪明的女人就是这样，不作声，却一眼看出人的喜好，从小处窥见人的想法。但越聪明的女人越难对付。

夏乾虽然心里这样想着，但脸上挂着老实模样，知道女子自然都喜欢嘴甜的，便有心夸赞道："鹅黄初吐，无数蜂儿飞不去。别有香风，不与南枝斗浅红。"这词是自己在一次宴会听得无名人士所作，并无作者，只在扬州流传一些时日罢了，若是叫人听得定然以为是夏乾自己所作，大有借花献佛卖弄之意。

然而鹅黄却呵呵一笑："凭谁折取，拟把玉人分付与。碧玉搔头，淡淡霓裳人倚楼。"

夏乾大惊，顿感窘迫。鹅黄咯咯一笑，她的双眸明亮而具有穿透力，似把夏乾整个人都看得通透。这目光带着三分好奇、三分温柔，余下四分却是敌意。柔和与敌意并存，夏乾怕是此生也不曾见过几人。他心里直犯嘀咕，一口饮了杯中龙井。鹅黄恬静地坐在一旁，笑而不语。夏乾将茶杯扣下，开始胡思乱想。这女人皮笑肉不笑的，不会是往茶里放了什么东西吧？夏乾想到此，赶紧瞥了一眼鹅黄，见她面色如常，暗笑自己傻——初次见面的青楼女子，为什么要给自己下药？

鹅黄见他不说话，自己只是跷着脚，开了腔："碧玺与水娘感情好，这是自然的。红信是碧玺的丫头，碧玺去了，红信也不必照顾她，就挂了牌子。"

"你说'碧玺去了'？这是为何？不是失踪吗？"

鹅黄轻轻摇头："这都几年了，人根本就找不到。只是水娘不愿意接受事实罢了。"

"你与碧玺不熟？"

"我在这里几乎和谁都不熟，除了水娘。我们自幼相识，后来我去了京城她就来了庸城。"

夏乾叹气："看得出来，她并不开心。"

鹅黄缓缓走到窗前，拨弄着一株兰花："自碧玺走了之后水娘就开始酗酒。本来嘛，青楼女子就是苦命的。"

那你呢？夏乾真的想问出，这鹅黄是何等身世，为何沦落风尘。可是话到嘴边，却是生生咽了下去。

"那红信呢？红信也希望自己挂牌？"

"似乎如此，我也不清楚。听水娘所言，碧玺一向心善，不把红信当作下人看待。红信像碧玺一样卖艺不卖身，挣的钱也不少。只要有人捧，名利皆得，在某些人眼里毕竟比做下人好一些。"

夏乾转念一想，的确如此。传闻杭州名妓子霞嫁与苏子瞻，倒也传为佳话。青楼女子命苦不假，但挂牌了，相貌品性好，有才学，没准也是能嫁个好人，过上好日子的。

夏乾点头，随即问道："碧玺和红信她们都是怎样的人？"

鹅黄从床下拿出一些纸张，是一些碧玺写的诗词。

夏乾接了过来，认真看，道："《关雎》《木瓜》《子衿》都是爱情诗……这是《氓》？"

夏乾摊开一张纸，上面的字体和其他的字体不太相同，似乎潦草些。

鹅黄转身又寻出一张帕子，上面绣着金兰："这个也给你。绣工精湛，应该是碧玺绣的，但是在红信那里找到的。公子莫怕，这帕子都是热水煮过的，不会有什么问题，但色泽也不好了。"

夏乾将绣帕收起，反问道："你与她们不熟，为什么——"

"只是不想看着水娘受累。"鹅黄叹气掩面，夏乾却没看清她的表情。

夏乾心知鹅黄不简单，沉默一下，追问道："真的仅是怕水娘受累？"

鹅黄闻言，愣了一下。她转身看向夏乾，柔和一笑："还能因什么？"

她一如既往地柔和，目光依旧带着敌意，眼睛里像是漆黑的夜空。

这便令夏乾琢磨不透了——鹅黄这明显是在帮着了解案情，为何又有这种目光？

温和沉静，非敌非友。

夏乾有些害怕了。他一直自诩看人、识人能力一流，这种特技如今在段数极高的鹅黄面前，竟然毫无作用。这女人到底什么来头？

夏乾想了想，试探道："我偶尔会随我爹前往汴京城，不知鹅黄姐姐住在哪里，我到时候带人去捧个场也好。"

他此番言论意在打探鹅黄底细，鹅黄却轻描淡写道："汴京城的许多大酒楼，我都是投了银子进去的。夏公子去了汴京城，我不一定在那了。"

"都有哪些？"

鹅黄微微一笑："九天阁、凤天阁。嗯，梦华楼刚刚盘出去……还有一些没有名气的。"

夏乾一愣，她果真不是单纯的青楼女子。水娘能承包下西街，但是她承包了汴京城的大酒楼。这两人，得赚多少银子！

眼见晚霞漫天，夕阳有归西之意，鹅黄起身送客："时候不早了，公子请回吧。如果我所说的能帮到易公子，那样最好。"

夏乾告辞，刚走两步，突然想起什么，转头问道："你刚刚说，'易公子'？你是指易厢泉？你认识他？我倒想你为何帮我？既然你来自汴京，那是不是认识些什么人——"

鹅黄摇头："我不认识。"

夏乾实在没办法，也不知道她要做什么，只得起身离开。

鹅黄看着他离开，又走到窗户前。夕阳呈现出火焰一般的嫣红，云似轻纱。微风中送来轻微菊香，方知重阳将至。池鱼归渊，飞燕归巢，炊烟唤子，这些都让鹅黄想起了汴京的天空，红得想让人忘记过去沉醉其中，却又看不到未来。

易厢泉……她算是认识，也算不认识。

现在不认识，将来却未必。

第七章
杨府尹初断阴谋

"就是这些东西，事情的经过我也告诉你了。"夏乾累得不行，一屁股坐在了桌子上。

易厢泉一下午都在床上看书。散乱的书籍摆了满满一床头，他手里还拿着一本，边看边道："我让你画的那个小院子的地形图，画了没有？"

夏乾掏出来，狠狠往桌上一扔："画了。"

易厢泉慢悠悠地拿过来，一张一张地看着，突然停了下来。

"你真的画全了？"

"当然画全了，你第一次让我测量院子还不算，又让我画出来，还要标上树木、房屋甚至小栅栏。统统画了。"

易厢泉端起茶杯，慢慢喝了一口，半天才给了一句评价。

"画得真丑。"

夏乾想一把夺过来，却被易厢泉躲开了。他指了指上面的一小片空白："这里没有东西？"

夏乾瞅一眼，道："那个角落根本没人去，似乎没有东西。"

易厢泉挑眉："这里没有一口井？"

"井？"夏乾一愣，"好像……好像没有，既然有湖为何还要井？你又没去现场，休要胡言乱语。"

易厢泉鄙夷地看了夏乾一眼："一个院子的生活用水皆倚靠湖水，洗衣洗碗——这都对饮用水是有污染的。人们通常会在湖边打井以泥土净化水质再来使用。无井，不符常理。"

夏乾不语，心里琢磨莫非自己真的遗漏了？那里是深草区，倒是真没去仔细看看。易厢泉合上书本，示意夏乾上前，轻轻从青蓝色罩衫上捡起一根白色猫毛问道："你可曾见过吹雪？"

"没见过，不知道从哪儿蹭的。"夏乾哼唧道，"我要回家吃饭了。"

易厢泉叹一声："别吃了，别吃了。你去给我准备车子吧，还要麻烦你把我抬上去。我现在腿能动了，脚却不行。"

夏乾惊讶道："你的腿痊愈了？"

"是的。"易厢泉撑着墙壁站起。

夏乾见状，毫无惊喜之感："好哇，你早说你亲自去，还要我去干什么？那我岂不是白跑一趟？"

易厢泉没说话，拿起药渣。药渣已经烧成灰烬了，他取一些，用鼻子嗅嗅。

他的脸色一下子变了，"麻贲¹。"

夏乾一怔："什么东西？"

易厢泉眉头一皱："不对，这是叶子，大理、天竺那边比较常见。我翻了这么多医书，还打算去请教别人的，没想到……"

夏乾抓起一点闻闻，只觉得气味与众不同："麻什么？"

易厢泉抬头道："与中原的桑麻不同。出了大宋疆域还能见到许多奇异植株，盛产罂粟、曼陀罗、大麻、毒菇。"

他沉默了，没有再说下去。

在庸城这一连几日发生的大事里，易厢泉缺席了一半。他只是坐在这里养伤，通过夏乾的描述去做判断。他坐在床上，将围巾拉拢，闭起眼睛。

他只是闭了一会儿。这时间很是短暂，在秋风中颤抖的落叶都来不及掉落下来，但是他的脑海中闪过了庸城从城禁到今日黄昏的所有事。这些事来自夏乾活灵活现的描述，来自这几日所见所闻所感，来自庸城形形色色的人的一言一行。

晚霞已经将天空染红，归巢的鸟儿似乎也带走了庸城的阴雨和迷雾。易厢泉坐在床榻上，慢慢睁开眼睛。夏乾坐在一边看着他，心突然狂跳起来，像是在期待什么。易厢泉慢慢站起身，目光闪烁不定。他没有说出任何结论，却只说了两个字——

"备车。"

……

1　麻贲（má bēn）：中草药，味辛平。主五劳七伤，利五藏，下血，寒气，多食，令人见鬼狂走。久服，通神明，轻身。

夏乾当然没准备车子，只给易厢泉拉来一头小毛驴。

易厢泉没说什么，倒骑毛驴，低头把玩草绳，那草绳像是柳树的叶子。

太阳刚刚下山，风带着浓重的凉意驱散了天边的晚霞，天地瞬时融入一片墨色。街灯点燃，巷子里偶有犬吠，饭菜的香气和花香一起钻入鼻中。夏乾牵着毛驴踏月而行，丧着脸。自己堂堂一个富家少爷，不读书，不养妻妾，不做生意，非要饿着肚子给一个算命先生牵驴。易厢泉没说话，只是玩着手里的叶子，那样子，像极了八仙里倒骑驴的张果老。

这条路很幽静，像是永远也走不完。浓重的夜色做伴，让人想要嗅着庸城湿润的空气沉沉睡去，更夫的梆子声与西街的嬉闹声顺着夜色滑入二人的耳朵里。听着歌声阵阵，夏乾真心佩服水娘。西街无论在什么情况下都有生意。二人穿过一个又一个的拱形圆门，路过一株又一株的杨柳，直到走到了庸城府衙门口。易厢泉停下，拉拢了围巾，正了正衣冠道："把驴子牵进去。"

"牵进去？不太好吧……"

易厢泉拍拍驴子道："直接牵到赵大人屋里，我有事要与他亲口说。"

"疯子呀疯子，"夏乾大声喊道，惊起几只鸟儿从夜空中飞起，"哪有人骑着驴子进屋去？那是赵大人！你再怎么着急也不能这样！"

易厢泉没与他多言，直接朝着门口守卫说要求通报，随后赵大人同意，真的让人牵着驴子进屋了。夏乾没办法，只得呆呆看着屋内的烛光映出来的倒影，易厢泉一直骑在驴上，简单行礼之后就开始交谈。此举闻所未闻，让驴入屋，赵大人居然还能同意。他们似乎一直平和地交谈着。

大约过了半炷香的时间，易厢泉就出来了。夏乾本以为易厢泉来找赵大人是想借一些守卫士兵去找青衣奇盗的，但是易厢泉似乎什么也没做，只是骑着驴出来了。还是赵大人亲自开的门，让人把驴子牵出屋。

"易公子，真的不再考虑一下？"

"不用了。"

易厢泉只是朝赵大人点头笑笑，便让夏乾将驴子牵走了。二人出了庸城府衙，便转了方向，向西街走去，小巷路上还是只有他们两个人。

天高露浓，弯月自西而起静挂于天边云际。柳枝快要垂到蜿蜒的小路上，夏乾拂柳而过，只听得柳树枝条唰啦唰啦地打在了易厢泉身上，而旁道的野草丛中似有秋虫断断续续鸣着，很是安静。

"你去找赵大人说了什么？"

夏乾按捺不住，还是问了这句。

易厢泉依然倒骑在驴上也不看路："你会保密的，对吧？"

夏乾一听这话，赶紧停下了。

"什么秘密？你不妨告诉我……我当然保密。"夏乾看着易厢泉，一脸诚恳，却掩饰不住内心暗暗的激动。

易厢泉慢条斯理："案发那日，西街一直住着位将军，直到搜街那日赵大人才知道此事。为了搜街，赵大人去找他商议，后来还摔碎了个茶杯，最后，赵大人自己从屋内出来，说能搜街了——可有此事？"

夏乾小鸡啄米似的点头："有的有的。"

易厢泉却摇头，慢吞吞道："第一个问题，赵大人看着像文官还是武官？"

"文、文官吧……"

"第二个问题，赵大人，他人怎么样？"

夏乾思索一下："若说当官，必然是个清官。公正严明，也很亲切，但是很贵气。"

"第三个问题，他和杨府尹比怎么样？"

夏乾讥笑道："那个傻胖子？杨府尹自然昏庸一些，出了事生怕自己乌纱不保，而出事之时赵大人倒是什么都不怕的样子。"

说到这，夏乾也觉得有点奇怪了。他看了看易厢泉，只见其容颜隐于黑夜之中，并无喜怒之色。

"第四个问题，住在西街的将军为人如何？"

"我只是听闻他脾气差又爱逛青楼，之所以低调行事，是怕和朝廷抓贼有冲突，定然是胆小怕事之人。"

"第五个问题，茶杯怎么碎的？"

夏乾被问得烦了，狠狠拽了一下驴子缰绳。

"不知道。"

"第六个问题，赵大人身上的玉佩你看清了吗？"

夏乾耐着性子想了一下："没看清。"

"最后一个问题，赵大人叫什么？姓什么？"易厢泉转过头去直视夏乾，眼里闪着璀璨如星的光芒。

夏乾瞪他一眼："赵大人当然姓——"

他突然愣住了。

"那么都解释得通了。"易厢泉笑着，眼神明亮，"赵，国姓。"

夏乾陡然一呆："你是说，赵大人他本身——"

易厢泉沉思一下："照那个将军的反映，不是亲王最少也是郡王。圣上年轻，应当是叔叔一类的。如今当官不是科举就是世袭。赵大人不像科举出身，非文非武，本身清廉，不和庸人为伍却还能做官，纵使有人撑腰，哪里受得了官场的气？我初次见他之时，说他是看戏的——他本就是个看戏的。出了事他不怕担责任，因为他根本不用担责任。"

易厢泉继续道："何况提点刑狱出身之人必须有点断案真功夫的，他虽然冷静，喜好亲力亲为，命令守卫、调派人员、随机应变的能力都不差。他若做个朝廷大员倒是有可能，但在对待案子细节上却没有多大功力，反而不及你夏乾一个人在现场乱窜来得有用。他天天这么清闲却不怕出事被革职，这是为何？因为他没必要怕。除了天子，此人是一人之下万人之上。"

夏乾不语，自己瞎琢磨一气。

易厢泉见他不信，继续补充道："还有他那块玉佩。初见那日我没看太精细，倒也认识上面的皇家图腾。我刚才试探着问了一下，他倒爽快，直接承认了。"

夏乾这下真的震惊了："承认了？他真的是——"

"嗣濮王，皇上的四叔。"

皇上的四叔。

这五个字让夏乾的心里凉飕飕的。此事绝不可儿戏。他转而问易厢泉，结结巴巴道："真的？"

"真的。"

"没骗我？"

"没有。"

夏乾深深叹了口气，脸色有些苍白："此事只有你一人知道？"

易厢泉瞥了他一眼，轻描淡写吐出两字。

"两人。"

夏乾这下老实了，默默地牵着驴子向前走着。不知怎么的，自己心里一下子没了主意，心也越走越远，远到自己不认识的地方。瑟瑟秋风与木为伴，寒风乍起之时落叶凋零。夏乾缩了缩肩膀，眼前的庸城夜色无边，只怕遮蔽了自己的双目。

"我们去哪儿？"

"去找人。"易厢泉看了看远处的黑夜，轻声道，"走吧，我们去找碧玺和红信。"

易厢泉说完这句，二人缄默不语，巷子里只剩下脚步声、驴蹄声与风声。他们转眼就到了西街，通报守卫便来到了院子。夜晚的院子安静又寂寥，只听得蛐蛐私语诉寒秋。此情此景，夏乾想起了几年前正月十五发生的碧玺失踪之事。那声惨叫仍然萦绕在耳畔，每每想起，不寒而栗。

黑湖上泛着蒙蒙水汽，不知那日碧玺惨叫过后究竟去了何方，是否活着。

正在夏乾出神之际，易厢泉用草绳打了打他的脑袋。

"你们去找一些可以缠住口鼻的布条、手帕来。"易厢泉对着守卫说着，看了一眼夏乾，摇摇头，"夏大公子估计是不会干体力活的，劳烦把方统领请过来干点活。"

夏乾诧异地问道："你又要做什么？"

"让水妖把人吐出来。"易厢泉面无表情地看着远处，目光落在黑湖之上。黑湖如今并非一片漆黑，月光下波光粼粼的，树木在其旁边静立着。距离树木不远处有一块杂草丛，杂草很深，远远望去，草丛中央有一灰白大石。这种大石在湖边倒是不少，普通至极，隐藏在草丛中不易被发现。石头巨大，似乎是安安稳稳地放在地上的。走近细看，石头放得自然，却又有些不自然。

两个官差从石头旁边走了过来，远远地朝易厢泉点了点头。夏乾认得他们，是庸城有名的仵作。一种不安、怪异之感袭上夏乾心头，他就像是被什么东西掐住了咽喉，没吐出一字。而易厢泉骑在毛驴上，却没有去深草区这边，只是赶着小驴子到了离湖边最近的树下，是那棵悬挂短短一截绳子的树。绳子在树的阴影遮蔽下仿佛与枝干融为一体，轻轻摇晃。

月光穿过树的枝叶缝隙落在易厢泉脸上，他阴晴不定吐出四字："的确够高。"之后目光又落向了深草区。

夏乾不知他要做什么。而易厢泉只是扭头问旁边西街小厮："那口井是不是在几年前就已经废弃不用了？"

小厮愣住半晌才"噢"一声答道："好像是有，又好像没有，实在是记不得了。水位渐退，纵使是有井只怕早就干涸了。易公子怎会知道？"

易厢泉沉默不答，只是看向那块大石。

夏乾有些紧张："几日前，杨府尹他们为了找红信把整个院子都搜查过，那里应该没有问题。"

易厢泉扬起嘴角淡淡笑了一下，笑得比秋夜冷月还要冰凉。

夏乾第一次见他这种表情，顿时如坠冰窖："喂，你……"

话未说完，守卫已经拿着布条来了。

"给你布条，把口鼻蒙住，越紧越好，省得吸了气得病。我本来不想让你参与其中的，就怕你，"易厢泉淡淡地看着夏乾，"怕你这几日跑来跑去，非要求个结果。"

夏乾心里七上八下，赶紧用布条蒙了口鼻。

不远处，方千慢慢地走进来了。他脸色比昨日更加苍白，眼里都是红血丝。易厢泉默默递给他布条，方千缓缓地系上。

易厢泉没说话，自己蒙上布，小毛驴一步一步地挪向那块大石，在一丈之外停住了。周围杂草丛生，遮蔽极佳。周遭泥土湿润，稍不留意就会踩出一个深坑。

夏乾也想跟过去，被易厢泉拦住了。

方千先到了井口边，默默站着。他闭起双眼，像是风化在月下、树下、草中的千年岩石，又冷又硬。

院子外集结了星星点点的火把，却再也没人走进来。小厮和守卫都撤退出去，这里只留下他们三人。

此刻的气氛真是说不出的怪异。

"搬开它，小心，减少呼吸。"易厢泉一字一顿地，指着上面的大石头，"如果搬不开，用斧子砸。"

说罢，他掏出一把小斧子，晃了一下。

"我们砸开吧。"夏乾冲着方千喊道。

方千没有答话，他一个人蹲下，用尽全力挪动石头。夏乾隐隐猜到石头底下是井，也猜到了井中有什么。尸体，一定是。这是抛尸的绝好地方，距离不远，而且难以发现。但这怎么可能呢？躲过夏乾自己的眼睛就罢了，官府搜查这么多次……

是红信的尸体吗？不管是谁的尸体，总有不对劲的地方。周围草很深，泥土也软。红信失踪没几天，尸体是不会自己走过来的，肯定是有人搬过来的。但是，脚印呢？

这里土壤虽软却是深草区，脚印应当不明显。然而夏乾却看到了一个奇怪的脚印，拖得很长，前方有个小鼓包。他这才反应过来，刚才的仵作估计就是过来看脚印的。

他没敢上前，易厢泉骑在驴上，也没有上前。只有方千一个人在井边。

突然，方千闷哼了一声。由于发力过度，手蹭着粗糙的石块，已经渗出了血珠。

"喂，我们还是用斧子……"夏乾转身拿斧子，却发现易厢泉的眼睛没有看井。他在看方千。

此时，方千拼命地拉着石块，如同把所有生命力都倾注在上面，发狂一般想要挽救什么。就在夏乾发愣的刹那，方千"啊"的一声吼，石块轰然挪动，井口敞开，顿时散发一阵恶臭。

夏乾后退，易厢泉立刻前进，并抬手把灯笼伸过去。

幽暗的灯光下，夏乾看到了惊悚的一幕：两具尸体蜷缩着躺在井底。一具是新鲜的，还穿着红色的衣裳，眼睛瞪得铜钱一样大，脸上不知道怎么了，异常丑陋，手脚也烂掉了；另一具高度腐烂，看不出身上有什么衣饰，依稀能辨认出人形。

夏乾感到一阵恶心。穿红衣服的尸体面容虽损，却不难辨认，是红信。那么无疑，另一具尸体自然是碧玺。

这是怎么回事？

夏乾简直要晕眩了，他后退几步，想逃离这令人窒息的一幕。而易厢泉目不转睛看着井底，没有出声。

万千落叶无声飘下，时间似乎就在此刻停留。秋虫凄切地叫着，月夜如网，一草一木皆染上模糊寒冷的色彩，隐藏了它们细密的影子。

夏乾后退，倚靠着一棵大树，猛地摘掉蒙面布条，大口呼吸新鲜空气。

只见易厢泉的眼睛突然望向方千。

方千跪坐在井边，趴在那里抓住井口边缘，整个人都像要坠入井中去。他双目充血，青筋暴起，干枯僵硬的手用力扯下脸上的白色布条，手上的鲜血一滴一滴地染在白布上。

他死死地盯着井里，盯着那两具散发着恶臭的尸体。

易厢泉收回了灯，缓缓张口，吐字清晰。虽然距离远，但夏乾依然能听清楚易厢泉所说的话。

"她一定没有怪你。"

听了这句不带任何感情色彩的话语，方千惨淡地笑了，双眼通红，苍白的脸上流下两行清晰的泪。

易厢泉突然转头对夏乾说道："去叫官差。"

"可是……"

"速去。"

夏乾一肚子疑问,他边走边转头看着。方千还蹲在那里,如瘫痪一般,灵魂被生生地抽走只徒留一具空壳。易厢泉在一旁低声说着什么,可是方千全无反应。夏乾跑出院子,看见赵大人一行早已站在院子外面,密密麻麻地站了一片。很快,一些守卫进去了,还抬了一些白色的粉末。

夏乾诧异道:"这是⋯⋯"

"是石灰,简单验尸之后就可以撒上了。得了瘟疫的尸体是留不得的。井口封闭得很好,但是靠近水源,若是处理不当使得瘟疫蔓延开来,全城都会遭殃。"赵大人表情严肃。

夏乾从没看过他这个样子,当今圣上的叔叔⋯⋯

夏乾知道他的身份,突然觉得有点不敢说话了。他定了定神,装作一切如常的样子:"大人可知这其中是怎么回事?方千是怎么回事?"

赵大人叹气:"易公子没和你说?方千是红信的情郎,而且与碧玺的死亡脱不了关系。红信此次坠楼是自杀,尸体是方千借着搜查之便扔到井里的。"夏乾如遭雷劈,什么意思?究竟是怎么回事?

"怎么可能?方统领?那可是方统领!那是方千!"

赵大人叹气:"我知道夏公子与方千熟络,可⋯⋯这是易公子今晚来找我的时候告诉我的。应该错不了。"

夏乾明白,易厢泉准一早就猜出赵大人的身份,一直憋着没说,就是等着今晚和赵大人商议之时当面抖出来,好让大人信任他。

赵大人继续道:"易公子根本不愿多透露详情。他让我调遣兵力，只因为方千武艺高强，怕他拒捕。"

"拒捕？"

"不错。本来计划是众多士兵一起围在井旁，待其露出马脚，进行抓捕。然而到了此地，易公子变了主意。看来，大队人马似乎没有必要了。"

夏乾望去，这"大队人马"依旧站在院外，个个面色凝重，手握佩剑，似乎随时要冲上前去。井旁只剩方千和骑着驴子的易厢泉。

二人不知道在说些什么。只见易厢泉慢吞吞地从驴子上下来了，扶着大树，慢慢蹲下。他晚上去见赵大人的时候都没有从驴背上下来，如今要与方千说话却这样做了，只是希望与方千距离更近一些。

"要是在京城遇到这种事，直接将嫌疑人抓捕起来略施惩戒，基本也就招了，根本不必在这里浪费口舌。这位易公子可真是奇人啊。我今日问他要不要做官，他只是摇头。"赵大人远远地看着易厢泉，语气不是称赞，也不是嘲讽，只是在单纯地说他与众不同。

夏乾没听见，只是望着方千凄然的影子，他还是不信。方千同此事根本就没什么瓜葛，怎么会是他？"方千与红信之事，杨府尹知道吗？"许久，夏乾才回神，气若游丝地问道。

赵大人哼一声，似是很气愤："杨府尹知道此事。但据他所言，他只是知道方千对红信有好感，所以常带着部下来西街，会叫红信出来。"

"哎哟哟，真是个体恤下属的好大人。"夏乾很是生气。

"不论如何，他倒是没有什么大过失。这次案件，西街一案凶犯落网，青衣奇盗虽然偷窃成功却受了伤，也算无功无过。如果能保住犀骨筷就更好了，可惜……"赵大人叹息一声，"至于方千一事，天子犯法与庶民同罪，何况他只是个小官。我会把西街一案上奏，方千得到严惩，到时候通报下来，相信百姓也乐于看到这样的结果。"

赵大人像是给城禁一事做了一个了结。人抓了，案破了，百姓接受了，便可以了。

夏乾却是一愣。他一直以为赵大人公正严明，如今却发现他自始至终都未曾站在真理一方，他代表的只是朝廷的颜面。

远远见方千被官兵拉起来带走了。一行人缓慢地走出院子，渐渐走远。

夏乾僵直不动，一直目送他们消失在街角。自己认识方千这么久，他们都是在庸城长大的扬州人，两人年龄相仿，自幼相识，没有隔阂。当年夏乾十几岁时也对西街巷子颇为好奇，偶尔来闲逛，有时也会碰到方千。后来方千因为打仗被调去北方，虽然不是最前线，却也离庸城甚远。

待其归来，便是几日之前了。方千武艺高强、为人和善，丝毫没有当兵的痞气。

夏乾闭上双目，头痛欲裂。方千竟然会和青楼女子有联系？竟然牵扯到人命。一阵嗒吧嗒吧的响动声传来，易厢泉骑着驴子过来了。他的脸色并不好看，看了夏乾一眼，像是等着他发问。而夏乾动了动嘴唇，却什么也说不出来。他什么都想问，却问不出一个字。

今夜无月，街上无人，小巷黑漆漆的。两个人就这样一言不发地往医馆走，夏乾罕见地沉默了一路，弄得易厢泉反倒不自在了。

"方千什么也不说。你前几日来西街调查，我虽然怀疑他，却也没让你盘问他。此事应谨慎，由我解决最为稳妥。让他冷静一夜，明日审问。如果他什么也不说，事情就难办了，只希望他明日能开口。"

"别说了，我也不想听。"

夏乾一拽缰绳，驴子嘶鸣一声，在寂静的小巷中显得格外凄凉。

易厢泉真的没再说话。

医馆的窗户上点燃一盏黄色的灯。他们显然在等易厢泉回来。这种灯火，只有真正的"家"才会燃起，曲泽和傅上星他们一定在等易厢泉回去。

"谷雨是不是就像你妹妹一样？"易厢泉抬头望着灯火，突然将话锋一转。

"对，谷雨虽然是丫鬟，但是我们不拿她当下人看待。"

"她是不是也有哥哥？"

"以前有，后来似乎去战场了，怎么？"

"只是觉得她和小泽有点相像。"

夏乾思索道："你指性格吗？是有一点。"

"你家有没有做过药材买卖？砒霜都从哪里买呢？"

易厢泉突然冒出一句"砒霜"，夏乾吓了一跳，还未发问，易厢泉又木讷地道："没事，我自言自语而已。"

夏乾舒了一口气，朝前方看去。医馆似乎有人影晃动，兴许是曲泽备好宵夜了。易厢泉重重叹了口气，似乎没话找话："你想过要离开庸城吗？"

"想，"夏乾一扫刚才的阴霾，眼中闪现着渴望，"现在就想。"

"那你离开之后做什么？"

"不知道，不知道。"

夏乾有些失落地答着，眼前又是空茫茫一片了。这种感觉并不好，就像家的灯火在身后亮着，不停有亲人呼唤你回家去，而自己却毅然转身冲破牢笼朝前去了，面对的却是一片白茫茫的雪地。天气这么冷，不知道往哪里去，没有路，却又到处都是路。夏乾抬头看了易厢泉一眼。他的朋友很多，但是易厢泉是不一样的。他一直觉得只有易厢泉才会理解自己，只有他才会把自己带出这座城，给自己指出一条好路去走。

"嗯……"易厢泉只"嗯"了一声，白色的衣裳浮动在黑夜里，似乎随时都会飘走离去，"从道义上来讲，你是独子，有偌大的家业要继承，我是不能带你出城走南闯北的。"

他的话在夏乾耳边飘着，就像是庸城缓缓关闭的城门。夏乾木然地向前走着，觉得眼前是空的，心也是空的。

夜晚安静，巷子里能听到驴蹄子落地的声音。它踏在江南特有的青石小路上，显得那么清晰。这条路，夏乾走过很多遍，儿时从书院翻墙跑出来在石板上写写画画；夜晚也会去小贩那里买些吃食，就花几个铜板，晃晃悠悠地一边吃一边走回家，功课也不做了，有时候还会跟人玩蛐蛐和蹴鞠。

那时候的庸城就是这样子，这样的路，这样的灯，这样的巷子，只是比现在热闹些。

方千……

夏乾怎么也想不到案情会和方千有联系。当他看到方千那张苍白的面孔，看到一个曾经的刚强战士的形象轰然倒塌，他不敢接受这个事实。

风吹了过来，有点冷。夏乾想了半天，越想越迷茫。人心如土，土上覆沙，沙上草木繁盛鲜花盛开，却只是一片又一片明媚的假象。当花草被无情扒开，才知道大地早就已经干涸。

"方千到底做了什么，会被砍头吗？"

夏乾问了一个很傻的问题，易厢泉很想回答"不会""不一定"，可是他说了不算。

二人沉默了一会儿，在医馆道了别。夏乾溜回家去，一声不吭地爬上床。他在床上辗转反侧，躺到了凌晨。

但是夏家的下人却不是全都入睡的，寒露和谷雨同在房中嬉笑着，缝补一些即将过冬的衣裳。

二人眼下这话题却是跳到夏乾身上了。谷雨轻笑道："你可知这几日傅上星先生为何总来夏家问诊？"

寒露比谷雨还要小，有着江南人特有的水灵。她笑着，用透着稚嫩的声音道："不清楚呢。莫非是想让老爷想法子，让他进京当差？"

谷雨鬼机灵地一笑，神秘地道："老夫人后来给我提起呢，似乎是关于曲泽的。"

寒露惊道："莫不是给少爷……可这是父母之命、媒妁之言的，这……"

谷雨扑哧一笑，用皓齿轻轻咬断手中丝线，缓缓开口："这就不知道了。曲泽也是很不错的呢，依我看，正室做不得，这侧室可说不准。"

寒露素手将线一挽，低下头故作深沉："要说，姐姐你不是也挺好吗？肥水不流外人田。"

谷雨恼怒："说什么呢！就咱家那少爷！我还……"

二人调笑一阵，等到夜深了便熄灯而卧。

次日，夏乾又很罕见地早早起了。他去书院都不会这么勤快的，而今天是城禁的最后一日，明日庸城即将开门。

却见谷雨一身浅绿欢欢喜喜地抱着一只白猫出来了。她眼圈还是黑的，估计昨夜补衣服补得晚了。

"我说几日不见吹雪，竟然被你养着了。"夏乾打着哈欠，慢吞吞洗漱着。

谷雨不以为意，嗔怒道："公子不关心下人倒关心猫。易公子特意叮嘱不让它乱跑，一直没出夏家院子。"

夏乾注意到吹雪脖子上系了个金色铃铛，似乎不响，中间的珠子大概被取下来了，整个铃铛显然只是个装饰品。

夏乾估计是谷雨觉得有趣才系上的。

谷雨见他盯着铃铛，笑道："这是易公子系上的。"

夏乾嗤笑一声，拿毛巾擦了擦脸。易厢泉居然如此无聊，给猫戴铃铛。

外面艳阳高照。夏乾穿戴整齐，满面愁容去了庸城府衙的牢房。讽刺至极的是，方千堂堂一个统领，本是衙门的人，现在却进了衙门的牢房。

牢房阴暗潮湿，夏乾走着，木板"嘎吱嘎吱"地响动，一股霉味扑面而来。房内两个人看守方千，而方千就坐在湿湿的稻草堆上。窗外的晨光一缕一缕地射进小窗户，打在方千身上，染上了一格格墨色，像是套在他身上的枷锁。

方千安静地坐着，像是连呼吸也没有了一般，就这么空洞地盯着暗灰色的破落墙壁。

牢房阴暗，夏乾觉得自己的心也变得阴沉。这种幽禁让人绝望。

夏乾突然一阵心酸，不忍心打扰他，却还是站在了牢门前，双手握住铁栅栏叹道："你……可还好？"

方千抱膝而坐一动不动。

"你……"夏乾突然哽咽得不知道说什么，不知道怎样开口。夏乾带了些点心，转身问看守："方统领可有喝水进食？"

"他滴水未进，更别说进食了。"看守低声说着，言语中带着几分同情，"昨夜方统领被送过来，就如死了一般。我夜里几次看见他在流泪，如今似是好些了。"

夏乾转身看着方千。然而他只是留给夏乾一个背影。

男儿有泪不轻弹，何况方千曾经上过战场，将士浴血奋战自当拿得起放得下，他这样流泪，定然是遇到了承受不住之事。

这时衙差又道："易公子半夜前来，一整夜都在与方统领谈话。但似乎毫无进展，易公子自己也非常沮丧，刚刚回去休息了。"

"他们谈了什么？"

衙差摇头："不清楚，单独谈的。"

夏乾扭回头去，抓起石子朝方千身上打去："喂！你倒是说话啊！你这样……"

夏乾本想骂几句激将他一下，然而方千却一动不动。若易厢泉对此都无可奈何，凭自己这绵薄之力，怎可叫方千开口？夏乾也不再多问，实在不忍心再看着方千这个样子，遂吩咐照顾好方千，就出门去了。

当新鲜的空气涌入肺中，夏乾觉得轻松了些。今日守卫还在搜查。庸城府衙本来规定，在城禁结束当日摆宴席犒劳众人。宴席不大，所有参与围捕青衣奇盗之人都可以来。这原本是惯例的重阳宴席，但明日赵大人和将士们就要回京，宴席就定在了今日夜晚。

最可笑的是，宴席定在西街。

今日是第六日，一共城禁六日。按理说今夜城禁就应该结束，只是庸城晚上城门是关闭的，因此明早才会开门。

夏乾想了一下，城门开启的时间应该是明日寅时。

今夜所有官差都会喝酒庆祝，虽然青衣奇盗未抓捕成功，庸城却也没有太大灾难。这批战士打仗归来，办完庸城的事，就可以回家探亲了。

自从青衣奇盗偷窃至今，虽然夏乾射了他一箭，却仍然没有找到青衣奇盗的任何踪迹。西街出了事，衙门更是两头都忙不过来。青衣奇盗怕是抓不到了。

眼下这种情况，只要方千开口承认或者告知详情，那么西街之事就可以结案。哪怕不开口，也可以结案。这样，多少也还算是成功的。但是方千一人负罪，人生也就毁了。按照之前听闻的只言片语，红信应该是自杀，方千移尸，按理说罪不至死。但是根据赵大人的意思，恐怕此事也不容乐观。

夏乾想着这些事，也想不清楚，索性去酒肆买些劣酒。夏家禁酒，夏乾打了些劣酒就回去关在自己房里，打算偷饮。

今日白露，后日重阳，夏乾偷偷去厨房弄来热水灌进温碗中，再倒出酒来一口饮下，顿觉辛辣无比。

莲花形的温碗花枝缠绕，轻吐白色热气。夏乾盯着热气有些恍惚，这才觉得有些醉了。易厢泉到底怎么想的？方千会不会被重判呢？

夏乾觉得整个脑袋发蒙，竟然蒙蒙眬眬地睡去了。

不知睡了多久，他被敲门声吵醒。他抬起头来，觉得头痛欲裂，却见谷雨抱着吹雪一下子推门进来了。

"出事了！易公子让我通知少爷，"谷雨焦急地说，"方统领他……少爷，你怎么了？你居然喝酒了？你哪里来的酒？"

夏乾立刻像被泼了一桶水，一下子跳起来，惊道："方千怎么了？"

"方统领……死了！"

夏乾的脑袋轰的一声炸开了。

"怎么可能？我睡觉之前他还好好的！"

不等谷雨回答，夏乾脑中热血上涌，冲了出去。他东倒西歪地跑在街上，推开人群，根本不相信方千死了！

待来到了衙门前，眼见那里围着不少人。几个官差从里面抬了个担架出来，上面罩着白布。

夏乾的心抽搐了一下，他知道那白布下是什么。

居然说没就没了。

一身白衣的易厢泉在石狮子脚下坐着，脸上满是愁容，吹雪趴在他的左肩上。旁边放着一根粗木拐杖，显然还是行动受阻。他自顾自地愣了一会儿，从怀中掏出一个蓝白小瓶子，倒出一些白红色粉末出来，细细地看着，又嗅了嗅，随即露出一种惊讶的表情。那是一种包含着惊讶、感伤、失落，又有点毅然决然的神情。

　　夏乾晃过去，易厢泉抬头惊讶道："你喝酒了？"

　　夏乾只觉胸中有闷气："对，喝了不少，那又怎么样？方千是怎么回事？他上午明明还活着的。"

　　"砒霜，方千自己带的，是自杀。但……"

　　但是自己也有责任。易厢泉没有再说什么话，他这个人确实很容易自责，毕竟人是他抓的，如今出了事，他也难辞其咎。

　　"我还记得，你昨日晚上念叨过'砒霜'，这是怎么回事？你是不是知道他可能寻死？"

　　"我当然不知道，那个砒霜和这个砒霜不是一回事。"易厢泉罕见地有点语无伦次，"方千的死我没预料到，也不希望发生这种事。我来的时候他已经断气了。听他们说清早发现方千身体异样，但是催吐已经无用。夏乾，真的对不起。"

　　他一道歉，夏乾也不知说什么了，这才觉得自己言辞有些激烈。不论出了什么事，按理说也不应该怪到易厢泉头上。

　　两个人都没再说话，在石狮子脚下并排坐下了，一个望着天，一个瞅着地。不远处有几个守卫围成一圈，红着眼眶。他们是方千要好的兄弟。而余下的人仍然在搬东西、写记录，似乎是准备将这一切记录下来再汇报给上级。他们的脸上没有悲哀的神色，整个衙门也显得秩序井然，并没有因为缺少一个人而显得不同。有些人还舒了口气，似乎觉得畏罪自杀是一件圆满的事。

夏乾忍不住撒起酒疯来，引得众人侧目。他晃晃悠悠站起来，醉醺醺地道："今夜西街设宴庆祝城禁结束，赵大人讲几句好话，杨府尹官职没丢，将士们的任务结束就各回各家了，真是好哇！"

"很多案子就是这样办的。无足轻重的人过世了之后，人们就是这副无所谓的样子。只有真正喜爱他、怀念他的人才会感到悲痛。"

易厢泉说得慢条斯理，将视线从白布上移开看向天边的云。

夏乾怔了片刻，却听远处人声传来。远远地，夏至稳步过来，身后跟着一顶轿子："少爷，夫人听说你喝了酒，所以特意派轿子来接。"

"喝酒，喝酒！方千死了！你们还要管我喝酒？不喝酒，你们明天是押我去学堂还是去看店？"

"你不能喝酒，因为你是庸城最好的弓箭手。"

易厢泉冷不防冒出这么一句，声音很低，只有夏乾听得见。他淡然地看了一眼担架上的白布单，眼中已然看不出悲喜。

夏乾本想继续耍酒疯，听得此话却是一愣，有些不明所以。

易厢泉声如蚊呐："不论什么方法，亥时之前一定要保证清醒。时候一到，你翻墙出来，我们西街见。"

夏乾闻声却清醒了几分，挣脱了夏至的手，凑上前去："你又要做什么？你要让我射箭？今晚？"

易厢泉瞥了夏至一眼，做了个噤声的手势，低声道："晚些通知你，切莫因醉酒误了大事。箭是非常有用的武器，速度快，而且隐蔽。你去，只是以防万一。"

夏乾听了这话，思绪又开始浮动。他头真的晕了，心也乱了，浑浑噩噩地爬上轿子，想着想着居然昏睡了过去。

窗外天色昏暗，又是傍晚。庸城迎来了城禁后的最后一抹晚霞，大地庄重地站在一边与夕阳做着最后的道别。夏乾在床上醒来，揉了揉脑袋走到窗前。谷雨端了白瓷碗进来，里面是陈皮醒酒汤，上面漂浮着朵朵葛花与绿豆花。她放下碗来告诉夏乾，易厢泉让他酒醒了就溜过去。

他不紧不慢地喝了一些，舀了些汤里的陈皮和白豆蔻仁嚼着，才觉得清醒一些，这才抬眼看了谷雨一眼。只见谷雨双眼微红，夏乾便奇怪道："你平时天不怕地不怕的，如今这是怎么了？"

谷雨被这么一问，眼睛更红了："我把吹雪的铃铛弄丢了，易公子嘱咐过的，我……"

夏乾听她一口一个"易公子"心里就烦："丢个铃铛又如何？我一会儿跟他说说，再给他买个，又不是什么大不了的事。"

谷雨被逗笑了："还是少爷好，以后不讲你坏话就是了，也讲不了几年了。"

夏乾一听这话不对劲，立刻抬头，谷雨赶紧道："也不是什么大事。就是傅上星先生似乎有意撮合你和曲泽……"

夏乾一听，汤也喝不下去了，急问："我娘怎么说？"

谷雨摇头："不清楚呢。应该是催着你娶亲了。"

夏乾愁眉苦脸："你帮帮我，好处少不了你的。"

"那是自然，少爷的事就是我的事。傅上星先生也不知急什么，那日与夫人去库房取了冰块，说要催梅花开花与小泽共赏呢。这来日方长，为何急这一时？纵使小泽出嫁，这也来得及赏花呀。"

听了谷雨这话，夏乾脸色越发难看起来。

此时夕阳染红了城门。

夏乾抬头看着夕阳，心里一惊，掐指算了算时辰，宴席应该开始了。

晚风徐徐送来桂花夹杂着菊花的清香味道，如陈酿般醉人。晚霞瑰丽似锦，逐渐暗红下去，远处的山显出暗青色的轮廓。夏乾躲开家丁翻墙出去，待路过医馆，看见窗台上一只廉价花瓶里真的有几枝梅花，下方用冰块衬着，晚霞之下竟如同宝石般玲珑璀璨。

夏乾却觉得一阵恐惧。花开了，傅上星真的去说媒了？曲泽会嫁给自己？

曲泽是个好女孩，但是夏乾却觉得若要相伴一生还是不妥的。他挺喜欢她，就像喜欢家里的其他人。这又不是爱。

夏乾赶紧匆匆走过，快步向西街行进。他听见了西街喝酒嬉闹的声音。每个人都喝得醉醺醺的，每个人都笑着。

彩楼欢门之下搭了戏台子，上面站着一群舞女，连臂而唱，轻轻舞动。这是时下流行的《踏歌》，声音婉转，听得人甜酥酥的。

如今只是一些小节目，多半是歌舞。台下坐了一行人，大多是小守卫之类。而大人们都坐在屋内的厅堂中。歌舞伎衣着华丽，各色长袖飞舞如云霞漫天，亦似春日里百花争艳，香气缭绕。再一看里屋，酒香肉香弥漫厅堂。钿头银篦击节碎，钟鼓丝竹响不绝。

水娘满头珠翠，拎着玉壶酒招呼客人。她比以往喝得更醉，摇摇晃晃地来回张罗。再看，杨府尹和赵大人远坐七彩珠帘后头，二人独自摆桌，皆穿便服，遥遥可见杨府尹那大胖肚子。还有一人也坐在里面，夏乾推断，那就是将军了。

所有人都很开心。

守卫终于可以休息了。方千被捕，悬案一破，有赵大人撑场，杨府尹的乌纱保住了。冯大人没惹事，不会被怪罪。西街的生意不减，水娘还是会赚钱。易厢泉一介草民，青衣奇盗没抓到，也怪罪不到他头上。

明明满地的败局，却又带着可笑的圆满。

将士也都在，有的饮酒品菜，有的谈天观舞。夏乾再朝左右看看，未见那名叫鹅黄的女子。

满堂热闹，而望及角落，却见易厢泉穿着一身白衣坐在那里。他和早上一样需要拄拐，只是坐在乌木交椅上玩弄着自己的围巾，目光飘忽不定。等水娘经过，他叫住了她，似乎对水娘说了什么。

水娘脸色一下子变得难看，只见她点了点头，醉醺醺地走开了。

易厢泉怪异地微笑了一下，那似笑非笑的神情有些扭曲。那是一种骄傲和哀凉同时混杂凝固而成的表情。

易厢泉将目光投向人群，不知在看什么。夏乾顺着他的目光看过去，但也只看到乱哄哄的人群而已。

他在看什么？

夏乾不知道，于是把镶嵌了大块翠玉的紫檀弓箭匣子悄悄放在酒坛边。这里有好多酒坛子，大小各异，一直摆到外面长廊上去。

易厢泉见夏乾来了，便站起，拄着拐悄悄走出来。热闹的厅里众人不是吃喝就是观舞谈天，没人注意到这两人。

"背着弓箭跟我来。"易厢泉沉声道，没有再多说一句，只是一瘸一拐地向后院走去。

望穿楼的院子一如既往的荒凉。夏乾一来这里就会有莫名的恐惧。呼呼的风声，听来像是整个院子在不住地喘息。

易厢泉跛着脚在前面走着，来到井口附近。井口已经被封上了，这次是用厚石板牢牢封住的。易厢泉绕井一周，随即便坐在井口附近树丛里的一块石头上，忽然开口道："你去找一个好位置。"

"你要我射向哪里？"

易厢泉理了理衣衫，语调平和："也许是我的附近。"

"明天开城门。"夏乾面无表情，开始麻利地卸下弓箭匣子，"青衣奇盗没抓住，方千不明不白地死了，所有人却在大厅里喝得烂醉。"

"只要我们清醒就好。"他在一颗粗壮的大树后坐下，轻轻抚摸粗糙的树皮，仿佛那是此时最重要的事。月光穿过树枝缝隙在他的白衣上投下斑驳的影子。

夏乾百无聊赖地拾起一颗石子投进湖去，猛地水花四溅，波光点点。

"你动静小些。"易厢泉皱了皱眉头。

夏乾咧嘴笑了一下。他已经来过这个小院数次，夜晚的院子也是见过了。月下，柳树垂下浓密的枝条似乎把浓墨染的绿滴入湖水中去。月亮在黑湖里留下一捧清亮的圆影。夏乾还是坐不住，折了树枝挥舞，又胡思乱想起来。

"今夜要做一件大事，"易厢泉站起来，走到大树后面站着，"生死攸关的事。"

易厢泉的话如同石子入湖泛起波澜，在黑夜荡漾开去，波光粼粼却陡增凉意。

夏乾一惊，故作平淡地道："自然不会失手。虽然我不知道会发生什么，也不知道你要我射什么。"

"等着。到时候看我眼色行事。"易厢泉朝他点了点头。

夏乾应了一声，趴在望穿楼一层腐朽的木板上，嗅着木板潮湿的气味，将院子的大半景致收于眼底。而易厢泉也安静地在大树浓密的枝干后坐着，凝视远方。

二人不知道要在这里等待几个时辰。不知过了多久，他们都感到手脚发麻。

如果用弓箭的人手无法发力，必然难以射中。于是夏乾微微动了动，靠在破旧的柱子后面。

就这样，二人等了整整一个时辰。

西街的音乐声一直不断，原本安静的人们在蒙眬的酒意中躁动不安起来。而这种喧闹声使得原本紧张的二人心中更加烦躁不安。

夏乾彻底厌烦了，到底要等多久？自己到底要做什么？一动不动，秋风又凉，吹得人困倦不堪，夏乾这样想着，竟然蒙蒙眬眬地睡了过去。

好在睡得不沉，只是打个盹。模模糊糊地，他想起了方千死的那天，一幕一幕——盖住方千的白布，满脸哀伤的人们，易厢泉坐在那里，玩着手中的瓶子……

夏乾突然想起，那个瓶子，他见过。

他不仅见过，还碰到过。

就在这时候，易厢泉从远处丢来一颗石子，恰好打在他头上，夏乾一下子清醒了。他慌忙抬起头，想对易厢泉说话，却发现易厢泉神情不对。

就在这时，远处有个人向这边走来。

按理说，后院是不该有人进来的。易厢泉和夏乾能进来，是因为他们提前跟官府打了招呼。

夏乾心里一阵紧张，话到嘴边却咽了下去。他握紧手中的弓箭，看向那个人影。

那人慢慢走近，灯光清晰地照射在他的脸上。来人脸上遮着白布，虽然如此，但夏乾认出那人来了——那个人，他太熟悉了。

夏乾好像被雷劈了一下，又像是有什么人掐住了他的喉咙。

那蒙面人走近了，走路稳健又斯文，仿佛只是路过这里而已。他站到井边，只是站着。夏乾以为他会像方千一样拼命地把井打开，但是他没有。

那人走到井边的树下，手里抱着一坛酒，另一只手提着一盏灯笼。灯笼不是普通样式的，很精致，有点像花灯，却是白色的。

那人放下酒坛，把灯笼系在树上，如同对待一件精美的艺术品。灯光又一次投射到他脸上。夏乾紧握弓弦，他看清了来人的脸。

出乎意料的是，易厢泉在这时候突然站了起来。夏乾大惊，本以为是二人皆隐蔽在此，来一个瓮中捉鳖的。他这一下站起，夏乾想张嘴喊住他，但是发不出声音。易厢泉走路不稳，一瘸一拐地向来人走去。

　　来人听到响动立刻警觉地回头，他看到易厢泉明显震了一下，却平静地没有任何移动的意思。灯光照在蒙面人的双眸中。他闪避了一下，合起了双眼，像是硬生生把一本书合上，不让人翻起阅读。

　　"夏家的仆人名字是按照二十四节气排的，据我所知，还未有'惊蛰'二字。"

　　易厢泉出乎意料地开口，夏乾吃了一惊，他说这话完全没有来由。

　　来人沉默了。易厢泉看着他，又道："惊蛰，春雷萌动万物苏醒，是春天的开始，寓意不错。小泽可以去夏家先做下人，做妾终究不是一条好路。唯有相爱的人才能终身相伴，若非如此，金钱和门第只是一道一道的锁，把一个年轻姑娘一辈子锁在那里，这才是世间最大的不幸。"

　　易厢泉看向眼前的人，目光很是诚恳。

　　傅上星缓缓地摘下脸上的白布。他一动不动，墨发如云烟，脊背挺直迎风立于树旁。他双目没有焦距，仿佛什么事都没发生过一般，沉静得像黑湖的深水。

第八章

易厢泉破解谜案

方千死的那日，易厢泉手里的蓝色瓶子——装着砒霜的瓶子，正是夏乾无意间在傅上星那里看到的。

那是夏乾第一次调查西街去问傅上星问题之时发生的事。当时方千面色苍白，傅上星说要给他看看，还说"刚才夏公子碰倒的药就挺不错的"，夏乾自行离去也没有再管。

挺不错的药？

夏乾脑袋一片空白，他此刻才清楚一点，傅上星他……

"易公子的脚伤好了吗？"傅上星温和地笑着，只是轻叹，"易公子此时定然是知道我的底细的，公子是真的无所畏惧，还是对我过于信任？"

"二者都是。"易厢泉安然，他缓缓上前几步道，"你可以站在我面前无所畏惧，我也可以。"

"我不是个好人。"傅上星淡淡道,灯光让他的表情显得那么怪异。

易厢泉只是低头道:"你当然不是。"

傅上星眼睛闪动一下:"易公子真有胆识,那么显然,主动权在我手里了。"他笑道,下意识地攥紧左袖,"在我坦白之前,请公子把知道的都告诉我,比如……什么时候怀疑我的?"

他的声音很轻,似是耳语。

"你应问我什么时候开始怀疑方千的,毕竟你没有动手。"

傅上星点了点头,在井旁的石板上安然坐了下来,抬眼看着易厢泉,如同一个茶客在听人说书,竟然显得悠闲自在。

猫头鹰扑棱棱地飞过,穿过粗壮的树木。银杏树飞下零散的青黄叶子,轻轻扫过易厢泉身旁。易厢泉笑得有些僵硬,唯有夏乾才能看出易厢泉每个笑容背后隐藏的情感——他在掩饰自己的不安。

"我第一次遇到青衣奇盗的那夜,街上没有什么守卫。方千说,自己接到了调动守卫的信,落款是我,但是信上的字会消失。在焚毁之际,他意识到了骗局的存在,所以赶紧采取措施,终于留了一小片,上面是'方'字。"

傅上星蹙眉,易厢泉紧盯他的双眼接着道:"'方'字纸片的四周是圆的,有被火烧的痕迹。这就奇怪了。我们烧东西,可以从信的角落开始让火焰蔓延,或者从中间燃起向四周蔓延。那一个'方'如果是开头方统领的称呼,至少会留下纸片的上边缘、左边缘。"

易厢泉单只手拄拐,另一只手却悄悄抚上腰间的金属折扇:"此外,还有七节狸。据夏乾讲,青衣奇盗偷窃那日,方千见过七节狸,但是他没认出来。方千自幼长在庸城，如果他认识，那么他为什么要隐瞒？"

傅上星只是笑笑。

易厢泉自顾继续道："这两件事都是与青衣奇盗有关的。因为当日我不在场，这都是听夏乾的描述。要说疑点，任何人都有。"易厢泉顿了顿，接着道："那我们不妨把青衣奇盗的事情抛开来看，单纯从西街的事情谈起。"

傅上星笑道："我本以为你会从我这里深挖下去。"

"青衣奇盗与你有关联，与方千也有关联。用'同谋'这词也太重了，倒不如说，你们都被那个贼利用了。"

夏乾听到这里，震惊了一下，这又是怎么一说？云里雾里，不清不楚。

"青衣奇盗的事我到时候自会处理，我也不会放过他。"易厢泉忽然正色，"时间宝贵，相信先生也不愿多提他人。"

易厢泉看了一眼远处张灯结彩的厅堂。而傅上星没说话，只是低头望着井上的厚石板。

易厢泉接着道："你知道我接下来要说什么问题，是关于红信和方千的。在这之前却不得不提起一个女人，她才是整件事情的起点，也是你犯下大错的源头。"

傅上星依然没有任何反应，他抬头望着黑湖和那边高大的银杏垂柳，似听非听的。

"碧玺一定是个很好的女子，"易厢泉直勾勾地盯着傅上星，"只是她得了一种病，一种比肺痨更可怕的传染病。这病如果蔓延会给全城带来巨大灾难，即使消息传出去也会让人恐慌。这病连几岁孩童都知道，人人避之不及，因此水娘隐瞒了真相，说是肺痨。可是事实呢？这件事只有水娘和你这个郎中清楚。红信和她是同样的病症，显然是被传染的。看红信的房间再也明显不过了。这种病会毁掉一个美丽女子的容貌，会毁掉一个琴技一流的琴师，毁掉一个书法家，毁掉一个青楼女子的全部。消失的镜子、飞溅的墨汁、凌乱的诗词笔迹都证明了这一点。她不想看见脸，而且什么东西都再也拿不稳。因为她的面容被疾病毁去，手脚也残疾了。那么什么病有如此症状呢？"

"麻风。"傅上星轻轻吐出两个字，那样轻松，却隐隐透露出哀伤。

夏乾向傅上星看去，却看不懂他的表情。漆黑的、没有星星和月亮的天空映衬着不远处灯火通明的厅堂，荒诞的喝酒声、嬉闹声飘散在夜空里，却离他们这么遥远。

傅上星的暗色衣袍被遮蔽在大树的阴影里。

在这苍茫夜色下，易厢泉却是一身白色，在暗夜中显得突兀，却又让人感觉自然而安心。他的声音也不同于这黑夜，淡然而沉稳："你倒答得轻松。现在的人们对于麻风病总会感到恐惧，我不甚了解，但近日翻阅先生的书籍，倒是收获颇多。这种疾病让人恐惧，它也足以致命。而发病的人更令人恐惧——毁容、残肢，视力也会受到影响，整个人可谓不成人形。一个女子得了这种病，怕也是难以接受自己的。"

傅上星什么话也没说。面对傅上星的沉默，易厢泉语气越发冰冷，平淡中带着些许指责："为了碧玺，你很残忍。"

傅上星突然苍凉一笑，比秋日寒霜还要炎凉百倍，让夏乾为之一颤。

"她值得我残忍。"随即他颇有兴味地转向易厢泉，眼里却黯然无光，"易公子到底知道多少内情？"

"关于碧玺，几乎是所有。"易厢泉只是望着他，目光中竟有怜悯之色。

他们二人含混的对话让夏乾很难听懂，他唯一听懂的，是碧玺和红信都染上了麻风。夏乾心里犯嘀咕，水娘居然藏着麻风病人，西街居然还能顾客盈门！

麻风一直被认为属"不逮人伦之属"的恶疾，得病之人或毁容或残体，外貌丑陋，不似人形，若是死亡也不能留得全尸。它传染性极强，人们在唐代时才对此病有些认识，有隔离一说，故而有些地方有"麻风村"的存在。

傅上星不置可否地笑了笑："残忍？对碧玺就不残忍？呵，孙思邈早已对麻风病的病理做了详述，疾风不出五种，即是五风所摄，麻风病不一定致死。不过是种病而已，得病了就治——人们为何惧怕？"

他的话虽平淡，眼眸中却掠过不安与愤怒。

傅上星微微闭起双眸，待他睁开，不紧不慢地问道："我与碧玺之事……易公子是何时起疑的？"

"最初那晚，我与你在医馆相见。桌上燃着红烛。若非有患者进门，你是不会点燃它的，太贵了。我淋雨进门却未见人，而红烛却是一直点燃的。你知道我会受伤，你在等我。"

傅上星惊讶道："只凭借一根蜡烛就……"

"当初只是好奇而已。后来发现小泽夹在书中'乾坤何处去，清风不再来'的字样，这种诗不适合这样的女子，显然指的是夏乾的表字。"

提及曲泽，傅上星眼里微微闪光，良久才道："她喜欢夏公子，我知道。"

"记得我与先生见面，问过先生名姓的问题。本家姓傅，但是非医药世家却取了傅上星为字，而傅上星是一个穴位。我当时笑言猜测小泽姓曲，竟然猜中。这也是因为曲泽穴的原因。很好解释，先生行医，你与小泽的名字都是你取的，都是穴位名称。"

傅上星挑眉："这有何干？"

"我生来就喜欢猜测，多数猜测并无根据。你为自己取名，而且是在你学医之后。有可能小泽与你是在那之后认识的。你与小泽毫无血缘关系，不同姓名却同种类，显然两个名字皆是你行医后取的。论性格，小泽与谷雨很像，并无很强的尊卑观念，还有同样的机灵，这是因为她们生长的环境类似。性格多决定于人的早年经历，虽然早年生活艰辛不尽如人意却有兄长的守护，这是谷雨的生长环境。如果小泽与她类似，那么必然也有一位如同兄长一般的人守护小泽，可见你与小泽当真亲如兄妹。但有不可忽略的一点——你们不是亲兄妹。"

傅上星眉头一皱，易厢泉接话道："恕在下唐突，先生英俊多才，小泽可爱而且是情窦初开的年龄，年龄相配且性格相投，毫无血缘关系但是长久相处，为何不生任何情愫？小泽喜欢夏乾，而先生也对小泽没有男女之情。这就奇怪了。"

夏乾听到这儿吃惊了：易厢泉这个人整日都在想些什么！

易厢泉倒是不以为意，继续说："只是我的胡思乱想而已。其中有种极大的可能，那就是双方都有爱慕的人。小泽的情感易于体现，可是先生你呢？初次见面，我只闻到药的味道，你身上一点脂粉气息都没有。"

　　傅上星本是愣住的，突然就笑了："易公子真是……"

　　"先生会喜欢什么样的人？先生相当出色，所认识的女子也不会差的。先生兢兢业业，那么你的心上人多半是行医时遇到的。如今的女子通诗词的不少，有才艺的也不少，性格温婉的也很多，但是限定在庸城却少了。如果先生真有爱慕之情，为何不去见情人？为何隐藏得毫无痕迹？我打听过，大家都不知上星先生有什么喜欢之人。如果我的假设都成立，那么先生必然与此女常见。如何常见？久病才能常见。为何不见？死去才能永别。"

　　夏乾这时趴在木板上，心情却激动不已。这种媒婆才会关注的男女之事，居然被易厢泉这木头看了个透，还乱点鸳鸯谱，点来点去居然点到了点上。

　　"这是我在事发前闲来无事所想，也没有拿它放在心上。毕竟可能性太多，说不定你只是不喜欢女人。"易厢泉本想开个玩笑，可这玩笑开得也太尴尬了一些，随后接口道，"但是我耳闻碧玺之事，才突然有所怀疑。她符合所有的条件，但是身份低微。我这几年行走江湖倒是积攒了一些看人经验，人与人常在一起，观念也会彼此互融。小泽不重视身份地位，这显然是受了先生你的影响。一个好的郎中，自然不论病人的身份一律接待——如此，你与一个青楼女子不顾及身份地位毅然相恋的可能性真的不小。"

傅上星抬头，漆黑的双眸中除了诧异还显出钦佩之色："人心难测，易公子虽然年轻，竟可看透人情，猜透人心。"

他啧啧一声，嘴角泛起一丝苦笑。

易厢泉没有接受他的褒奖："这未必与年龄有关。我这种猜测实在浅薄至极，甚至可谓无聊透顶。但是除此之外，可疑的还有红信的名字。"

傅上星有些讶异。

"红信的名字是碧玺起的。这本是预选名，但最终碧玺弃之不用，是因为'红信'本身的用意不佳。红信、碧玺、鹅黄、湛蓝，乍看之下皆为颜色，实则不然。红信是一种石头——红信石，先生有什么联想吗？碧玺给红信起名字的用意，本想指代颜色，然而红信石可以制成一种剧毒之药，民间叫砒霜，也是鹤顶红。"

夏乾听得瞪大眼睛。易厢泉那日口中喃喃"砒霜"二字，竟然是这个意思。

傅上星苦笑，垂下头去："易公子翻过我的药石书籍？连这都能被你看见，我实在太小看了你，居然留你住在医馆。"

傅上星此时显得轻松许多，而易厢泉一如既往地淡笑。月上中天，冷冷清清。院子里看似两人，实则三人。夏乾窝在角落，越看越紧张。

自己到底什么时候放箭？反正傅上星是坏人，倒不如……

只见易厢泉轻轻将一只手背后，不易让人察觉地动了动。夏乾看明白了他的手势。

不要轻举妄动。

好，好！不动就不动！夏乾咬咬牙，收回了弓箭。他已经冻得直哆嗦了。

"先生的医书，我这几日一直在看，显然碧玺是知道红信石的用途的。但是一个青楼女子为何知道这个？也许是为了起名字特意借阅的书籍，也许是凑巧看了某本医书得知，也许是有人告诉她的。若说诗词，烟花之地感叹风花雪月的诗句不在少数，青楼女子都会。而药理之类的书籍与知识，又能从哪里得来？一个被隔离的妓女能接触什么人？答案当然是郎中。先生博学，碧玺好学，可见先生并不是看完病就速速离开的，二人谈论诗词、药理的可能性很大。如此一来二去更加证明了……"

微微起风吹皱一池湖水，微光粼粼，风吹上身却觉寒冷。夏乾收了收肩膀，他此时明白了一点，易厢泉若是诚心给人做媒，定会叫这全城媒婆都丢了饭碗。

想必傅上星也惊讶于易厢泉的这种识人功力："易公子……到底是什么人？"

"就是一个算命先生，有时也帮忙破些小案，取赏金。"易厢泉坦然笑道。

傅上星惊讶："早知市井传闻，但我仍未料到你真的是以算命为生。"

"其实只是个管闲事的人。"

"本以为算命先生都是带着八卦图招摇撞骗的。"傅上星喃喃。

易厢泉从怀中拿出曲泽给夏乾的绣帕，又拿出碧玺的绣帕："两块帕子的针法类似。也许通过你，碧玺将绣法变相地告知了小泽。这些都是很小的事，星星点点，矛头却全都指向你。难道先生以为，我只是因为怀疑你和碧玺的关系才在此地等你？根本不用怀疑，我刚才已经问过水娘了，我所言句句属实。"

傅上星呵呵一笑："听易公子的口气，似乎了解的远远不止这些。"

易厢泉嘴上笑着，眼里却有说不出的寒意："先生知道碧玺……是怎么死的吗？"

傅上星坐在井边，听到这里轻微地摇晃了一下。夏乾看不清他的表情，而他也没说出一句话。

易厢泉看着他，目光很是犀利："我猜，你不知道她怎么死的，只是知道了她尸体的下落。如果先生想知道真相，那么只能从我这里得知，并且我一定将我所知道的全部告知你。"易厢泉突然冷冰冰地道，"因我什么都清楚，包括红信染上疾病的事，还有她焚烧麻贲叶子一类药物的事。"

傅上星突然泛起哀凉的笑意："我早就不配做一个郎中。请易公子从头至尾讲述，我……洗耳恭听。"

他话音落下。朦胧之中可见夜行鸟飞过的影子，像一团黑影般悄无声息地划过天边。它们只是一闪而过，又飞进无边的黑夜里，再也寻不到踪迹。

露珠无声地凝结在即将败落的树叶之上，悄然滴下。易厢泉所站之处被月色洗得发白，如同他不肯脱下的白色孝服一般清冷。他缓慢、略带沉重地吐出真相："若我猜得不错，杀了碧玺的人就是红信。"

夏乾大惊。傅上星安然地坐着，并未有一丝反应。

"碧玺失踪的当夜，夏乾他们听到了碧玺惨叫——源于过度的痛苦或者惊慌。就在短时间内，碧玺失踪了。她去哪儿了？湖里。这是最有可能的，但是却被认定为不可能，因为湖上结冰。但是来年金莲花开放、湖中有她的东西却没有尸骨，至少证明了她在湖里，或者说'曾经'在湖里。"

听及此，傅上星轻颤一下。

"那么问题就此产生，她怎么掉进去的？显然是掉进湖心，而且是在短时间掉进去的。四周冰面完好，没有人破坏和走过的痕迹——夏乾一再肯定过。如果应了水妖的传说，那么水妖会从湖心出来，蛇形的妖怪脖颈很长，可以叼走岸上的人。从空中掠走一个人，虽然听起来不可思议，却很具有参考价值。"

傅上星轻轻皱了皱眉头。

易厢泉的眼中虽哀凉却闪着光："从空中再到湖中，不破冰面，毫无痕迹，水妖叼起人来，似乎是唯一的可能性。但那并非自然之物，根本不符合常理。

"我想过种种可能性，要把一个人扔到湖中，这可是异常困难的事。速度、高度、角度——要同时满足这些条件，而且保证人不能乱动，乖乖听行凶者摆布，根本是不可能的。而且，何须用这种杀人方法？恕在下直言，只不过是一个患病的青楼女子，她怎么被杀的，不会引来太大关注。而用什么特定工具将人从空中抛出又明显太过复杂，没有实施的必要。

"既然想不通，于是我换个思路，谁有可能做这件事？如果单凭猜测，杨府尹当时在夏乾旁边，水娘与碧玺关系太密切，青楼的一干人等都有嫌疑……但如此细算，红信的可能性最大。她身为碧玺的贴身侍女，与碧玺的关系太过紧密。既然这群人都有嫌疑，那么不妨来假设，如果我假定红信就是杀害碧玺的人——一个弱女子。那么，怎么能满足我的假设？

"再把思路换回来推断，我们还原当时的情景。当时红信一定是和碧玺在一起，在哪儿？房间？院子？当时正好是正月十五，西街人数众多，为何偏偏在那时候下手？当时围墙外一派热闹景象，女子正是爱玩的年纪，自然也不会待在房里，但是一个手脚残废的病人能做什么？"

夏乾一震，下意识地盯着远处那棵高大的树。

"有一种东西深得女子喜爱，尤其是闺中待嫁的小姐。碧玺出不了门，自然可以用此娱乐。正是这个东西，却把她送进……"

"她究竟是怎么死的？"傅上星突然冷冷地发问，他狠狠地抓着石板，眸似利剑，隐含着怒火。

易厢泉淡然地望着远处的树，语气平淡。

"秋千。她们当时在玩秋千。"

傅上星一愣，立即转头看去。

"大概就是那棵树。"易厢泉用手指了指湖边一棵高而粗壮的树，"我让夏乾测量过这个院子的宽度、树高，只有那棵树最合适。关于秋千，我刚刚在酒会上问过水娘，确有此物。如果我的推断没错，当日她们二人正在玩秋千，红信在推，碧玺坐在秋千上。推到一定高度，红信只要用锐利的东西割断一根绳子，比如刀、剪子甚至簪子，秋千就会失去平衡。力道巨大，而碧玺的手有残疾，本身就难以抓稳绳子，在瞬间一定被甩出去。"

傅上星只是怔怔地望着那棵树，树上还挂着短短的绳子。

易厢泉认真道："先生常来这里，必定知道此地原来是有秋千的。后来消失，至于什么时候没有的，先生如果肯回忆一下，自然比我清楚。那棵树上还挂着绳子，我刚才仔细看过，绳口被割开了，绳子短短地坠下一截。然而重点就在此了。按照夏乾的测量，以红信的身高——开井那日我亲眼所见——如果踮起脚尖也难以到达树木的高度。如果我的推测正确，那么红信当时用什么东西割断了秋千的绳子，割口位置应该比现在所留长度更低，绳子下垂会更长。当秋千一边断掉，碧玺因为被扔出去在空中叫了一声，那么短时间内就会把人引进来。红信的动作必须快。她砍断了秋千的另一边，把秋千板子藏起来，自己也躲起来。此时，水娘进门来了。躲过水娘是非常容易的，可是再接着，杨府尹就带人来了。"

夜很静，易厢泉的声音异常清晰地飘到夏乾的耳朵里。夏乾思考着，觉得易厢泉所言存在不合理的地方。

"的确，我的叙述有难以解释之处。"易厢泉竟然和夏乾想到一起去了，"首先是搜查。杨府尹带了这么多人，难道没发现院子里还藏着红信？再说绳子，留得很长就很引人注目，惹人生疑。最奇怪的是碧玺的尸体。按照常理，如果人溺水，尸体不会当时上浮，以后也会浮起来。但是，碧玺的尸体没有浮起，却在枯井里被发现，那么，一定有人移尸，而且在短时间内移尸。如果我没猜错，红信以前就动过杀人的念头，不过她没有计划。有可能是玩秋千的时候，碧玺的某些言论使得红信临时起了杀人的念头。但是，这种临时起意的做法居然成功了，原因是什么？"

易厢泉看向了远处的枯井："让红信躲过搜查、有剪断绳子的身高、可以在守卫中移动尸体，这样的人，太少了，正是因为太少了，范围才缩小到不能再小。有人帮助红信。既然是帮凶，那么，很明显了。这就是第一个案子的结果。谋杀并无计划，掩盖罪行者与杀人者不是同一个人。"

傅上星没有答话，他只是从怀中掏出了杯子。他弯下腰去"噗"的一声打开了酒坛，浓香顿时溢了出来。夏乾赶紧拉紧弓弦，生怕他做出什么事来。然而却听到液体流入杯子的哗哗声，傅上星举杯一饮而尽。

酒坛不小，但傅上星只用单手就提了起来。夏乾本以为傅上星是斯文的读书人自然手无缚鸡之力，但从目前情况看来，那可未必。

夏乾看看易厢泉，嗅到了危险的气息。如果傅上星采取什么极端措施，怕是易厢泉腿脚不便，根本无法躲避。

易厢泉并没有理会傅上星，继续道："所以，方千出面了。他负责处理好尸体，红信不久也挂了牌子。但是方千却离开了，其中的缘由我不清楚，但是大致可以想象。方千一向为人不错，能做出这种事——不算是杀人，但也是伤天害理的事，明显是顾念到红信的原因。按照内心推断，一个官差与一个杀人犯在一起，只有两种结果，要么沦为同类，要么各奔天涯。"

"易公子当真未过而立之年？易公子的某些推断是建立在事实的基础上的，而有些却单凭人心猜测，竟然也能说对事实。"

易厢泉对傅上星的夸赞并没有太大的反应："我不过比夏乾年长几岁。"

夏乾听到此有些恼怒了——别人夸你年轻能干，你却拉我下水，是在炫耀我不如你么？不如就不如，本来就不如，何必提它一嘴呢？

只听易厢泉继续用平平的声调陈述道："我得到红信写的诗，多数是情诗，但是有《氓》，这是典型的弃妇诗。她与其中女子遭遇有点像，大概是写在方千离开她之后。看那笔迹，如果我猜得没错，那时候她已经得病了，这才握不住笔。"

他顿了一顿，继续道："麻风之症，极易传染，老幼和妇女更容易得病，但往往要长时间之后才会发病。所以，碧玺死的时候红信还是安然无恙的，但其实她早就染上疾病，注定活不长。"

易厢泉的语调沉了下去。杀人事件之于旁观者而言只是场跌宕起伏的戏，然而对于当事人而言却未免太过残酷了。

傅上星慢慢喝着酒，他喝得不快，像是生怕自己喝完了一样。

风起叶落，大片的银杏叶似下雪一般，短时间就铺满了院子。

易厢泉站在地上，像是对着秋叶自言自语。

"红信得了病自然要请郎中，所以你就去了。我不知道你怎么认定红信和这件事有关的，但是你确定是她杀了碧玺。你怎么办？你当然恨到想杀了她，但是你不能。因为碧玺失踪了，无论死活，你都想找到她。天下唯一一个知道碧玺在哪儿的人就是红信——你当时是这么认为的，那时你还不知道方千与此事的联系。就算知道，方千也远在千里之外，所以你残忍地、用各种方式逼迫她说出来。碧玺为人善良，虽然病重，美貌丧失却依然和善待人，还有情郎照拂。然而对于红信而言，碧玺是痛苦生活的根源。要照顾一个麻风病人，不知要用去多少时间精力。旁人看来，这里的丫鬟是靠着双手吃饭的清白人。然而在青楼，她们下人的地位还不如歌舞伎。红信想要挂牌，怕也是因为方千的缘故，这也算一段风流佳话。依照水娘的性子，碧玺不死，红信就得照顾她，一直照顾着。谁愿意耗尽青春来陪一个病秧子？她虽然心有怨气但并未动手，只是日日劳累，日日思念，日日没有希望地劳作，日日在青楼里做地位低下的丫头——这种怨恨归于碧玺，终有一日，也许她们谈到了什么，触及了红信心中的怨恨，这才造下悲剧。"

易厢泉轻轻闭起双目，道："干燥的草堆是容不下一丝火星的，一冲动就会燃起大火。"易厢泉的语气突然加重了，似是告诫一般看了看傅上星，像是将话说给他听的。"红信挂牌不久，情郎已去，她也发病了。她还年轻，却整日被关在一个破旧的房子里，没人说话，没人听她的倾诉。身体残疾、病痛终日折磨，姐妹被自己杀死，恋人离开，无亲无故，水娘对她也不太关心，唯一和她有外界联系的人却是自己的仇人——你。先生不用惊讶，红信不傻。她当然知道你要害她，但是她没有做任何反抗。她反抗有什么用呢？你给的致幻药物，她没喝，倒在炉子里烧掉了。因为她心里还残存着信念，她不能死。红信知道如果把碧玺的所在地告诉你，那么她自然活不成。"

傅上星突然笑了一下。

"你笑什么？她这么苟且地活着，到底是为什么？其实你和她是一样的人。"

"你想说，因为我们都是杀人犯？"傅上星淡淡问道。

"不，"易厢泉摇了摇头，"你想找碧玺，她为了等方千，双方僵持着，说是为了爱，倒不如说你们都是自私的人。"

　　傅上星没有答话，像是默认。

　　易厢泉语气加快："你按捺不住，于是就想到了麻贲叶子的主意。这种药在中原不常见，焚烧、食用都会使人对这种味道上瘾。红信孤独无助，在不知情的情况下对这个东西上瘾并不奇怪。只要让她在意识不清醒的时候说出碧玺所在的地点，你的目的就达到了。"

　　"不久，方千回来了。一切一切，就从城禁开始。方千回到庸城，红信自然想见他。飞鸽传书，这是她喜欢养鸽子的原因和唯一目的。但是在这之后的种种细节我就不清楚了，先生你应该比我更清楚，简言之，双方因为各自原因，或者某种阻力，"易厢泉别有深意地看了傅上星一眼，"没有见到彼此。"

　　傅上星继续不断地饮酒，一副事不关己的样子。夏乾把弓箭紧握，有些沉不住气了。易厢泉说了一大车的话，到底何时结束，自己何时放箭，却是一概不知。

　　易厢泉轻微而缓慢地往前挪动着："我在最初听到红信跳楼那日，就已经断定，这绝对是一个特别的案子。我之所以说是跳楼而不是跳湖，是因为她根本没有跳入湖中——纵使所有人都听到了清晰的、巨大的落水声。原因很简单，院子太小，经过夏乾的测量我才知道——跳湖距离不够。"

　　夏乾一愣，他知道碧玺跳入湖心距离明显不足。然而测量之后才明白，楼高不过两层，即便能落入湖水中，这样跳下去，摔不死，溺不死。

"这一点真的是奇怪。她选择了一种暴露于群众目光之下却难以让人看到自己尸体的方法。而她的目的单纯明了：她想见方千，却没脸见方千。她忏悔，她没有勇气活下去。显然只有一种方法，死前或死后见方千最后一面，最后与碧玺葬在一起。"

听到"碧玺"二字，傅上星又轻轻颤抖了一下。

"那么红信是怎么死的？夏乾在楼下发现了碎瓷片，阳台上的栏杆上有什么东西碰掉灰尘的痕迹。仅凭这两点，就完全讲述了她自杀的全部。红信跳下楼去，接着传来巨大的落水声。她没跳到水中，那么她去哪儿了？落到地上？显然不可能。她是用东西系在自己身上，也许是绳索之类的东西，系好之后就跳了下去。但那落水声音又从何而来？有没有可能是水击在东西上发出的声响？夏乾说过，正对着红信跳楼的地方有碎片，而且土地出奇地湿。那么我们可以模拟出这样的场景：红信腰上系了绳子，她跳了下去，踢倒了盛满水的水缸，水缸倾斜，水哗的一声流下去撞击地面发出声响。部分碎片掉到地上，部分残留在二层。接着，就有几种可能了。第一，红信把绳子系在身上，跳下去之后收拾了碎片，在二层的房间等着方千。第二种可能，红信把绳子系在了脖子上。她跳下，人也吊着死去。收拾一切的人是方千。这就衍生出了问题，红信究竟是吊死，还是服了毒，随后见了方千最后一面才毒发身亡？不论如何，我觉得当时抛尸的人是方千。他是一队人马的统领，行事方便。和当年搬运碧玺一样，抛尸不会引起什么怀疑。在接下来的几天里，他面色苍白，不是因为疲惫，而是因为经历了无法想象的痛苦。背起自己曾经心爱之人残缺不全的尸体，把她扔到井里去，看着她无人祭奠、无人知晓地永远躺在黑暗的井底彻底腐烂。一切由自己亲手所做，怕是一种永世的痛苦。"秋风卷着他的话音渐渐远去。

傅上星喝了一口酒，笑道："易公子真是厉害。"

"是呀，"易厢泉居然承认了，"我的确比你想象的厉害。这个案件推断到这里，就很不错了。"

傅上星听着听着，突然笑了："我根本不是案犯，我是清白的。我只是逼迫她说出碧玺的尸体所在，去井边祭奠了一下而已。红信和方千畏罪自杀，是他们咎由自取。"

然而易厢泉拉拢了围巾，皱着眉头，眼神却比秋夜的湖水还要冷几分。

"我该走了，易公子，"傅上星慢慢站起身，带着一丝酒意拍了拍他的肩膀，"结束了。"

"可是事实不是这样的。"易厢泉看着他，说了这样一句话。

傅上星惊讶转身，易厢泉慢慢走到井边，开始慢慢讲述。

他很是平静，把红信死去那夜发生的事讲得一清二楚。

红信穿着一身大红的衣服站在望穿楼上。她看了看楼下的人。人很多，大多数只能依稀辨认出一个身形，但是有一个人却显得很是特别。他穿着武服，站在最前头，站得笔直。红信眯着眼，看着那个人。这个人的身影是那么熟悉，隔的距离虽然远，但是她似乎能想象出对方的神态和心情。红信想通过他模糊的身形看到他摇摆不定的心。

她转过头来，狠了狠心，纵身一跃，"哗啦"一声踢翻了楼下的水缸。水流发出巨大的撞击声,而自己也被腰间的绳子拉住。她手脚不灵便,尽可能快速解下绳子,踉踉跄跄走到了井口边上。覆盖在井口的大石早就被推开了,露出了月牙状的小井口来。门外的声音很是嘈杂,脚步声混乱而急促。红信知道,方千就在那些人里面。

她其实不想连累他,但是也许……

红信看了看井口,吸了口气,整个人将身体探过去,一下子跳入井中。

井口不深,但是在井中飞速落下的感觉并不好,而井底躺着的另一具尸体也已经彻底腐败,这也是红信罪孽的源头。红信跌在井底,浑身剧痛,闻着恶臭,有些想吐。她抬头看着井口,井口被大石遮盖住,只留下一道弯弯的圆弧。外面的夜光射进来,圆弧微亮,像是月亮的形状。

周遭嘈杂的脚步声越来越近了。很快地,叫喊声,水声,杨府尹焦急的声音,水娘的乱吼……这些都不是她想听到的声音。

月光很明亮,射进了井口。

很快,一个人的脚步声近了。它和别人的脚步声是那么不一样,这么熟悉。红信的心狂跳起来,她抬头看着井口圆弧形的天空,像是看着天空最美的月亮。

一个人出现在井口,他有着黝黑的脸、浓黑的眉、干净的眼神。是方千,他看向井底,他的脸遮住了夜空的微光。红信抬起头来看着,在这一刻她露出了笑容。她见到他了,他出现了!他会帮她,像当年一样!

"方……"这个字还在她喉咙里打转,方千就换上了惊恐的神情。惊恐，厌恶，嫌弃……这些表情像是字，一笔一画地写在了那张坚毅的脸上，也一刀一刀刻在红信心上。接着，他消失了。就在最短的时间内，大石头被悄然推回到了井上，夜空的光迅速被遮住了。红信难以置信地看着最后一抹夜光从她的眼中消失。她怔了片刻，这才明白自己被彻底丢弃了。

她喉咙动了动，再也难喊出这个名字。井边，方千站定，怔怔地盯着被深草隐藏的井口，气喘吁吁。在一片昏暗的光线中，杨府尹兜兜转转地上前，问道："有什么发现？"

"没有，杨大人，"方千眼神空洞，脸色苍白，"什么也没有。"

易厢泉站在落叶丛里，安静地讲完这个事件，另外两个人都没有说话。

"这就是真相。在拘捕方千之前已经派仵作看过，井口的土壤能辨别出来一道拖长的脚印，证明有人用大力将石头推上了。除此之外，在用石灰处理尸体之前，我委托仵作查了红信的尸体。"

易厢泉看着傅上星，眼底压抑着愤怒："她是自己跳的井，并且在井底活了一天一夜才死。"

傅上星没有说话，却突然笑了一下，"红信带病，喝这么多药，终日疯疯癫癫是不会想出这么复杂的自杀方法的。一切都是你。你千方百计地从红信嘴里问出了碧玺尸体的下落，"易厢泉看着他，眼里透着强烈的谴责，"等她说出藏尸地点，你就赶紧来到楼下的井口边上，亲自推开井口的石头，你……"

"恨啊。"

傅上星说了两个字。他的声音像是叹息："我看到碧玺躺在井底这么多年，尸身腐烂，不成人形……我真的恨他们……不过，女人真是好骗。方千本来是她活下去的唯一理由和希望。但是他归来之后，二人却没有见面。我同红信说，不妨赌一把，方千见到你会如何。是不顾一切叫人把你从井口拉出来，还是为了掩盖罪责把井口盖上。"

傅上星放下手中的酒杯，看着远处的井口，笑道："我提前一天，告诉了方千，记得看看井里。他当时不明白什么意思，只以为当年的罪责败露了，惶恐不已。当夜，他看到井口开着一条缝，等他过去看，可算是明白了。可是他自私呀，好不容易从战场上捡回了命，加官封爵，又怎么能和杀人案产生关系呢！他看到井底有红信一定很吃惊。红信看到他也一定很惊喜。"

傅上星顿了顿，突然大笑道："我就是想让他们体会一下那种感觉。"

远处厅堂里觥筹交错，灯影摇曳，似乎又有缠足舞姬出场，在白棉窗上投下俏丽的身影。这边与那边，似乎不属于同一世界。

夏乾在一旁愣了半天，冷风吹来，吹得他心底异常寒凉。

"你承认了？"易厢泉眉头一挑。

"为什么不承认？方千的死也是我造成的，我把砒霜给了他，告诉他，红信石可以做成砒霜，如此死法自然不错。"

听到这里，易厢泉像是舒了一口气："你全都承认了，你愿意向衙门投案？"

傅上星一怔，不可思议地看他一眼，随后哈哈大笑。他仿佛听到了今夜最大的笑话，笑得前仰后合，笑得格外刺耳，直到连眼泪也笑了出来。

"衙门？你要我去衙门投案？碧玺出了事，那群狗官管过什么？破案了吗？我当年想给碧玺赎身，水娘不肯，开口就是一百两银子！其实是指望着我医术高超，能把碧玺治好再去接客！可笑，多可笑！我拿着凑齐的一百两银子去找杨大人当说客。你知道他怎么说？他一听是赎妓女，连我喜欢谁都不问，语带嘲讽，说玩玩就得了。他那个神态，我至今都记得！一来二去，把银子也扣下了！"

他字字锥心，声音发颤。风越发大，吹起他的衣袍飘扬在黑夜中，如月下被风吹散的云。"那年冬天，碧玺去世，尸骨无存，我和小泽是怎么过的？医馆难以维系，吃住都是问题，小泽偷偷跑去夏家借钱……我、我还有什么？易公子，我的那点感情在旁人眼里什么都不是！什么都不是！我也不知道为什么要活着！"

夏乾在一旁愣着，心越来越凉。他在傅上星的话语中听到了别的信息。自己的母亲开始张罗让曲泽过门，就是从那年冬天开始的。自己往外借钱，欠条堆成山也不会去看它一眼。而母亲借钱，不是借，而是一场人钱交易。在银钱和地位的作用下，曲泽对自己单纯的喜爱在旁人的推动下逐渐变质，变成了一个是否"娶妻"的可笑问题。这个"妻"是夏家用银子买的，为了管住自己，为了传宗接代。

夏乾彻底僵住了，他从来没有觉得这么心寒过。天空灰暗，落叶飘零，傅上星整个人也像飘零的落叶，眼中看不到任何神采。

易厢泉垂下头去，没有再说一句谴责的话，不知道是不想说还是说不出来。

他慢慢地、不引人注目地向后退去，这动作引起了夏乾的注意。经过刚才的一切，夏乾彻底想明白了，自己来这里的目的不是保护易厢泉。

傅上星只手把杯子灌满酒，静静地摆在井上。随后又从自己的里衫中拿出一只杯子，又倒了一杯酒。这第二个杯子，与第一个没什么区别。一般人都把东西放在怀中，但是这杯子是从里衫掏出来的。易厢泉突然向夏乾这边看了一眼，夏乾立刻会意。

傅上星稳稳地端着酒杯，欲送到唇边。夏乾拉紧弓弦"咻"的一下，就听见玉器破碎的声音。傅上星诧异地后退一步，只是一瞬，原本握杯子的手已经空空如也。

傅上星诧异地向左手边看去。杯子早已支离破碎，被巨大的冲力带到一边的地上，只剩下满地的碎片。

一支箭插在了酒坛上。

不，不是插。这支箭穿透了酒坛，几乎完全没入，只剩一小段羽毛露在外面。

酒坛裂开了一道小缝。箭上的羽毛还在微微颤动，霎时，酒坛发出一阵"嘎啦"声。插箭处的缝隙正在逐渐变大、变长，像一只黑色的长虫爬过酒坛。酒坛受不了压力，一股股细流从缝里拼命地挤出来。

"咣啷"一声，酒坛碎了，香气弥漫。

这箭就如同那日青衣奇盗射向水缸的弓弩，然而此箭力度与弓弩一样，但这却是人力所射。

傅上星难以置信地盯着酒坛，随后向反方向望去。夏乾慌忙躲起来，傅上星却笑了："'平明寻白羽，没在石棱中。'同飞将军李广一样的箭术……夏公子不必躲了。"

夏乾听到这话，也不知该不该移动了。傅上星冲易厢泉一笑："多谢易公子了。"

他声音温和，语气如同春日明媚的阳光。易厢泉大大地松了口气。

"易公子怎会知道我要饮酒，而且第二杯酒杯上涂了毒？"

"我不知道，但我估计一个郎中的自尽方式也只有服毒。况且庸城郎中极少，你是最好的那位。你服毒，基本来不及救治，也难以救治。"

"那易公子怎不怀疑我的酒中有毒，却知毒在杯中？"

"你没有听完真相，在我叙述完之前是不会寻死的，但是也不排除你服用过慢性毒药的可能。所以，我今日在医馆便关注你的饮食和饮水，连你身上的药包、药丸都检验过，在大厅里你没能走出我的视线。尔后来我来到这里，也继续让人盯着你。你带的酒——从医馆拿的，被我换掉了，"易厢泉笑道，"你不该让我住在医馆的。"

"那么，这个杯子呢？"傅上星眉头一皱，端起第一只酒杯。

若是他将身上的第一只酒杯涂毒，易厢泉也无可奈何。

哪知，易厢泉微微一笑。

"被清洗过。"

傅上星吃惊："杯子我一直贴身放着，两杯皆藏于怀中，一个在里衫，你们不可能换走；一个在外衫，也不容易掏出。从我怀中拿杯子却不被发现……谁做的？"

易厢泉迟疑了一下："本想让侍卫去做的，而后听说西街某人自愿去换杯子，而且保证不被你发现，我便同意了。"

"天啊……"傅上星叹气，"易公子是打定主意不让我自尽。"

"对。"易厢泉的回答简短而有力。他站着，手中的拐杖仿佛与大地的血脉相连，坚强无比。

"为什么？"

"你没资格。"

"此话怎讲？"

"自杀这种行为，不高贵，不壮烈，不体面。它和谋杀的本质是一样的，都是人世上极恶的行为，都是在用暴虐手段夺人性命。你举起刀、举起剑、举起毒酒杯的时候，你就是一个懦夫，这种行为是对生命本身最大的侮辱。"

"为何不在医馆对我说出真相？"

易厢泉只是叹了一口气。

"矛头全部指向你，我却没有直接证据。西街一案，你没有动手行凶，没有出现在现场，但是你却去西街的巷口目睹了一切。你犯了案，唯一的证词就是你口中的'急诊'。"易厢泉盯着他，目光如利剑，"先生，在青衣奇盗盗窃当夜，你是接了急诊才去的西街。你接的是谁的急诊？红信用生命下了赌注，不会再去请你这个仇人坐诊。是有其他人前去请你坐诊吗？妓女？小厮？如果有的话，你现在告诉我，我马上去核实。"

傅上星一愣，苦笑一下。

易厢泉摇头："根本没有人去找你。你那夜没有急诊，是你撒了谎，丢下受伤的我，自己主动去的西街。你要亲眼看看红信是不是从楼上跳了下来。你撒了两次谎，一次是对曲泽，一次是对前去找你问话的夏乾。如果你不希望我把曲泽也叫到官府做证，请你主动去衙门认罪投案。"

傅上星有些讶异："易公子说了这么久，竟然真的只是为了劝我投案？以前，有很多人劝我不必对案犯浪费这么多口舌，这是没有意义的事，直接把恶徒送进衙门就是功德一件了。至于日后的刑讯、逼供，都只是官府的一种例行手段，"易厢泉看着傅上星的眼睛，恳切道，"但我从来都不这么认为。人人都有心，哪怕是案犯也有。只要把真相讲述清楚，案犯都可以接受自己不光彩的过去，坦然面对罪责和惩罚，这才是'伏法'的本意。我游历七年，解决案件几千起，那些案犯从不恨我，只有一个人扬言要报复我，他还是个疯子。"

　　外面的厅堂里传来一阵刺耳的笑声。那里歌舞声鼓点声不绝，似乎所有人都醉倒一片，笑成一团。男男女女叫喊着，在一片诡异的热闹气氛中大笑。

　　后院的三个人都没说话，只觉得这种声音格外刺耳，从耳朵刺到了心底。

　　易厢泉垂下头去，没再多言，觉得这些嬉闹声分明是最大的讽刺。

　　灯笼在风中微动，幽幽地照射着深绿的树木，灯影摇晃，像是在叹息。傅上星走上前去，轻轻摘下灯笼，像是摘下心中的灯火，像宝贝一般捧在手里："大盗横行，肆意妄为，虽然只偷不值钱的小物却让朝廷颜面无存。朝廷用了这么大阵仗去围剿，派了这么多精兵去抓贼，可是想当年，没有派一个人来查西街的案子，一个都没有……一个都没有啊。"

　　傅上星看着易厢泉，眼中竟然没有一丝恨意："易公子，只有你。哪怕剩的时间很短，哪怕只是妓女失踪，哪怕你受了剑伤血流不止，你也会出面查案。我不知道在你身上发生过什么事，但我知道，如果你真的相信官府，你就会带着官府的人像围捕方千一样围捕我，一切等到入狱再谈。但你看到了，方千被捕，所有的人都很高兴。只要任务完成，案子了结，他们根本不在乎抓了谁，哪怕抓的是自己人。易公子，你和官府的那些人不一样，我真的希望，我是真的希望……"

他看着灯笼，热泪从眼中流下："我真的希望你能早点出现。碧玺被害的那年冬天，如果你能出现在庸城，红信和方千可以受到惩治，碧玺的尸体也会被找到，她就不用躺在井底这么多年……"

他怔了怔，突然笑了："我不会去衙门的。我不去，我不想去。"

易厢泉的脸色难看了起来，看向了旁边的夏乾。

"你请夏公子来，一来是怕我自杀，二来也是等我承认犯下的罪故而做个见证。我不在乎名节，说我是杀人恶鬼，我也毫不在乎，但是曲泽在乎。"傅上星抬头看了看夏乾，眨了眨眼睛，"这件事有个更好的解决方法。你们……就和她说我是为情所困，好吗？"

傅上星笑了一下，有些意味深长。突然，他袖子一甩，重重地打在酒缸上。本来斜斜地倒在地上的酒缸又滚了几下，残存的酒一下子流淌在井的四周，像一只伸展开来的手，以恐怖的速度张开了指头。酒香瞬间弥漫在空气中，把这口枯井包裹得严严实实。

瞬间，夏乾的心突然抽搐了一下。

易厢泉一下子僵住了，他刚要抬起手，像知道要发生什么，也像要挽留什么——

只见傅上星瞬间把手里的灯笼摔在地上，"呼"的一下，竟然燃起了熊熊大火！

夏乾一下从楼板那儿跳出来，但是眼见火光瞬间就包围了傅上星和那口井。酒的浓度太高，在周围一洒，太容易起火。附近全是野草和飘下的银杏叶子，有酒做引物，一下子就可以点燃！

夏乾想去把傅上星拉出来，可是距离太远。他下意识地望向易厢泉。

而易厢泉站在那里，像是不能动了一般。

"你怎么回事！快救火啊！你身后就是湖……"夏乾疯了一样地喊着，可易厢泉就是不动。他脸色苍白，像是见到了毕生最害怕的东西。

夏乾愣住了。

易厢泉怕大火？他居然也有害怕的东西！

夏乾立刻跳到易厢泉边上，把他连人带拐杖，一个趔趄拉开推到湖边。他想找东西盛水泼过去，毕竟井口和湖水是有距离的，烧不过来，但是水也过不去！

四下一看，夏乾急了，周围没有盛水的东西！

眼见火光中傅上星的影子似一道黑烟，要随时消逝而去。他咳嗽着，同时似乎仰头吞下了什么东西，突然倒地了。大火一下子就包围了他，快速而又猛烈，就像吞噬了周遭的草木一样轻而易举。

夏乾震惊，难道傅上星手里还有药？一个郎中躲过搜查身上带着毒药，这简直易如反掌。易厢泉怎么也防不住的。

火越来越大，就像是要烧上天空去。屋内的嬉闹声仍在继续，似乎没有人发现后院到底发生了什么。

傅上星再也没能发出任何声音。

夏乾很是绝望，什么话也说不出来，只是看了一眼易厢泉，想问他到底要怎么办！

　　然而在浓烟和热浪中，易厢泉颓废地跪坐在地上。他脸色惨白，双目空洞，像一只失去魂魄的残破木偶。他脖子上的围巾滑落下来，露出一道红色的疤痕。

　　"我不知道在你身上发生过什么事，但我知道，如果你真的相信官府……"

　　傅上星的话在易厢泉耳边回响，一下一下地燃烧着他有些残缺的记忆。

　　慢慢地，他浑身开始颤抖，仿佛回到了童年的一个梦魇里。

第九章

幕后真凶终现形

从前有座山。

山处于洛阳城郊，没有名字。多年之后，山神将它悄悄地搬到别处去了。而山下有一条江，江也没有名字。

太阳似乎刚刚撒掉最后的红霞，只留得西边天际的一丝猩红，随即堕入黑夜。江畔的渔火燃烧着，夜色逐渐将湖面包裹起来，隐隐约约地，能看到江面上一条破旧的渔船。

一个老翁坐在船头，嘴里叼着根嫩嫩的芦苇秆。打鱼人都是用网的，他不是。他只是剥着嫩生生的芦苇，之后拴上绳子放入水中。

这种鲜嫩野草的气味，对于鱼儿有致命的吸引力。

老翁闭起了眼打盹儿，但似是未睡，仔细看，能看到他眯起来却发亮的眼睛。

忽然间，只听水面发出一阵轻微的扑腾声，竟有鱼儿上钩了。

老翁咧嘴一笑，猛地一下提起芦苇秆，一条小小的、漂亮的鱼被钓了起来，上面还闪着金光。

"好漂亮的鱼！不吃了，给你养吧！"老翁看着鱼，回头爽朗大笑，他面朝江岸，但是江岸上黑黑的一片，根本看不到人影。

"喂，你快过来看看！"说着老翁又是一阵笑声，他扬了扬手里的鱼冲着黑暗处喊道，"别藏了，出来吧！偷看啥呢？要不等下鱼就死了。"

这时，江畔突然冒出一个少年，他好奇地张望了一下，犹犹豫豫蹚着水过去了。

"哟，别蹚水过来，衣服脏了，师母会怨你的！"说罢老翁轻转船头，慢悠悠回了岸。

少年止步了。渔火中，他看起来有点瘦弱，十一二岁的样子，个子已经很高，模样清秀，穿着浅色的长衫，脖子上围了一条围巾。他板着脸，缺少少年人的活泼，可是双眼充满了灵气，双目的神采比渔火更加明亮。

老翁下了船，把鱼给了少年。鱼略带金色，像是富人家养来赏玩的，很难想象江水中有这样的鱼。

少年接过鱼，迅速弯腰放入水里。

"哟哟，好端端的为什么放了呢？"

"为何不放呢？"少年用他清澈的眼睛看着鱼，鱼儿在水中扑腾一下，慢慢地游到湖水之中。

老翁一撇嘴："拿去养着不好看吗？金的呢。"

少年摇摇头："总有金色的东西，我又何必都据为己有？这鱼这么小，小鱼是不应该钓的，它应该游回去找它爹娘。"

少年沉默片刻，不知道想起了什么，问道："你怎么钓的？"

他仰着脸，带着一丝好奇。

老翁笑道："用芦苇啊。"少年一脸不信，老翁又道："你觉得钓不上来吗？"

少年哼一声："芦苇太过柔软，根本承受不住鱼的力度。"

"哈哈，你小子不懂。芦苇这么软，却是有韧性的。打结，要像发丝一般精细，鱼儿可以恰好咬住，也可以正好卡喉。"

少年低下了头，用脚踩踩水花，哼一声道："我不信。"

"我昨天教了你什么？背下来了吗？"

"从天而颂之，孰与制天命而用之。"少年哼唧道。

老翁弯腰开始装篓，慢吞吞道："蛇打七寸，苇也如此。在适当的地方曲折，在适当的地方缠绕，苇也可以变成钩，这是人为。生老病死，旦夕祸福，人看似是不能违背自然的，但是可以通晓自然规律做出改变，这是人类的胆识和智慧。傻小子你懂吗？"

少年头一偏想了想，随后低下头没说话。

老翁把手里剩下的芦苇递给少年："不信天命，但信人为。回去自己试试就知道，把不可能变成可能。"

少年接过芦苇，这是老翁递过来的一根特殊的芦苇，从鱼的嘴里拔出来，还带着血丝。它不长，上面有一个细小的结。不像吉祥结，长得竟然像龙须钩。

少年痴痴地看着，而老翁却突然开口了。

"厢泉啊，你知道你名字的含义吗？"

少年点点头："我只听师母说，厢泉，是师父酿的一种酒。我的姓取自《易经》。"

老翁点头，又顺手拿起一根芦苇。

"厢泉酒，这是东厢房的泉水所酿的酒，很普通。以泉为名，酒却是本质。执着之心如烈酒，淡泊之性如清泉。我希望你不骄不躁，永远沉下心去追你所愿。你师父我一辈子就待在这乡下破屋子里，研究几本破书，不想做大事。可是你……不一样。过几年之后，师父老了，走不动了，你就替师父出去跑跑。"

少年愣了一下，芦苇在他的手中随风摇摆。

"我……去哪儿？"

老翁慢悠悠道："中原，西域，想去哪儿去哪儿。"

"我不想去，我就想当个郎中，治病救人。"

少年说得很认真。

太阳早已隐去了脸。月下湖光山色如画，渔火闪亮，芦苇低语，这种景色深深地映在少年的明亮眼眸里。他看着小舟，看着湖水，认真地说着："当郎中可以救好多人。"

"好是好，可是学医救不了宋人。"老翁调皮地眨眨眼，笑着继续道，"厢泉哟，你这孩子，其实聪明得很。聪明的人，通过一朵花便可知晓时令，通过一滴水就可以看到海洋。你的洞察力、联想能力、推理能力，远在同龄人之上。"

少年嘟囔一声："我怎么不觉得……何况，这些所谓的能力，并无用处。"

老翁哈哈大笑，惊得岸边水禽一下子飞入夜空，似要穿月而去。

"有无用处，他日便知。但你要记得，聪明归聪明，正义仁爱之心断断不可缺，记住没有？"

少年不耐烦地应了两声。

老翁满意地点点头，背起鱼篓。师徒二人踏月归去。

"师父，"少年突然开口，看着江畔的点点渔火，"如果我真的这么聪明，我为什么记不住以前的事？"

"五岁以前的事吗？这谁记得啊？"

"我只记得一场大火。"少年停住了脚步。

师父也停住了脚步，似乎不想让他说下去。

少年木然地看向江边的渔火："一场大火，之后我就什么都不记得了。师父，我从哪儿来？我的爹娘究竟是谁？他们是不是遇害了？凶犯是谁？官府没有查出来吗？"

渔火沉默地燃烧着。师父背着鱼篓，没有回头，也没有回答。

少年若有所思，却不再发问了。

天应该已经亮了很久了。只是今日秋雨蒙蒙，天空灰暗，洛阳城的清晨就来得晚了一些。小贩、官差、行脚商人似乎都没有早起的心情。

衙门的鼓响了。

"咚咚咚"，击得沉稳而有力。

值夜的衙差被鼓声惊醒，揉揉眼，暗骂了一声。

一般清晨击鼓都是急事，报案人在惊慌失措中一通乱敲，但今日的鼓声却敲得格外镇定。

衙差推开大门，惊讶地看着门口的鼓。

鼓前面放着一个小凳子，凳子上站着个小孩。

"谁家的孩子！没爹没娘吧，敢来官府胡闹——"

衙差见过太多这样的孩子，只是第一次见到这么"勤快"的孩子，在天蒙蒙亮的时候，冒着细雨来恶作剧。

再一看，小孩的衣服全都湿了。似乎是走的山路，脚上全是泥。他的个子不像成年人这么高，够不到门前的鼓，所以搬了个馄饨店门口的长凳，踩在上面击鼓。

小孩转过头来，十一二岁的样子，消瘦，但是眼神却显得沉着冷静。他放下鼓槌，下了长凳，行了礼："有冤要申。"

他的举止不像个胡闹的孩子，姑且称为少年人。衙差一惊，思忖片刻，看着他被雨水打得狼狈不堪的小脸，有些心软。

"你进去到屋里站一会儿，等府尹大人起了再说。"和一个少年客客气气，衙差摇摇头，觉得自己疯了。

"府尹大人是个好官吗？"

衙差不知道他会这么问，只得敷衍道："是吧。他常说自己是。"

少年很满意地点点头，进了门，很守规矩地站在门房的屋檐下。衙差想接着打盹，但又好奇："你姓什么？家住哪里？可有亲人？有冤要申？"

"我叫易厢泉，家在城外山上，没有亲人，有冤要申。"少年答得中规中矩，却显得丝毫不热情。这样的谈话方式让人接不起下句。衙差架着胳膊看了他一会儿，也没问什么，昏昏沉沉睡过去了。

不知少年在屋檐下站了多久，府尹大人终于醒了。

待人通报之后，少年被带到后堂。府尹大人穿着随意，显得有些不耐烦。

"你有什么事？我很忙——"

"不上公堂吗？"少年看着大人，沉稳得像个成年人，"我有案要伸冤。事关我双亲被杀一事，望大人明察秋毫，重审旧案！"

府尹大人眉头一挑。案子先不提，但根据他多年的为官经验，这孩子谈吐不俗，往往出身富贵人家。他只怕孩子来头不小，心头一紧，忙问："你父母是谁？"

见大人热心起来，少年有些激动："不知道。"

大人眼睛一瞪："不知道？不知道报什么案？"

"事发七年之前，我太过年幼，实在是记不清楚。只是知道父母居住地，位于现今司马大人宅邸附近。若您查查卷宗，也许可以查到当年一场大火——"

大人眉头一挑："你父母认识司马大人？"

"不知道，应该不认识，可是我师父认识。"少年有些着急，"我只知道师父当年在洛阳会友，陪着司马大人去看新宅，偶遇大火，把我从火中救出来……"

"你师父是谁？"

"邵雍。"少年低下头去。

大人"哦"了一声，清醒了几分。案情不重要，知道孩子背后有谁才重要。邵雍是当今有名的理学大家，虽不做官，却与朝中重臣有些来往。大人盘算一下，问道："那你师父怎么不来衙门说这件事？"

"他和我说，都过去了，火灾只是一场意外，让我向前看。"少年突然抬起头，扯落了脖子上湿漉漉的围巾，露出了一道红色的疤痕，"我虽然记不清楚，可是这疤痕却是铁证。这是利器所伤，而且我隐约记得有人……反正就是有人进了我们家！肯定是他放了火，这根本不是意外！"

大人卧在椅子上，打了个哈欠，挠了挠胸口。

就凭这孩子的只言片语，一个正常的、理性的成年人很难当回事。七年前的宅子着了火，即便不是自家人不小心酿成的意外事故，也很有可能是小偷小摸闯空门被主人发现，情急之下打翻了油灯。简言之，这就是个小案子，甚至不是案子。

"你是自己回家去，还是等着你家人来接你？"大人吐了一口气，尽量很和蔼地讲话，"要是你师父来，你就先去吃些点心。"

少年的眼神冷了几分。

"你不打算查？"

"这种小案都不会记录在册。而且这么多年过去了，你若是有亲戚知道这事，也会来寻亲的。可是……什么都没有。"大人伸了个懒腰，走出门，背着手看着门外的秋雨。

"我懂了。这件事对你而言是小事，微不足道，不足挂齿。只是，百姓的事无小事，官府的存在就是为黎明百姓、为天下苍生谋福祉……"

"你这话都是从哪里学的？"大人好歹是个进士，最讨厌有人说教，还是被一个孩子。这一番话激起了他内心的文人傲气——即使这傲气已经蒙上三层灰了。他皱皱眉，招呼少年过去，想教训少年一番："官府，为国而生，因国而存在。你看见花园里那面墙了没有？旧了，要塌了，我们只能保证那个墙不塌。懂了么？不塌就行。至于那些小裂缝，让它裂去。"

他说得通俗易懂。易厢泉顺着他手指的地方望去，墙面淋在雨里，死灰一样的颜色。

"你……不管了？"

"我没有管的必要。"大人怒极反笑，心想，我连和你说话的必要都没有。

"你不是个好官，"少年很是平静，"你眼里的小事，是百姓一生的大事。墙上的每一道裂缝，都是别人生离死别的痛苦。"

府尹大人一愣，从来没听过有人敢这么说自己。也许是心血来潮，今天和这个聪明孩子多讲了两句。可是这个孩子句句不饶人，自己自恃涵养甚高，也终于忍无可忍了。

"带他走。"府尹大人朝下人说着，生了一肚子气。本来想说"带他滚"的，想了想孩子的师父，还是没说出口，又气不过，遂冷笑道，"你现在还是一张白纸，有很多棱角和缺角的地方，日后你的棱角会被磨平、缺角会被填满，但你无论如何都要先学会做人，长大之后也不要自以为是。"

少年很聪慧，马上听出了他的意思。少年吸了口气，仰起脸直视他，仿佛自己已经长大了。

"我想给天下人击鼓鸣冤的机会，我想让坏人绳之以法，我想让死去的冤魂得以安息。我何错之有？错的是你。"

不等大人发话，也并未说一句道别，少年猛地转身，抬头挺胸出了府衙。可是天却并没有变晴，雨依然在下。他走着走着，突然委屈地哭了，整个人像一只失魂落魄的落汤鸡。

顺着大路走，要走很久才可以去城郊。再顺着小路走，很久才可以到达半山腰。少年哭着走了很久，鞋子上全是泥土，身上冷冰冰的。

苏门山在雨中显得格外青翠，绿意一片。小溪旁边有一座茅草屋，它在细雨中显得有些破旧。草屋的门口有一个很大的菜园，种着青菜和萝卜。菜园旁边盛开着大片的牡丹花，花下一只小狗在躲雨。

在牡丹花园外面，站着两个人。他们着急地喊着，像是在找人。

"厢泉！"师父和师母看到了他，赶紧跑上来撑起伞，"傻孩子，你去哪儿啦？别哭，回家了，回家了。"

少年赶紧擦了擦眼睛，抬头看了看师父和师母。

他们神色焦急，眼中透着关心，说不定比父母更爱自己。只要有他们在，也许亲生父母就变得不那么重要……也许三个人可以一辈子在一起。

少年突然觉得很幸福。

易厢泉倒坐在小毛驴的背上，呓语了几句。

此刻，西街后院火光漫天，终于惊动了厅堂里的人们。众人救火、处理后事，等到尘埃落定，早已到了三更天了。

夏乾拽着毛驴麻木地在街上走着，疲惫地闭上眼睛，他太累了。刚才他所经历的事，像是已经过了几日光景一样漫长，却也不敢回想。

驴蹄声嗒嗒作响，夜晚的巷子很安静。烟花巷子那里还有余烟，像是宣告着什么事情的结束。易厢泉趴在驴背上，又开始在梦中呓语，来来回回只有几个词。

爹，娘，师父，师母……

断断续续地，他似乎总在重复这些词。

夏乾扭头看着他，心中免不了暗叹。易厢泉怕火——堂堂易厢泉居然害怕大火！在夏乾眼里，易厢泉虽然有时候故意戏耍自己，但是他聪明智慧，深谋远虑，受过极其特别的教育，不应该惧怕任何东西。

夏乾摇了摇头，踢了一脚路上的石头。

易厢泉不过是二十多岁的青年人，和自己差不多嘛。

再看西街的余烟，夏乾总觉得一种恐惧的感觉从心底蔓延起来，他之前的恐惧都与之不可比。他不怕青衣奇盗，不怕朝廷大员，不怕突变的事故。但是他今天怕了，人在生死之间，力量居然这么渺小。

夏家的宅邸已经近了。府前标着"夏"字的灯笼数盏，绵延了整条街道。几个下人在门口巴望，拿着厚的锦缎棉衣，眼巴巴地等着夏乾回来。

夏乾不知怎么的，心中有些不是滋味。他停下了脚步，用孔雀毛扫了扫对方的脸："喂，到了到了。"

易厢泉慢慢地睁开了眼。风微微地吹着街边的银杏叶，乌云散去，留下繁星，细碎如沙地躺在夜空之中。

在一阵阵秋日的凉风中，易厢泉很快认清了今年是哪年、自己又在哪儿。至于梦中隐隐出现的江畔、师父、秋雨、官府、草屋……他揉了揉眼，把这些细碎的记忆悄悄地埋在心底。这些事他很少对人提及，却在心里悄然生了根，长出了荒草。但是如果外界刮起了狂风，荒草被吹动，根茎被拔起，心也有些疼。

夏乾注意到了他的不对劲，低声问道："你还好吧？"

"还好。"易厢泉眼睛闪动了几下，很快回过神来，利索地下了驴，"傅上星希望保留一些名节，不为自己，也为了曲泽。既然真相已经揭晓，人也没了，就不必和曲泽据实相告。"

"那要怎么和她说？衙门那边怎么交代？"

"说他殉情。"易厢泉拍了拍驴子，"你不用担心这些，到时候我去说。你只要嘴巴严一些就行。"

夏乾认真地点点头。大管家夏至从大门内出来问话，夏乾敷衍几句，习惯性地扯了一些谎，便和易厢泉一起进了夏宅。二人进屋坐定，暖炉燃起，热茶滚滚。

夜深，院子中的喧闹声也少了。房内很是安静，二人各有所思。渐渐地，二人的呼吸都平稳了，却都无精打采，屋子里透着一股丧气感。

易厢泉看了夏乾一眼，率先开口："你在想什么？"

"西街的事只能如此了，可青衣奇盗又究竟去哪儿了？"夏乾胡乱搪塞。

"也只能如此了。"易厢泉答得淡淡。

夏乾把脚跷到了椅子上，眉头一皱："这次行动的关键就是抓贼，贼没抓到，犀骨筷也没了！你以前不是挺厉害的吗？十六岁那年就破了个大案，这次我总觉得你不可能让贼逃跑。何况他还可能是七年前……"

夏乾很识相地没有说下去。

"没关系的。"

易厢泉居然这么淡然，有些不正常。夏乾不明所以，于是瞪他一眼："别找借口，跑了就是跑了！"

易厢泉有些不服气："你这是在怨我？那贼可从你眼皮底下溜掉过。"

"当然，我射中了他，但是他还是跑了！"

"我指的不是这个。"易厢泉指了指他的头，"是谁打晕了你？"

夏乾一愣，他忘记这件事了！

"当时青衣奇盗在院子里偷犀骨筷，我射中了他，之后被打晕了，这样说来……那贼有同伙？"

"在一日之内想出调虎离山的计策，如此大费周章，还要短时间内来回奔跑数次，若是仅有一人根本无法做到。他偷窃这么多次，官府居然没看出来，"易厢泉嗤笑一声，"青衣奇盗一直都不是一个'人'，而是一个两人以上的团伙。"

夏乾愣住了。一个人的案子好破，一伙人的案子可就难办了。

易厢泉的眼中闪着微光，微光中却带着笑意，问道："倘若真的有多个同伙，那么他们要偷东西，会怎么样？"

"混入庸城府。"

"不容易进入呢？"

"那么就找地方悄悄地盯着庸城府！踩点。"

"去哪儿比较好呢？"

易厢泉问得不依不饶，夏乾只得老实回答。

"视野好、离衙门近，又不容易被发现的地方——"他说到这里，突然停了一下，立刻回过神来了。

易厢泉笑了："是的。青衣奇盗和你想的一样。风水客栈是最好的地方了。离庸城府近、视野好，而且没什么人。前几日他们想要害我，只怕是一直待在客栈某个房间里，晚上出来放迷香，再溜回隔壁房间去，所以，不论怎么在街上巡逻，都找不到他们。"

夏乾心里突地一跳。青衣奇盗躲在风水客栈里？他们居然躲在衙门对面，易厢泉房间隔壁，真是贼胆包天！

"那管客栈的周老爹呢？"

"那几日他应该不在店内，也想不到店内进贼。为了以防万一，明日还是去找他问清楚为妙。"

夏乾心里瞎想着，猛然，他眼前浮现出一个人影，一个小小的、不起眼的人影。

"你有没有见过客栈的小二？"

易厢泉愣一下："那客栈有小二？没见过。"

"就是挺矮的，尖声尖气的。"夏乾有些慌张。自己去客栈寻找易厢泉那日，明明见过一个店小二。

易厢泉挑眉，思索片刻，看向夏乾："这么重要的事你为何不早说？说不定他就是——"

闻言，夏乾脸色变得苍白。

店小二是青衣奇盗？打死他都不相信。

夏乾想了想，争辩道："他未必是，也许真的是周大爷找来的帮手！纵使是，那也只是青衣奇盗的同伙。青衣奇盗本人可不是那样，他挺高……"

易厢泉一摆手，夏乾自从射箭之后，把青衣奇盗的外貌描述过无数遍，滔滔不绝，不厌其烦。

"可是，我被打晕之后呢？青衣奇盗跑了，显然没出城。可是城里搜遍了！如今只剩下几个时辰，也应当去找找看呀！"

"没必要。"易厢泉只是看着那开得灿烂的秋海棠已有了颓唐之势。花下，哥窑盆子仍然泛着它独特的光彩，只要不破碎，就可以安然存放千年百年。有些东西一直都在。既然在，那就不急于一时。

"日后自然会相见。"易厢泉脸上没有什么过多的表情，烛火也没有为他的脸多添上任何颜色。

"你是说，他日后还会偷窃？"

"不一定。"易厢泉轻轻刮蹭着紫檀木的桌面喃喃道，"他偷了八个扳指、四支簪子、一双筷子、一只鼎、一根灵芝。"

"八，四，二，一，一……"夏乾愣住。

"对的，不过依我看那灵芝肯定不算数，因为不同类。这批东西的制作时间是春秋末到战国初。当时你听到这个时间，自然想起一个人来，我也是。"

夏乾惊道："鲁班？"

易厢泉点头："鲁班，最好的木工。"

夏乾沉默思索，易厢泉紧接着道："我虽然不知道其中联系，但是多少想到一点头绪。鲁班是那个时代最有名的匠人，虽是木匠，也是天下数一数二的。与他相识之人，朋友、徒儿，也都是手艺绝伦，但不全是木匠，也有金匠、制作玉器的人。他们这些人的特点，是将天下精绝的机关术存于脑中。比如鲁班，有人说他做过会飞翔的木鸢，木鸢放入皇陵中而后被项羽放出。如若真的，他堪称神匠。"

“这又如何？”

“青衣奇盗偷东西的目的绝不单纯。用大手笔去偷不值钱的东西，显然那东西有大用处。八、四、二，我只是猜测，这么规律的数如果作机关之用，怕是可能性极大。他们可能要打开什么东西。锁制特别，用八个扳指、四支簪子、两根筷子来打开。鼎和灵芝，我不知道是不是真的有用。再看‘八四二’均为双数。如果是某种器具需要用这些东西开启，那一定做得十分对称。”

夏乾觉得易厢泉在胡诌，却又觉得他此番言论必有出处，只是不愿意细讲。然而夏乾还是觉得忧心。万一是真的呢？他心中一沉：“若是真的，这么算来，他已经都偷全了！那青衣奇盗以后岂不是要销声匿迹？”

“恐怕是这样的。”

易厢泉以为他还会问些什么，然而夏乾只是沮丧地坐下，无力发问。这时天空已现鱼肚白，空气中弥漫着破晓的寒气。

易厢泉见他打蔫儿，只是一笑：“但是，此事另有玄机。我在青衣奇盗偷盗前发现了点东西，而且事后也证明了……”

“什么东西？证明什么？”

易厢泉漫不经心地把玩着手里的金属扇子，“夏乾，你难道不觉得奇怪吗？我是指青衣奇盗的盗窃方法——他用的盐水，利用密度。”

夏乾紧皱眉头颔首道：“我也觉得奇怪。他如何做到的？”

易厢泉转身推开窗，一阵冷风吹进，紫檀木桌上烛影晃动。他望着苍茫而逐渐褪去的夜色，说道：“从时间和人物开始联想，春秋末战国初的一位不得志的诸侯王，与一批有才能的匠人有往来。那么，诸侯王究竟想干什么？为权。他被幽禁，如何采取行动？"

夏乾一怔："和外界联系？"

"对，联系的方式就是送密信，用食盒之类的东西送信。一个被幽禁的人只能通过这种方式来与外界沟通，因为一日三餐必不可少，如此沟通不惹人怀疑。"

夏乾突然问道："你什么时候想到这些的？"

"城禁之前吧，我还没到扬州呢。你别问这些有的没的，打断我思路。"

夏乾一脸震惊，觉得易厢泉未免太过深谋远虑了一些。

易厢泉毫不在意继续道："我思来想去，觉得事情不对劲，于是产生了一种大胆的设想。我第二日晨起一起看犀骨筷，细细地看，果然，"易厢泉笑了，"那不是普通的筷子。"

"我没听明白——"夏乾难以置信地盯着易厢泉，"'不是普通的筷子'是什么意思？"

晨光已然射进屋子，易厢泉逆光侧过脸去，清秀的脸上扬起淡淡的笑容，虽然平淡，却透着绝顶的自信。

"那犀骨筷做得太精细了！它有条几乎看不见的切缝，要很仔细地开启，细细地把栓子抽出来才能打开。那筷子里是中空的，而且里面有东西。"

夏乾这下精神了，他猛地蹿起大声而急切地问："什么东西？什么东西？"

"是个小东西，很奇怪，但我估计它很重要。"

易厢泉这话让夏乾一震，他瞪大眼睛："那到底是——"

易厢泉笑了笑，没有言语。

"好，好！你不说！"夏乾咬了咬牙，踹了一脚椅子。

易厢泉神色飘忽不定而避重就轻："在发现那东西之后，我才觉得万根犀骨筷是可以辨别的，毕竟只要拆开来看就可以了。但是数目庞大，一根一根地辨别也要很久，可行性很低。工坊正在制作赝品，箭已离弦，我把真假犀骨筷放入水中辨别，发现它们都会下沉，自此相信自己可以成功。哪里知道青衣奇盗会一捧一捧丢到盐水里去……"

夏乾皱眉："可是差别很微小。"

易厢泉的表情有些凝重："在制作赝品时，少了二十根，我让工坊补上了。现在想想，这二十根应当是提早就被青衣奇盗偷去了，将其中一根赝品挖成中空，二十根犀骨筷全部倒入水中，再往水中倒盐。直到中空的那根浮上来，由此记录盐水比例。"

说到此，易厢泉叹了口气。

夏乾脸色微变，想了一会儿，问道："可是，筷子里的小东西现在还在你手里，对不对？"

易厢泉笑着，却没说话。晨光照进了屋子，已经快到寅时开门的时候了。夏乾死盯着易厢泉，等着他的答案。

"东西在他找不到的地方。"

夏乾怒道："好哇！怪不得你不着急！你也不要得意，青衣奇盗也逃了！"

他把"逃了"两字咬得很重，唾沫都快喷到了易厢泉那张发笑的脸上。

"为了那东西，青衣奇盗可能折回来取。"易厢泉说得肯定，晨光照在他身上，一身白衣像被绣上了金线，"也就是说，他没有把真正的东西偷走。"

他抬起头看着朝阳，眼睛却比朝阳还亮："案子破了，东西也守住了。我们赢了，夏乾。"

见他那个得意样子，夏乾忍不住想打击他："几日前他还在风水客栈，如今你不知道他躲在哪里？"

易厢泉沉思："非要让我想，也就只有几种可能。譬如西街巷子，甚至有可能和我同住在医馆，毕竟最危险之处最安全。"

"为什么？"

"因为傅上星。"

夏乾听到傅上星的名字，心又隐隐痛了一下，不知怎么的，易厢泉脸色也不好看。

"他和青衣奇盗勾结。"易厢泉不痛不痒地说。

"怎么可能？"夏乾干笑两声。

易厢泉叹气："他八成当时正在干什么坏事，正好被青衣奇盗撞见，然后被要挟了。方千的那张烧焦的纸怎么来的？傅上星给的，他承认过，你也听到了。可是这件事对谁有好处呢？青衣奇盗。证据要多少有多少，我没有直指傅上星的铁证，但是小破绽却多如蝼蚁。比如我千防万防，还是在青衣奇盗偷窃那天倒下了，细想为何？我接触过什么？吃的？水？我一一排除，最有可能的就是傅上星的药。"易厢泉从衣袖中掏出傅上星给的药，把药瓶往桌上"咣当"一扔，夏乾傻了眼。

易厢泉冷冷道："哼，东西都没收回去，他倒真是不想活了。你以为我凭他和小泽的非男女之情的关系，就真能把嫌疑定到他头上？他漏洞太多了。我看到他窗台上有鸽子停过的痕迹，还有剩余的鸽食。他就小泽一个亲人，和谁飞鸽传书？"

易厢泉有些激动，夏乾一言不发地看着他。他懂了，易厢泉早就看出傅上星有问题，但是怕傅上星有过激行为，迟迟不开口。

易厢泉又道："青衣奇盗应该是在医馆或西街一带徘徊，看到傅上星的所作所为，以此要挟。你可曾记得傅上星最后说的那些话？他说青衣奇盗只不过是偷了一些不值钱的东西，却害得官府派了这么多人来捉。在他眼里，帮了青衣奇盗的那些'小忙'也无伤大雅。"

易厢泉的脸色越发难看，夏乾突然明白了其中的利害。若是傅上星没有自尽，也许可以从他口中得到青衣奇盗更多的线索。如今傅上星一死，线索几乎全断了。

"反正都过去了，他的事已经至此，不要多想了。青衣奇盗那边……"夏乾心里有些难受，也不知道说什么，他突然觉得易厢泉煞费苦心，结果却什么都没改变。

"青衣奇盗也许不是我要找的人，"易厢泉犹豫一下，还是把话说了出来，"你知道，当时我师母被杀，身上被砍了七刀。"说到此，他的声音有些颤抖。这是易厢泉第一次主动谈起师母的死状，夏乾低下头，没敢应和。

"但是青衣奇盗犯案十四次，一个人都没杀。我之前以为只是百姓信口胡说，但是几日前我落入他手。他们精通药理，使我受伤中毒，却始终没有害我性命，我总觉得他们不是那种罪大恶极之人。当然，我不是为其开脱，偷窃固然是犯罪而且理应受到制裁，何况他们应该和七年前的事有所关联。我希望可以将他们抓捕归案，哪怕是问出些线索也好。"

"所以你还是要抓他？"

"要抓，终有一天会解决的。至于'终有一天'是什么时候，就得由他们来定。他们想演什么便演什么，而表演之地自然不在庸城了。"

夏乾诧异："不在庸城？你要离开？什么时候？"

易厢泉答道："城门开了，和府衙说清了，我就走。"

夏乾张嘴想说些什么，却一声都没吭，他有些泄气地滑落到椅子上。

"怎么，忙没帮够，戏也没看够？"易厢泉笑着从座位上站起，"我要走了。你要回家去，书院也要开学了。"

易厢泉将门推开，雨后秋日的空气扑面而来，异常清新。庸城古老厚实的墙壁立在朝阳之中，似是熬过六日长夜，要安静地听完这段故事的结局。

"我果然没有名垂青史。"夏乾有些丧气，"虽然结局有些糟糕，可是我不后悔管这些闲事。你呢？"

易厢泉微微眯眼，笑了。他深吸了一口清新空气，顿觉清爽。

"我也不后悔。"

"如果你前功尽弃呢？比如青衣奇盗再不出现，或者，你关于他的推断全部错误。"

"那就重新开始。"

听到他坚定的回答，夏乾深深地呼出一口气，站到门前，伸个懒腰。院中的银杏沐浴在阳光里，染上了阳光的颜色。

今天要开城门了。

窗外，吹雪就在石头打造的桌子上懒懒地晒着早上的阳光，周遭堆满了落下的银杏叶。它慵懒地摇摇尾巴，眯着眼。不远处，谷雨唤了它一声。

吹雪懒洋洋地漫步过去。

"你居然把吹雪给谷雨照料，是不是不想养了？"此情此景，夏乾也懒洋洋地问话，觉得心里宁静了许多。

"当然不是。"

"你可别给她养，"夏乾回头笑笑，"谷雨这丫头不敢告诉你，托我转达。你给吹雪脖子上系的铃铛丢了。你千叮咛万嘱咐，不要弄丢，但是她还是丢了。"

"什么？"易厢泉猛然抬头，双目消失了光芒，变得空洞。

"铃铛啊，"夏乾笑道，"你一个大男人居然还给吹雪系铃铛。还不许弄丢！简直歪理，猫脖子上的东西怎么可能拴住？一玩就掉了，都不知道能掉哪儿去……喂！你——"

易厢泉突然冲了出去，唤了吹雪。吹雪立刻蹦过来，雪白的脖子上空无一物。易厢泉的脸色立刻变得很难看。夏乾见了易厢泉的脸色也吓了一跳，他赶紧叫来谷雨。他本来以为是小事的，哪里知道是这种局面？谷雨一见易厢泉，立刻难过地低下头，眼睛都快红了。

"什么时候发现铃铛不见的？"易厢泉有点激动。夏乾看出来，他在努力维持平静。

谷雨语无伦次："是昨天……"

"丢哪里了？"

谷雨抬头，眼睛真的红了："易公子，我真的不是故意的……吹雪一直在我旁边没出过院子！我本来去给夫人倒水，一转眼铃铛就没了……我四处找，就是没有！"

"你急什么？"夏乾赶紧圆场，"铃铛而已。"

"当时有什么人在外面？"

"我记得只有我一个……"谷雨带着哭腔。

夏乾想劝劝，却又满肚子疑问。易厢泉反常地急躁起来，另外两人都没敢吱声。他在院中踱步，眉头紧锁："现在寅时刚过，还有时间，申时开门，也就是说——"

"申时？谁告诉你今天申时开门？"夏乾问道，"今天寅时解除城禁。"

易厢泉愣住了："什么？"

"你不知道？也对，你几日前还在医馆躺着呢。城门口贴了告示，今天寅时解除城禁，因为有大批商队要过来……"

今日寅时开门。

没等夏乾说完，易厢泉突然冲出门去。

"喂！"夏乾喊了一声，无奈地跟出去。屋内只留下谷雨一人哭红了眼睛。

易厢泉脚还不是很灵便，他本来应该跑得不快，可是夏乾竟然追不上他。纵然腿脚不便，易厢泉也在竭尽全力地奔跑。可他明明说过，不怕城禁结束。青衣奇盗是否落网都不是问题的关键，青衣奇盗还会回来找他，因为易厢泉手里有青衣奇盗想要的东西，从犀骨筷里弄出来的、不知名的东西。

就因为那东西，足以让青衣奇盗自投罗网。

阳光穿梭在树梢之间，编成一条条金色的线，地上也留下树木斑驳的影子。夏乾绕过茂密的树丛，蹭上了被太阳晒暖的露水。他奔跑着，脑子飞速地旋转，答案一下子就揭开了。

易厢泉没说那青衣奇盗重视的小东西究竟为何物，也没说自己把东西藏在哪里，但显然，能藏在犀骨筷子里的东西，体积一定很小。

能塞进筷子里的东西，当然能塞进铃铛里。吹雪脖子上的铃铛是个不响的铃铛，因为里面的珠子被拿了出来，转而塞了其他的东西进去。

吹雪的铃铛……丢了。

夏乾又好气又好笑，易厢泉居然把这么重要的东西藏在猫铃铛里，而且交给谷雨保管，真不知他在想些什么！

再转念一想，易厢泉此番做法，还算是比较保险的。

青衣奇盗要偷的东西不只是犀骨筷，他们还要犀骨筷里的小东西。易厢泉一向不按常理出牌，先把犀骨筷真品赝品混在一起，再让吹雪带着最重要的东西满地乱窜。

这样最危险，按理说也最安全。

但是青衣奇盗竟然能……

两个人都向前飞奔，思绪都很混乱。

庸城的街道却焕然一新，前几日的萧条也不见了。在这个秋高气爽的日子里，躲藏了六日的百姓们纷纷从家中出了门，脸上洋溢着喜气。路上的行人越来越多，一个接一个地向城门涌去，如潮水奔涌至大海。有进货的商队，有单独的生意人，有归乡之人，也有去外地闯荡的青年。他们扛着货物，带着行李，甚至携带一家老小出了门。

城门口有侍卫还在一一盘查，但是，人群涌向城外的速度很快。

他们用灿烂的笑容来庆祝庸城浩劫的结束。

庸城又平安了。六日，死了三人，青衣奇盗来了又走，但百姓还是过得安稳。对于百姓而言，其实有些惊天动地的大事只是饭后的谈资，对他们的现实生活并没有多么重要。他们不曾参与，也不想参与。这是一件不幸的事，也是一件幸运的事。

在这群百姓中，有两个人是与众不同的。夏乾穿着他那一身孔雀色青衫，冒冒失失地推开熙熙攘攘的人群，推开排成一排的牛车，推开大包小包的货物，似乎就像城禁第一日从墙上翻下来一样莽撞。

但是他突然停住了。

可算追上了。眼前热闹的人群中，有一个白色的身影。

易厢泉站在城门中央的位置，背对着夏乾。他太显眼，并不是因为他的一身白衣，而是因为他动也不动。所有人都如同流水一样向城门挤去，唯有易厢泉站在那里如同一块巨大的石头，冰冷而挺直，潮水见了他，也要绕开去的。

夏乾慢慢地走上前，拍了拍他的肩膀。

"结束了。"夏乾的话语中带着一丝安慰。

"结束了。"

易厢泉三字出口，并无遗憾，并无凄凉，只是像尘埃落定之后的一声平静叹息。

夏乾见他还算正常，这才吞吞吐吐问道："那铃铛里的东西是不是青衣奇盗拿走了？"

"我之前的推断错了。青衣奇盗没有躲在西街，也没有躲在医馆，他们之中一定有人躲在你家。"

夏乾一呆："为什么？"

"否则他怎么知道要拿铃铛？何况你翻墙这么多次，狗也没叫。你能翻，他也能。"易厢泉叹息一声。

"那我们……算是输了？"

夏乾见易厢泉虽然平静，可是面色不佳，便赶紧住了口。易厢泉只是摇摇头，侧过脸去低声道："其实根本没有输。青衣奇盗一定会来找我的，日后你就知道了。况且，输的永远是罪犯，我……只是不太甘心。"

"日后？那你能带上我吗？"夏乾仰着头，看似问得漫不经心，实则内心在狂跳不止。他想走，想了很多次。只要易厢泉同意带着他出去闯荡，父母一定会勉为其难地同意。

"我不能。"

易厢泉说得很认真，拒绝了不止一次，却也很绝情："你是夏家独子，夏家是江南最大的商户。你爹娘的产业要由你继承，或者考取功名以求得地位提升——"

"你不要再说了。"夏乾咬了咬牙，扭头就走。

"但是，"易厢泉突然拉住了他，狡黠一笑，"我不能带你走，你可以跟上来。腿长在你身上，天下之大，你当然想去哪儿就去哪儿。你不知哪条路是对的，但你总会知道留下来是错的。"

夏乾一怔，摸了摸头，居然觉得很有道理。

易厢泉抬头看了一眼湛蓝的天空，把围巾往上拉了拉，竟然露出笑容。他走到城门口的石柱前面，一把扯掉了城禁的告示。

而在城门处，站着一个小男孩。他提着一个篮子。他原本是怯生生地看向这里，见易厢泉笑了，自己便鼓足勇气上前来。

"你是不是易厢泉？"小男孩怯生生地问。

易厢泉弯下腰去，笑着说："如假包换。"

"长大了我也想像你一样去抓贼……"

"不必像我，"易厢泉苦笑了一下，"不管成为什么人，你要记得，人皆可以为圣贤，正义仁爱之心断断不可缺。"

小男孩用力点了点头，举起了手中的篮子："我奶奶让我把这个给你，这是我们家种的。我奶奶说，不管怎么样，庸城人都应该谢谢你。"

这是一大篮子柿子，金黄金黄的。

易厢泉笑着接了过来，脖子上的围巾慢慢滑落下来，露出了红色的伤疤。小男孩迅速看了一眼。易厢泉很是敏感，赶紧把围巾围上去了。

"你脖子上的红色道道是你画上去的吗？"小男孩看着竟然有些羡慕，"看起来很……很不一样，我也想画一个！"

说完，小男孩竟然摸着脖子，笑嘻嘻地跑开了。

易厢泉愣愣地站着，夏乾却哈哈大笑。

阳光灿烂，天空一碧如洗。他们肩并肩站着，笑了一会儿，一人吃了一个柿子，任由潮水般的人群涌出城门。

尾　声

　　这时，在西街也有人正收拾着包袱。是个女人，她长得美却不妖艳，穿着美丽的鹅黄色衣服，显得落落大方。

　　她的桌上铺着画，正常人很难一眼看出是什么。这不是艺术品，而是简单的描摹，画的像是两根棍子。细看，画得很精致，整根棍子是白色的，尾部还画着镂空，上面还画着批注，像是匠人在制作之前画好的图纸。

　　鹅黄衣裳女子笑了一下，笑容却带着几分冷意，她把画收起来丢进火堆里，轻叹一声，火慢慢地把画烧掉了。

　　火堆旁还有一只猫儿，白白的，长得和吹雪异常相像，只是眼睛是幽幽绿色。它似训练有素一般老实待着，时不时歪头看向火堆。

　　鹅黄拨弄火焰，轻轻蹙眉叹息。傅上星几次来西街都逃不开她的眼，她就应该告发，也许能挽救几条人命，可是……都过去了。他们只要把东西偷到，其他的浑水就不要去蹚。鹅黄的眼睛闪动了一下，藏着些许不安。

在火堆燃尽之后，她从怀中拿出了一个小小的字条，宝贝地将它捧在手上，对着烛光细细地看着。这么多次涉险，都是为了它！

庸城码头又恢复了昔日的繁忙，往来商人急匆匆地找地方落脚，而那些大型的客船停泊在港口，被残阳拖出了长而漆黑的古怪影子。

书院灰色的屋瓦在太阳的余晖之下闪着细密的金色微光。夏乾坐在屋顶上，看着码头的景象，提着一壶新酒——这是庸城最高的屋顶，是夏乾儿时就占据的地皮。

书院今日开学，他逃了一天的课。逃课时看到的风景往往是最美的。

易厢泉离开了。什么时候离开的，夏乾也不知道。他只知道下午去找易厢泉时，周掌柜说他的行李没了，猫也没了。易厢泉走得无声无息，就如同从未来过。庸城又恢复正常，和之前一模一样。只是少了个能干的侍卫，少了个清贫的郎中，少了个无人关注的病榻女子。

人走茶凉，一切依旧。

书院的那棵银杏树安然地立着，好像城禁第一日的时候也是这样。只是银杏的叶子成熟了一些，由青绿变得金黄。夏乾穿着一身青衫，又顺着树爬上去翻墙回家。他在树下站了一会儿，怅然若失，像是在等待什么，却只是等来了一阵秋风，吹着吹着就散了。

他晃晃荡荡，走过庸城古老而繁华的巷子。庸城作为扬州的中心，自青衣奇盗走了之后彻底换了原来那副冷清模样。如今街道人稠物穰，正是热闹之景。

坐在酒肆里的说书人激动地说着大盗的故事，一张口就是"手持铁扇觅民贼"，门外一群小孩子挤在那儿听着。夏乾驻足望去，几个小孩子探着头，神情紧张，听得一脸认真，竟然在脖子上都画了一道红色的疤痕。

几个老奶奶坐在街口吃着瓜果，闲聊着。"虽然东西被偷走了，可是案子破了。那个算命先生还真是个聪明的好人啊。"

夏乾醉醺醺地笑了一下。他很羡慕易厢泉，他知道自己要做什么、会做什么。眼前的路变黑了，他有些茫然，竟不知道往哪里走。

他……也想做点什么。

刚刚到家，夏至就出现将他拦住，手中拿着一沓纸张。

"这是你写的？"

夏乾一看，是易厢泉临走之前替他写的功课，自己看都没看就交到书院了，遂醉醺醺道："是……是我写的。"

夏至脸一沉："写了十页的'不自由，毋宁死'？"

夏乾一怔，拿来一看，第一页还算是正常的："人生在世，当以天下兴亡为己任，以百姓苦乐为万事之要，不因大事而惧，不以小事而轻，此乃圣贤之道。然，人皆可为尧舜，人皆可为圣贤。我身虽弱，愿以微薄之力还天下人公道，不畏义死，不荣幸生。"

这页虽写得潦草，却盖不住字迹原本的严正，这是易厢泉写的心里话。

夏乾笑了，再看第二页，满篇的"不自由，毋宁死"，写得密密麻麻。易厢泉这个人总爱戏弄人，临走了还要戏弄夏乾一次。这六个字写得很是决绝。这样的功课交到书院，夏乾会受到很重的惩罚。

再抬头，夏至已经气得脸色铁青。"这次的惩戒会很严重。回屋洗脸，吃饭的时候去见你娘。"夏至脸色阴沉地看着他，"这次不仅要说说学业，还要谈谈婚事。本来不急着定日子，如今怕是不定不行了。"

罕见地，夏乾平静地点了点头，什么也没说。他一直是一头富贵的傻驴子，生在金银山里，人人都羡慕他。但他身上压了太多不想背负的东西，从没有人问过他想做什么，没有自由，没有爱情，更无法掌控自己的命运。只有易厢泉才能懂，这份功课是易厢泉临走之前送他的一份大礼，故意在他这只傻驴背上放了最后一根稻草。

夏乾知道自己会受罚，但是他可以选择不接受。他不知道自己应该做些什么，但跟着易厢泉一起游历，做个好人，总归是不会错的。

借着酒劲，夏乾回到了自己的房间，从床下拽出一个大包袱。起身，拿起柘木弓的弓箭匣子。转念一想，又打开自己的抽屉，把一封信留在桌子上。所有东西都是早早备好的。

重阳将至，夏家上下都在忙碌。面粉蒸糕已经提前做好了一批，热气腾腾，上面插着菜色旗子；而丫头们也端着菊花盆子入了院子，私下挑拣着好看的，悄悄别在头上。

金风玉露，菊蕊萸枝，这一切都不属于夏乾了。

夏乾逃跑的技能是打小练就的，夏府忙碌，没人注意到他。他朝着大宅挥了挥手，逃过仆人的视线，绕过金粉的菊园，跑到城门那儿去。青蓝色的衣衫在夜风中浮动，腰间别着的孔雀毛晃晃悠悠，像是要飞到天上去。天黑了，城门也即将关闭。夏乾几乎是最后几个出去的。

"哟，夏公子这是去哪儿？"守卫笑着问。

"你别管，就说没看见我！"夏乾不满地嘟囔一声，还带着醉意，几步就走进夜色中。

夏乾出了城。

（第一部完）

《天涯双探2：暴雪荒村》即将出版，精彩预告：

夏乾离家出走，前往汴京，谁知山间突遇风雪，偶然进入一个古怪村子。传闻，曾有一富商家族进入此地，竟无一人生还，只留下一曲诡异童谣。

神秘古怪的孟婆婆、年轻貌美的哑巴姑娘一个个离奇死去，古老的童谣如诅咒一般笼罩着所有人，似乎有一双神秘的眼睛在时刻窥视着这场死亡游戏，而幸存者就像童谣中的富商家族一样一个又一个地走向死亡……

1曲童谣，9条人命，6个嫌疑人。究竟谁是幕后真凶？童谣迷局背后暗藏怎样的阴谋与杀机？

敬请期待《天涯双探2：暴雪荒村》。

激发个人成长

多年以来，千千万万有经验的读者，都会定期查看熊猫君家的最新书目，挑选满足自己成长需求的新书。

读客图书以"激发个人成长"为使命，在以下三个方面为您精选优质图书：

1．精神成长

熊猫君家精彩绝伦的小说文库和人文类图书，帮助你成为永远充满梦想、勇气和爱的人！

2．知识结构成长

熊猫君家的历史类、社科类图书，帮助你了解从宇宙诞生、文明演变直至今日世界之形成的方方面面。

3．工作技能成长

熊猫君家的经管类、家教类图书，指引你更好地工作、更有效率地生活，减少人生中的烦恼。

每一本读客图书都轻松好读，精彩绝伦，充满无穷阅读乐趣！

认准读客熊猫

读客所有图书，在书脊、腰封、封底和前后勒口都有"**读客熊猫**"标志。

两步帮你快速找到读客图书

1. 找读客熊猫

2. 找黑白格子

马上扫二维码，关注"**熊猫君**"

和千万读者一起成长吧！

《清明上河图密码》全国热卖中！

全图824个人物逐一复活
揭开隐藏在千古名画中的阴谋与杀局

《清明上河图》描绘人物824位，牲畜60多匹，木船20多只……5米多长的画卷，画尽了汴河上下十里繁华，乃至整个北宋近两百年的文明与富饶。

然而，这幅歌颂太平盛世的传世名画，画完不久金兵就大举入侵，杀人焚城，汴京城内大火三日不熄，北宋繁华一夕扫尽。

这是北宋帝国的盛世绝影，在小贩的叫卖声中，金、辽、西夏、高丽等国的间谍和刺客已经潜伏入画，死亡的气息弥漫在汴河的波光云影中：

画面正中央，舟楫相连的汴河上，一艘看似普通的客船正要穿过虹桥，而由于来不及降下桅杆，船似乎就要撞上虹桥，船上手忙脚乱，岸边大呼小叫，一片混乱之中，贼影闪过，一阵烟雾袭来，待到烟雾散去，客船上竟出现了二十四具尸体，所有人都目瞪口呆……

翻开本书，一幅旷世奇局徐徐展开，错综复杂，丝丝入扣，824个人物逐一复活，为你讲述《清明上河图》中埋藏的帝国秘密。

《暗黑者四部曲》全国热卖中！

中国高智商犯罪小说扛鼎之作
让所有自认为高智商的读者拍案叫绝

要战胜毫无破绽的高智商杀手，你只有比他更疯狂！

凡收到"死亡通知单"的人，都将按预告日期，被神秘杀手残忍杀害。即使受害人报警，警方以最大警力布下天罗地网，并对受害人进行贴身保护，神秘杀手照样能在重重埋伏之下，不费吹灰之力将对方手刃。

所有的杀戮都在警方的眼皮底下发生，警方的每一次抓捕行动都以失败告终。而神秘杀手的真实身份却无人知晓，警方的每一次布局都在他的算计之内，这是一场智商的终极较量。看似完美无缺的作案手法，是否存在破解的蛛丝马迹？

所有逃脱法律制裁的罪人，都将接受神秘杀手Eumenides的惩罚。
而这个背弃了法律的男人，他绝不会让自己再接受法律的审判……

《山海经密码大全集》全国热卖中！

一部带您重返中国一切神话、传说与文明源头的奇妙小说

这是一个历史记载的真实故事：4000年前，一个叫有莘不破的少年，独自游荡在如今已是繁华都市的大荒原上，他本是商王朝的王孙，王位的继承人，此时却是一个逃出王宫的叛逆少年。在他的身后，中国古老的两个王朝正在交替，夏王朝和商王朝之间，爆发了一场有史以来规模宏大的战争。

本书将带您重返那个远古战场，和那些古老的英雄（他们如今已是神话人物）一起，游历《山海经》中的蛮荒世界，您将遇到后羿的子孙、祝融的后代，看到女娲补天缺掉的那块巨石，您将经过怪兽横行的雷泽（今天的江苏太湖）、战火纷飞的巴国（今天的重庆），直至遭遇中华文明蒙昧时代原始、神秘的信仰。

本书依据中国古老的经典《山海经》写成，再现了上古时代的地理及人文风俗。我们今天能看到这些，全拜秦始皇所赐：《山海经》——秦始皇焚书时，看了唯独舍不得烧的书。

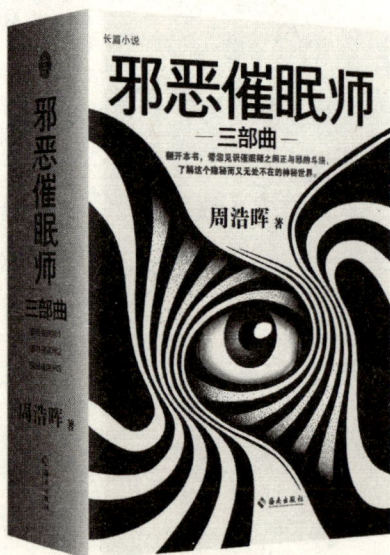